人民共和國文化與文學叢書

三　編

李　怡　主編

第 **20** 冊

喜智與悲智
——楊絳論

呂　約　著

花木蘭文化出版社

國家圖書館出版品預行編目資料

喜智與悲智——楊絳論／呂約 著 — 初版 — 新北市：花木蘭
文化出版社，2016〔民 105〕
目 2+178 面；19×26 公分
（人民共和國文化與文學叢書 三編；第 20 冊）
ISBN 978-986-404-667-6（精裝）
1. 楊絳 2. 中國文學 3. 文學評論
820.8   105012623

特邀編委 (以姓氏筆畫為序)：

吳義勤　孟繁華　張　檸
張志忠　張清華　陳思和
陳曉明　程光煒　劉福春
（臺灣）宋如珊
（日本）岩佐昌暲
（新西蘭）王一燕
（澳大利亞）鄭　怡

人民共和國文化與文學叢書
三　編　第二十冊　　　　　　　ISBN：978-986-404-667-6

喜智與悲智——楊絳論

作　　者　呂約
主　　編　李怡
企　　劃　北京師範大學民國歷史文化與文學研究中心
　　　　　四川大學現代中國文化與文學研究中心
總 編 輯　杜潔祥
副總編輯　楊嘉樂
編　　輯　許郁翎、王　筑　美術編輯　陳逸婷
印　　刷　普羅文化出版廣告事業
出　　版　花木蘭文化出版社
社　　長　高小娟
聯絡地址　235 新北市中和區中安街七二號十三樓
　　　　　電話：02-2923-1455／傳眞：02-2923-1452
網　　址　http://www.huamulan.tw 信箱 hml810518@gmail.com
初　　版　2016 年 9 月
全書字數　171141 字
定　　價　三編20冊（精裝）台幣36,000 元

喜智與悲智
——楊絳論

呂約 著

作者簡介

呂約，女，1970 年代出生，北京師範大學文學博士。90 年代開始從事文學創作和批評研究，詩歌發表在《人民文學》，臺灣《現代詩》，*POETRY INTERNATIONAL, TODAY* 等國內外刊物，入選 NEW CATHAY: CONTEMPORARY CHINESE POETRY（《新華夏集：當代中國詩選》，USA），《中國新詩百年大典》等。學術論文刊發於 *CHINESE LITERATURE TODAY*（USA）《文藝爭鳴》《中國圖書評論》《南方文壇》等刊物。出版詩集《回到呼吸》、《破壞儀式的女人》，批評文集《戴面膜的女幽靈》等。作品被譯爲英語、德語、日語，應邀參加柏林詩歌節。學術研究領域爲詩學、中國現當代文學、新聞傳播學。

提　　要

　　楊絳是一位具有二十世紀文學和文化標本意義的作家。自 1930 年代開始創作至今，其文學生涯歷時 80 年，時間跨度長，創作種類多，審美價值高，是近年來文學研究界關注的熱點之一。但在已有的研究成果中，對作家作品的總體研究明顯不足。本文是第一篇針對楊絳的文學創作，進行系統化總體研究的博士論文。本文遵循「審美研究」和「歷史研究」相結合的基本方法，梳理分析了楊絳一生的文學創作，並對其創作個性、審美特徵、精神風格、文化價值，進行較爲系統的歸納和闡釋。

　　依據「總體性研究」的原則，本文將楊絳的作品視爲一個整體的語言符號系統；將她的戲劇、小說、散文，視爲作家面對歷史、他人、自我和世界的三種不同的記憶方式或者表達方式，進而探尋這一語言符號系統背後的統一性。

　　通過對楊絳早期戲劇的研究，本文發現其情感表達中「喜智」與「悲智」交織的「情感辯證法」，這一表達特點貫穿於楊絳創作的始終，具有典型意義。楊絳的小說創作，體現了她描摹世態人心時，「觀世」與「察幾」合一的歷史視野和表達方法。「觀世」是對普遍世態人心的洞察，「察幾」是從細微之處對「觀世」的藝術表現形式。這種既在歷史之中，又超越時代性的視野，以及察微知著的表達方法，也是貫穿於楊絳創作始終的。楊絳的散文創作，則集中體現了她面對歷史的「記憶書寫」特徵，其三種記憶書寫形式（記、紀、憶），與三個重要主題（家、離別、死亡）相呼應，並以三種結構要素（夢、鏡、現實）的不同組合來呈現。

　　通過文本細讀所呈現出來的審美特徵，最終指向的是楊絳的總體風格，包括她對待世界的態度：在隱身與分身中體現出來的「保眞」精神風格；對待語言的態度：遵循「修辭立其誠」的古訓，將修辭與修身相結合，創造文質合一的語體風格；對待生命和歷史的態度：滿含「憂世」與「傷生」的情懷；對待人性缺陷的態度：採用幽默與諷刺的手法；這些藝術要素，都統攝在她特有的「一多互攝」的結構風格之中。

　　楊絳創作的美學風格和文化意義，在 20 世紀現代漢語文學史的座標系中，其意義和價值是獨特的。楊絳心接古今的審美理想，貫通中西的文化視野，借助於她的文學創作實踐，將知識分子與作家的理想人格和風格合而爲一。其意義不僅僅局限於文學，而且具有文化啓示意義。

正在成爲「知識」建構的中國現當代文學研究——「人民共和國文化與文學叢書」三輯引言

李 怡

一

回顧自所謂「新時期」以來的中國現當代文學研究的發展，我們會明顯發現一條由熱烈的思想啓蒙到冷靜的知識建構的演變軌跡：1980 年代的鋪天蓋地的思想啓蒙讓無數人爲之動容，1990 年代以來的日益冷靜的學科知識建構在當今已漸成氣候。前者是激情的，後者是理性的，前者是介入現實的，後者是克制的，與現實保持著清晰的距離，前者屬於社會進步、思想啓蒙這些巨大的工程的組成部分，後者常常與「學科建設」、「知識更新」等「分內之事」聯繫在一起。

當文學與文學研究都承載了過多的負荷而不堪重負，能夠回返我們學科自身，梳理與思索那些學科學術發展的相關內容，應當說是十分重要的。很明顯，正是在文學研究回返學科本位之後，我們才有了更多的機會與精力來認眞討論我們自己的「遊戲規則」問題——學術規範的意義，學術史的經驗，以及學科建設的細節等等。而且，只有當一個學科的課題能夠從巨大而籠統的社會命題中剝離出來，這個學科本身的發展才進入到一個穩定有序的狀態，只有當旁逸斜出的激情沉澱爲系統的知識加以傳播與承襲，這個學科的思想才穩健地融化爲文明體系的有機組成部分。從這個意義上說，正在成爲「知識」建構的中國現當代文學研究，是我們學科成熟的眞正標誌。

當然，任何一種成熟都同時可能是另外一些新的危機的開始，在今天，當我們需要進一步思考學科的發展與學術的深化之時，就不得不正視和面對這樣的危機。

二

當中國現當代文學研究在日益嚴密的「學術規範」當中成爲文明體系知識建設的基本形式，這是不是從另外一個方向上意味著它介入文明批判、關注當下人生的力量的某種減弱，或者至少是某些有意無意的遮蔽？

學術性的加強與人生力量的減弱的結果會不會導致學科發展後勁的暗中流失？例如，在 1980 年代，中國現當代文學研究的曾經輝煌在很大程度上得之於廣大青年學子的主動投入與深切關懷，在這種投入與關懷的背後，恰恰就是中國現當代文學研究的人生介入力量：中國現當代文學與廣大青年思考中、探索中的人生問題密切相關。在這個時候，中國現當代文學的存在主要不是作爲一種「學科知識」而是自我人生追求的有意義的組成部分。在那個時候，不會有人刻意挑剔出現在魯迅身上的「愛國問題」、「家庭婚姻問題」乃至「藝術才能問題」，因爲魯迅關於「立人」的設想，那些「任個人而排眾數，掊物質而張靈明」的論述已經足以成爲一個「重返人性」時代的正常的人生的理直氣壯的張揚。同樣，在「五四」作家的「問題小說」，在文學研究會「爲人生」，在創造社曾經標榜「爲藝術」，在郭沫若的善變，在胡適的溫厚，在蔡元培的包容，在巴金的眞誠，在徐志摩的多情，在蕭紅的坎坷當中，中國現當代文學不斷展示著它的「回答人生問題」的能力，而中國現當代文學研究則似乎就是對這些能力的細緻展開和深度說明。今天的人們可能會對這樣的提問方式及尋覓人生的方式感到幼稚和不切實際，然後，平心而論，正是來自廣大青年的這份幼稚在事實上強化了中國現當代文學的魅力，造就和鞏固了一個時代的「專業興趣」。今天的學術界，常常可以讀到關於 1980 年代的批判性反思，例如說它多麼的情緒化，多麼的喪失了學術的理性，多麼的「西化」，也許這些反思都有它自身的理由，然而，我們也不得不指出，正是這些看似情緒化的中國現當代文學研究方式，不斷呈現出某些對現實人生的傾情擁抱與主體投入，來自研究者的溫熱在很大的程度上煽動了青年學子的情感，形成了後來學術規範時代蔚爲大觀的學術生力軍。

從 1980 到 1990，從「人生問題」的求解到「專業知識」的完善，這樣的轉換包含了太多的社會文化因素，其中的委曲非這篇短文所能夠道盡。我這裏想提到的一點是，當眾所週知的國家政治的演變挫折了知識分子的政治熱情，是否也一併挫折了這份熱情背後的人生探險的激情？當知識分子經濟地位的提高日益明顯地與專業本位的守衛相互掛靠的時候，廣大的中國現當代

文學工作者的自我定位是否也因此已經就發生了根本性的改變？

而這些自我生存方式的改變是不是也會被我們自覺不自覺地轉化爲某種富有「學術」意味的冠冕堂皇的說明？

如果眞是這樣，那麼，作爲今天的文學研究者，我們不僅要保持一份對於非理性的「激情方式」的警惕，同樣也應該保持一份對於理性的「學術方式」的警惕。

三

在中國現當代文學研究日益成爲知識建構工程的今天，有一種流行的學術方式也值得我們加以注意和反思，這就是「知識社會學」的研究視野與方法。

知識社會學（sociology of knowledge）著力於知識與其它社會或文化存在的關係的研究。其思想淵源雖然可以追溯到歐洲啓蒙運動以來的懷疑論傳統和維科的《新科學》，首先使用這一詞彙的是 1924 年的馬克斯·舍勒，他創用了 Wissenssoziologie 一詞，從此，知識社會學作爲一門獨立的學科確立了起來。此後，經過卡爾·曼海姆、彼得·伯格和托馬斯·盧克曼的等人的工作，這一研究日趨成熟。1970 年代以後，知識社會學問題再次成爲西方社會科學研究中的焦點。據說，對知識的考察能夠從知識本身的邏輯關係中超越出來，轉而揭示它與各種社會文化的相互關係，乃是基於知識本身的確在一個充滿了文化衝突、價值紛爭的時代大有影響，而它所置身的複雜的社會文化力量從不同的方向上構成了對它的牽引。

同樣，文化的衝突與價值的紛爭不僅是 1990 年代以降中國知識界的普遍感受，它們更好像是中國近現當代社會發展過程的基本特徵。中國現當代文化的種種「知識」無不體現著各種文化傳統（西方的與古代的）、各種社會政治力量（政黨的、知識分子的與民間的、國家的）彼此角逐、爭奪、控制、妥協的繁複景象，中國現當代文化的許多基本概念，如眞、善、美，「爲人生」、「爲藝術」、現實主義、浪漫主義、現當代主義、古典主義、象徵主義、生活等等至今也沒有一個完全統一的解釋，這也一再證明純知識的邏輯探討往往不如更廣闊的社會文化的透視，此種情形聯繫到馬克思「社會存在決定社會意識」這一著名的而特別爲中國人耳熟能詳的觀點，當更能夠見出我們對「知識社會學」的強大的需要。事實是，在西方知識社會學的發生演變史上，馬

克思的確就是爲知識社會學給出了一條基本原理，即所有知識都是由社會決定的。正如知識社會學代表人物曼海姆所指出的那樣：「事實上，知識社會學是與馬克思同時出現：馬克思深奧的提示，直指問題的核心。」〔註1〕

今天的中國現當代文學研究，正需要從不同的角度揭示出精神的產品背後的複雜社會聯繫。這樣的揭示，將使我們的文化研究不再流於空疏與空洞，而是通過一系列複雜社會文化的挖掘呈現其內部的肌理與脈絡，而這樣的呈現無疑會更加的理性，也更加的富有實證性，它與過去的一些激情式的價值判斷式的研究拉開了距離。近年來，學術界比較盛行的關於現當代傳媒與現當代文學關係、現代社會體制與現當代文學關係、現代政治文化與現當代文學關係、現代經濟方式與現當代文學關係等等的探索都是如此。

當然，正如每一種研究方式都有它不可避免的局限一樣，知識社會學的視野與方法也有它的限度。具體到中國現當代文學的闡釋當中，在我看來，起碼有兩個方面的局限值得我們加以注意。

其一是「關係結構」與知識創造本身的能動性問題。知識社會學的長處在於分析一種知識現象與整個社會文化的「關係」，梳理它們彼此間的「結構」，這樣的研究，有可能將一切分析的對象都認定爲特定「結構」下「理所當然」的產物，從而有意無意地忽略了作爲知識創造者的各種能動性與主動性，正如韋伯認爲的那樣，把知識及其各種範疇歸併到一個以集體性爲基礎的潛在結構之中容易導致忽視觀念本身的能動作用，抹殺人作爲主體參與形成思想產品的實踐活動。關於中國現當代文學的研究也是如此，一方面，我們應該對各種社會文化「關係網絡」中的精神現象作出理性的分析，但是，在另一方面，卻又不能因此而陷入到「文化決定論」的泥沼之中，不能因此忽略現代中國知識分子面對種種文化關係之時的獨立思考與獨立選擇，更不能忽視廣大知識分子自身的生命體驗。在最近幾年的中國現當代文學與現當代文化研究當中，我以爲已經出現了這樣的危險，值得我們加以警惕。

其二便是知識社會學本身的難題，即它學科內部邏輯所呈現出來的相對主義問題。正如默頓指出的那樣，知識社會學誕生於如下假定，即認爲即使是眞理也要從社會方面加以說明，也要與它產生於其中的社會聯繫起來，因爲不僅謬誤、幻覺或不可靠的信念，而且眞理都受到社會（歷史）的影響，這種觀念始終存在於知識社會學的發展中。西方批評界幾乎都有這樣的共

〔註1〕曼海姆：《知識社會學導論》中譯本 97 頁，臺灣風雲論壇有限公司 1998 年。

識：知識社會學堅持其普遍有效性要求就意味著主張所有的知識都是相對的，所以說全部知識社會學都面臨著一個共同的相對主義問題，知識社會學止步於眞理之前，因爲這門學科本身即產生於用一種對稱的態度看待謬誤和眞理。應該說，中國現代文化的發展本身是一個「尚未完成」的過程，包括今天運用著知識社會學的我們，也依然置身於這樣的歷史進程，作爲一個時代的知識分子，並且必須爲這樣的過程做出自己的貢獻，因而，即便是學術研究，我們也沒有理由刻意以學術的所謂中立性去消解我們對眞理本身的追求和思考，我們不能因爲連續不斷的「關係結構」的分析而認爲所有的文化現象都沒有歷史價值的區別，在這裏，「公共知識分子」的精神應該構成對「專業知識分子」角色的調整甚至批判，當然，這首先是一種自我的反省與批判。

總之，知識社會學的視野與方法無疑有著它的意義，但是，同樣也有著它的限度，在通常的時候，其研究應該與更多的方法與形式結合在一起，成爲我們思想的延伸而不是束縛。

在中國現當代文學研究日益成爲「知識化」過程一部分的時候，我們能夠對我們所依賴的知識背景作多方面的追問，應當是一件富有意義的事情。

目次

緒　論 ………………………………………………………… 1
第一章　喜智與悲智：楊絳的戲劇 …………………………… 19
　第一節　從喜劇開始：黑暗中的笑聲 …………………… 21
　第二節　都市世態喜劇中的衝突與和解 ………………… 27
　　一、《稱心如意》：「灰姑娘」的微笑 ………………… 28
　　二、《弄眞成假》：「騙子」的苦笑 …………………… 35
　第三節　悲劇《風絮》：「英雄」的瘋狂 ………………… 43
第二章　觀世與察幾：楊絳的小說 …………………………… 53
　第一節　軟紅塵裏：觀世觀人之眼 ……………………… 55
　第二節　喜劇與悲劇型諷刺：短篇小說論 ……………… 60
　第三節　史與詩的衝突：長篇小說《洗澡》 …………… 68
　　一、歷史與人性的察幾式觀照 ………………………… 69
　　二、內在世界與外在世界的衝突 ……………………… 72
　　三、敘事時間結構與空間結構 ………………………… 77
　　四、形象塑造的對稱法與對照法 ……………………… 81
第三章　記憶與夢境：楊絳的散文 …………………………… 91
　第一節　審美價值與歷史意義 …………………………… 91
　第二節　記憶書寫：記・紀・憶 ………………………… 97
　　一、記：歷史中的微觀經驗 …………………………… 99
　　二、紀：創傷混亂記憶的賦形 ………………………… 102
　　三、憶：復現往事的情感邏輯 ………………………… 105

第三節　核心主題：家・離別・死亡 …………… 110

第四節　藝術結構：夢幻・鏡像・現實 …………… 118

第四章　烏雲與金邊：楊絳的風格 …………… 127

第一節　論「風格」的概念 …………… 127

第二節　隱匿與分身：隱逸保真的精神風格 …… 133

第三節　修身與修辭：文質合一的語體風格 …… 139

第四節　憂世與傷生：悲智交融的情感風格 …… 144

第五節　幽默與諷刺：喜智兼備的理性風格 …… 149

第六節　圓神與方智：一多互證的結構風格 …… 155

結語：楊絳的意義 …………… 163

主要參考文獻 …………… 167

後　記 …………… 175

緒　論

一

　　對優秀作家的創作和作品進行總體研究，是文學基礎研究的重要領域之一。本文的研究對象，是作家楊絳一生的文學創作。

　　楊絳（1911～），原名楊季康，現當代作家，文學翻譯家，中國社會科學院外國文學研究所研究員。她一生經歷了「中華民國」與「中華人民共和國」兩個歷史時期，創作生涯跨越「現代」文學與「當代」文學的邊界。楊絳於20世紀30年代前期開始散文和小說創作；40年代上海「淪陷」時期，以喜劇作家身份登上文壇；50～70年代中斷文學創作，轉向外國文學翻譯和研究；80年代以來，重新進入創作高峰期，持續至今，影響日增。從1933年發表散文《收腳印》開始，到2013年發表散文《憶孩時（五則）》為止〔註1〕，在整整80年的創作歷程中，楊絳創作了戲劇、小說、散文等多種文體的作品，還有翻譯作品和研究論著，其涉及文類之廣，在20世紀中國作家中並不多見。她的主要作品有《喜劇二種》，悲劇《風絮》，長篇小說《洗澡》，散文集《幹校六記》、《將飲茶》、《雜憶與雜寫》，長篇記傳散文《我們仨》，長篇思想隨筆《走到人生邊上——自問自答》，等等。作為翻譯家，其翻譯的《堂吉訶德》、《小癩子》、《吉爾·布拉斯》、《斐多》等西方經典名著，產生了深遠影響。作為學者，其《菲爾丁關於小說的理論》、《論薩克雷〈名利場〉》、《李漁論戲劇結構》、《藝術與克服困難——讀〈紅樓夢〉偶記》等論文，也是學術精品。

〔註 1〕散文《收腳印》刊於1933年12月30日《大公報·文藝副刊》第29期，署名「楊季康」。散文《憶孩時（五則）》刊於2013年10月15日《文匯報·筆會》。

這些作品均收入 8 卷本《楊絳文集》〔註2〕之中。

作為融貫中西文化的民國一代作家所剩無多的代表之一，楊絳是一位具有二十世紀文學或文化標本意義的作家。誠如當代文學史家洪子誠在談到楊絳創作時所說的：「不少人有這樣的看法：無論是翻譯，還是小說、散文創作，楊絳都有令人印象深刻的成就和貢獻。比起有的多產作家來，可以說是以少許勝多多了。不過楊絳的魅力不是色調斑斕，一眼可以看出的那種。作品透露的人生體驗，看似無意其實用心的謀篇布局、遣詞造句，委實需要用心琢磨才能深味。」〔註3〕楊絳創作的數量並不算多，但其作品及其形式中所濃縮的美學價值卻不可低估，而且的確需要「用心琢磨」，察幾知微，才能體味。

從「歷史」和「審美」的角度，綜合分析楊絳作品的語體和文體發生學問題，進而闡明其在現代漢語文學中的價值和意義，既是「楊絳研究」的薄弱環節，也是本文的研究動力。儘管楊絳研究的相關文獻數目並不少，〔註4〕但更多的是側重作家或作品的某個方面的研究，對作家總體創作的綜合性研究，尚不多見。迄今為止，關於楊絳研究的博士論文只有兩篇：一篇為法國學者劉梅竹（Liu Meizhu）用法語寫作的論文《楊絳筆下的知識分子人物》（Paris：Inalco, 2005）〔註5〕，另一篇為于慈江的論文《小說楊絳──從小說

〔註2〕 楊絳文集品種繁多，主要有中國社會科學出版社 1993 年出版的《楊絳作品集》（三卷）和人民文學出版社出版的《楊絳文集》（8卷）。此外還有中國青年出版社、海南出版公司、福建人民出版社、天津百花文藝出版社出版的單卷本散文戲劇集。本文選擇經楊絳校對過、由北京人民文學出版社出版的版本。截至 2013 年，人民文學出版社的《楊絳文集》共有三種：一是 2004 年第一版第一次印刷的《楊絳文集》（8卷）；二是 2009 年第一版第一次印刷的《楊絳文集》（4卷），不含譯文，新增加了《走到人生邊上》；三是 2013 年第二次印刷的《楊絳文集》（8卷），是 2004 年第一版的再印，沒有增加《走到人生邊上》，只在第一卷《洗澡》前面增加了《新版前言》，並對自編《大事年表》做了多處「措辭性」的修改或調整，但史實沒有變化。

〔註3〕 見洪子誠為于慈江書稿《小說楊絳》所寫的序言。（未刊稿）

〔註4〕 根據于慈江提供的資料：關於楊絳的學位論文共 48 篇（其中碩士論文 46 篇，博士論文 2 篇）。相關的研究文章約 450 篇，純學術性的文章約占三分之二。見于慈江博士論文《小說楊絳》（北京師範大學，2012）。

〔註5〕 劉梅竹的博士論文中文題目，為于慈江根據劉梅竹提供的法文和英文題目：La Figure de l』intellectuel chez Yang Jiang（The Intellectual in the Work of Yang Jiang）譯出。論文指導教授係巴黎國立東方語言與文明研究所的伊莎貝爾·拉比（Isabelle Rabut）。參見英文雜誌 China Perspectives，第 65 期，http：//chinaperspectives.revues.org/document636.html。見于慈江博士論文《小說楊絳》（北京師範大學，2012）。

寫譯的理念與理論到小說寫譯》（北京師範大學，2012）。這兩篇博士論文，一篇重在論述楊絳文學創作中的知識分子形象，一篇重在對楊絳小說創作與其翻譯的小說理論之關係的研究，但都不是對楊絳文學創作及其文學性的整體研究。因此將研究任務定位在對楊絳文學創作的系統化整體研究上，具有一定的開拓意義。

　　從中國現當代文學史的角度看，楊絳創作獨特性的研究有待加強。二十世紀中國文學史中的許多著名作家（比如郭沫若、茅盾、巴金、老舍、曹禺、丁玲等），都跨越了「現代文學」（1919〜1949）和「當代文學」（1949〜）兩個歷史時段，但他們在這兩個歷史時段的創作差異較大，並出現了風格上的斷裂。要保持個人創作風格的連續性，有三種可能，一種是隱身而擱筆（如沈從文等），一種是冒險而消失（如路翎等），還有一種是出走（如張愛玲等）。這三種方式楊絳都沒有選擇，她選擇「半擱筆」或「半隱身」姿態，文學創作中斷了，文學活動沒有中斷，而是轉入文學翻譯和文學研究。其翻譯和研究的選擇標準、審美趣味和潛在觀念，與「五四」文學一脈相承。待到80年代重新開始創作，其語體和文體的總體風格，與四十年代戲劇創作風格之間並無斷裂。這種一以貫之的語體和文體風格背後究竟是什麼在作支撐？僅僅依賴「啓蒙」或「革命」等承載社會歷史主流觀念的宏大詞彙，是難以解釋的，因而值得進一步深入探討。總體研究楊絳的文學創作，要將楊絳創作的不同時期，置於現代文學史和當代文學史之中加以討論，尋找將兩個歷史時段連貫起來的審美風格和人格精神的總體性。

　　按照創作時間和特點來劃分，楊絳的文學創作可分為三個時期。「早期階段」（20世紀40年代）為劇作家時期，主要以喜劇創作產生影響。50年代初期至70年代末為其文學創作「中斷期」，主要以文學翻譯和研究產生影響。「中期階段」（80年代至90年代）為創作的再生期或者稱「高峰期」，以散文《幹校六記》、《將飲茶》，長篇小說《洗澡》等作品為代表，成為80年代的重要創作現象。「晚期階段」（21世紀以來）為「總結期」，以長篇記傳性散文《我們仨》，和長篇思想隨筆《走到人生邊上——自問自答》為代表，進入總結性和終極思考階段。作為20世紀40年代上海「淪陷」時期代表性劇作家之一，楊絳被認為是20世紀中國幽默喜劇「世態化的範型」之一〔註6〕，已進入現

〔註 6〕張健：《論楊絳的喜劇——兼談中國現代幽默喜劇的世態化》，《華中師範大學學報》，1999年第5期。

代文學研究範疇。〔註7〕她在「文革」後 80 年代初重新進入創作高峰期，成為新時期文學中「歸來」的老一代作家的代表之一，創作生命和影響持續至今。從流派風格關聯性的角度而言，楊絳的文體與美學風格呈現了「京派」之餘緒，既體現了京派文學的價值取向和審美特徵〔註8〕，又在新的歷史文化語境中發展更新了京派傳統，並加入了女性因素與個性化因素。因此，本文的一條重要線索，就是從文學史的角度，將楊絳一生的創作，置於 20 世紀現代漢語文學史的總體座標系與演變邏輯中來考察，分析作家不同時期創作之間體現的內在邏輯，及其精神發展演變史，並討論其文學成就與歷史邏輯之間的關聯性。此外，通過作家的評價史可以發現，在楊絳的創作成就與主流文學史的評價之間，存在一定的錯位（見下文「楊絳研究的歷史與現狀」部分），而對這種錯位的原因進行歷史的和美學的辨析，是本文所冀望探討的一個方面。面對這樣一位存在「文學史安頓尷尬」（游離於文學史主脈）的作家，將其創作特質與文學史主流話語邏輯進行對照，可以發現二者之間的內在矛盾，並因此引出對現代漢語文學史主流話語傳統的反思。

從作家創作個性與文學或文化傳統之關係的角度看，楊絳也有其特殊性。在文化背景與話語構成大體統一的當代中國作家之中，楊絳的存在具有特別的文化意義，體現了更為豐富多元的文化維度。因此，探討其創作與社會文化背景，以及不同文化傳統之間的關聯，是對現代作家的文學個性與不同文化傳統之間關係的一種考察，兼具文化研究的意義。從楊絳的作品中可以發現，其創作體現了深厚的歷史文化底蘊，還有對現實和生活經驗的敏銳觀察，以及對這種經驗的生動呈現。楊絳文學風格和創作個性在文學史中體現出來的獨特性，與她在處理文學個性與文化傳統之關係時的自覺選擇相關〔註9〕。在東西方文化衝突、交融的歷史進程中，她在融通中西文化傳統的基

〔註7〕錢理群等著：《中國現代文學三十年》（修訂本），北京大學出版社，1998 年，第 643 頁。

〔註8〕已有多種研究將楊絳的創作風格歸入「京派」一脈，例如，許道明在其專著《京派文學的世界》（復旦大學出版社，1994 年）中，認為楊絳戲劇的特色源於「用京派的態度寫海派的世界」；吳福輝主編的《京派小說選》（人民文學出版社，1990 年），選入楊絳 30 年代小說《璐璐》（即《璐璐，不用愁！》）。近年來有更多研究者將楊絳歸入「京派」，或稱為傳統京派之後的「新京派」，這種看法已具有普遍性。

〔註9〕近年楊絳在接受記者採訪的答問中，較為集中地總結了她與五四新文學傳統、古典文學傳統、西方文學傳統的關係。她說：「新文學革命發生時，我年

礎上形成獨特的文學個性，呈現出智慧通達的自由精神與美學風貌。她是在五四啓蒙文化、西方近代人文主義傳統的影響下成長起來的作家，具有啓蒙理性和自由主義人文精神。作爲一位中國作家，她又繼承了中國古典文化傳統的精華，秉承著「修辭立其誠」的古訓，「修辭」與「修身」並舉，以對待生活嚴肅認眞的姿態，對待文學表達和語言運用。以此同時，她又秉持著「隱身」的姿態，認同「民間」身份，體現在創作和語言中，就是對民間語言的化用，以保持其美學風格的生動活潑。這種融貫中西文化，會通傳統與現代，將傷生憂世的「士人」傳統，與生動活潑的「民間」傳統融爲一體的人文特質和文化姿態，在其文學作品的形式和風格之中得到了體現。可見，楊絳的創作個性與「五四」傳統和西方近現代以來的啓蒙文學傳統，與中國古典文學傳統，與民間文化傳統之間，有著千絲萬縷的關聯。

更值得關注的是楊絳的文體風格。作爲一位當代文體家，楊絳創造了獨特的文約義豐的文體和語體風格。其文體與語言，繼承了「五四」啓蒙文學傳統，又接續了中國古典文學傳統，在現代自由主義人文思想的基礎上，保持了漢語語言表達史的歷史連續性，從而彌補了現代白話文學語言「斷裂」所帶來的不足，並因此而形成了與「當代文學」主流語體之間的差異性。概括而言，其文體與語言風格有以下特徵：簡潔精練，詼諧活潑，意蘊深遠，氣韻生動，文質兼備。獨特的語言表達方式，創造了具有個性的語言系統，形成了自成一家的文體風格，並在讀者接受層面，達到了「雅俗共賞」的效果。在語言藝術的審美效果方面，這樣一位取得了獨特成就的作家，是文體學、風格學研究的合適對象。特別是她追求的那種俗而不粗野、雅而不僵化、自由而有節制、文質和諧的語體風格，堪稱白話漢語文學寫作的典範之一。本文將在文本細讀的基礎上，對作家在各個歷史時期、各種體裁的主要文本進行研究，分析其文體風格特性，這些特性是如何相互關聯的，以及表達形式與內容的關係，因而是當代作家作品文體風格學研究方面的一次探索。

紀尚小：後來上學，使用的是政府統一頒定的文白參雜的課本，課外閱讀進步的報章雜誌作品，成長中很難不受新文學的影響。不過寫作純屬個人行爲，作品自然反映作者各自不同的個性、情趣和風格。我生性不喜趨時、追風，所寫大都是心有所感的率性之作。我也從未刻意迴避大家所熟悉的『現代氣息』，如果說我的作品中缺乏這種氣息，很可能是因爲我太崇尚古典的清明理性，上承傳統，旁汲西洋，背負著過去的包袱太重。」見周毅：《坐在人生的邊上——楊絳先生百歲答問》，上海：文匯報，2011 年 7 月 8 日。

上述三個方面，是本文研究的三條內在線索，或者說是本文內容的組成部分，但並不是本文寫作的形式。也就是說，在正文中，本文並不按照上述的條塊分別論述，而是將它們融進對作家作品美學分析的邏輯之中去。

二

自 20 世紀 40 年代開始，楊絳的創作就開始進入批評研究的視野。最早的楊絳研究出現於 40 年代的上海，以李健吾、孟度等為代表，主要是針對其喜劇特色的鑒賞式評論。80 年代為楊絳研究的第一次興盛期。80 年代初，散文《幹校六記》的出版在知識界產生較大反響，相關評論和研究隨之興起，主要集中在印象式批評的層面；80 年代末，長篇小說《洗澡》的問世，促進了楊絳重要作品研究的深入。此外，隨著楊絳《喜劇二種》的再版，戲劇研究界開始了對楊絳 40 年代戲劇的專門研究，楊絳戲劇也進入現代戲劇史研究範疇。90 年代以來，對於作家作品的綜合性研究開始萌芽，最具代表性的是胡河清的《楊絳論》，將楊絳研究推進到作家論和文化哲學層面。2003 年以來，楊絳長篇記傳散文《我們仨》和長篇思想隨筆《走到人生邊上——自問自答》所產生的影響，帶動楊絳研究第二次高潮，學術研究角度也越來越豐富多元，新的研究方法的引入，從廣度和深度上進一步拓展了楊絳研究的空間。

二十世紀四十年代，楊絳共創作了四部戲劇：喜劇《稱心如意》、《弄真成假》、《遊戲人間》與悲劇《風絮》〔註 10〕，在當時的戲劇評論界引起了反響。最早的評論者有李健吾、孟度、麥耶（董樂山）等。李健吾將楊絳的《弄真成假》定位於「真正的風俗喜劇，從現代中國生活提煉出來的道地喜劇」，並強調其在中國現代風俗喜劇中的地位，認為「第一道紀程碑屬於丁西林，第二道我將歡歡喜喜地指出，乃是楊絳女士。」〔註 11〕麥耶肯定了楊絳喜劇在當時「充斥著眼淚鼻涕的」劇壇上的進步意義，稱其「為喜劇開一大道」，

〔註10〕楊絳四部戲劇的創作、上演與出版情況如下：《稱心如意》作於 1942 年，1943 年上演，1944 年由世界書局出版。《弄真成假》作於 1943 年，1944 年上演，1945 年由世界書局出版。《遊戲人間》作於 1944 年，1945 年上演，未出版，因作者不滿意，劇本已不存，近年出版的楊絳文集亦未收入。《風絮》完成於 1945 年，因抗戰勝利局勢轉變未及上演，1947 年由上海出版公司出版，1987 年重新發表於《華人世界》第 1 期。

〔註11〕轉引自孟度：《關於楊絳的話》，《雜誌》第 15 卷第 2 期，1945 年 5 月。原文未注明李健吾說法的來源，現李健吾原作已不可查考。

同時指出《弄眞成假》受悲劇影響太深〔註 12〕，並認爲楊絳本質上是一位嚴肅的悲劇作者〔註 13〕。麥耶發現了楊絳喜劇背後的悲劇因素，亦即文本深層結構的複雜性，爲楊絳喜劇的深度闡釋埋下了伏筆。孟度《關於楊絳的話》是早期楊絳研究中較爲系統深入的一篇，在楊絳喜劇的藝術風格、人物性格塑造、作者敘事立場、語言藝術成就等方面，具有多重發現。他首先將楊絳劇作與當時市場流行的商業喜劇與「鬧劇」進行區分，將其定位於「眞正藝術的劇作」，認爲其藝術性源於對中國現實生活的觀察與提煉，加上「超特的想像」與「深厚的慈悲」；作者的敘事立場是「無顯著之愛憎」又隱含同情的「靜觀」，從而創造了「幽默風趣的世俗的圖畫」，而隱藏在幽默與嘲諷背後的，「是作者的嚴肅與悲哀」。特別值得注意的，是其對楊絳語言藝術成就的分析。在提到中國古典文學中充滿「色彩，光輝與生氣」的「民間語言」傳統之後，他指出，「在新文學中能於語言略有成就的寥寥可數，而向這方面致力的亦所屬不多。在《弄眞成假》中如果我們能夠體味到中國氣派的機智和幽默，如果我們能夠感到中國民族靈魂的博大和幽深，那就得歸功於作者採用了大量的靈活，豐富，富於表情的中國民間語言。」〔註 14〕孟度從新文學語言的問題意識出發，發現楊絳的語言藝術特徵及其成就，在楊絳語言修辭與風格研究方面具有開創之功，以後的楊絳語言風格研究也往往是這一觀點的延展。

　　20 世紀 80 年代以來，戲劇研究界開始從現代戲劇史的角度重新評估和闡釋楊絳的戲劇創作，出現了一批研究成果。〔註 15〕柯靈在回顧上海「淪陷」時期戲劇文學時，高度評價楊絳喜劇的藝術價值與地位，認爲《稱心如意》、《弄眞成假》「是喜劇的雙璧，中國話劇庫存中有數的好作品」，其諷刺的風格是「解剖的鋒芒含而不露，婉而多諷」，語體特徵是「語言通體透明，是純粹的民族風味，沒有絲毫雜質」。他認爲楊絳寫的是「含淚的喜劇」，她的笑「是用淚水洗過的，所以笑得明淨，笑得蘊藉，笑裏有橄欖式的回甘」。「含

〔註 12〕麥耶：《十月影劇綜評》，《雜誌》第 12 卷第 2 期（1943 年 11 月），第 172～173 頁。

〔註 13〕麥耶：《七夕談劇》，《雜誌》第 13 卷第 6 期（1944 年 9 月），第 164～165 頁。

〔註 14〕孟度：《關於楊絳的話》，《雜誌》第 15 卷第 2 期，1945 年 5 月。

〔註 15〕比如，張健的《論楊絳的喜劇——兼談中國現代幽默喜劇的世態化》（《華中師範大學學報》，1999 年第 5 期）。莊浩然的《論楊絳喜劇的外來影響和民族風格》（《福建師範大學學報》，1986 年第 1 期）。胡德才的《中國現代喜劇文學史》第十一章《楊絳：穿「隱身衣」的智者》（武漢出版社，2000）。

淚的喜劇」之說，與 40 年代麥耶對楊絳喜劇的悲劇性因素的發現相呼應。值得注意的是，柯靈主要談論的是楊絳的喜劇成就，對其唯一悲劇《風絮》重視不多，僅有簡短點評：「是一部詩和哲理溶鑄成的作品，風格和《稱心如意》《弄眞成假》完全不同，表明作者的才華是多方面的。」〔註 16〕同時，楊絳戲劇也開始進入文學史研究視野。唐弢主編的《中國現代文學史簡編》這樣評價楊絳的戲劇創作：「作家善於抓住日常生活中的矛盾衝突，描寫世態，鞭闢入裏，而語言幽默，風趣盎然，含著眼淚微笑，富有個人的藝術風格，不僅在當時是佳構，即使在中國話劇史上，也是不可多得的傑作。」〔註 17〕涉及創作風格與歷史價值兩個方面，應該是文學史著作中最早出現的關於楊絳的評價。錢理群等編著的《中國現代文學三十年》，在「淪陷區戲劇文學」一章中提及楊絳的戲劇，稱其「雅俗共賞」，即同時爲知識階層和市民階層所欣賞。〔註 18〕胡德才《中國現代喜劇文學史》專章評述楊絳的喜劇，認爲「她在四十年代的戲劇創作成爲了借鑒西方而又具有民族特色的中國式的世態喜劇的典範」，「把世態喜劇創作推向了一個新的審美層次和水平，顯示了中國現代世態喜劇的成熟。」〔註 19〕這是從現代喜劇文學演變史的角度，對楊絳喜劇成就的一種定位。

　　海外漢學界對楊絳戲劇的關注，影響較大的是美國學者耿德華於 1980 年出版的學術專著《被冷落的繆斯——中國淪陷區文學史》。〔註 20〕在該書第五章《反浪漫主義》中，他將張愛玲、楊絳、錢鍾書作爲中國現代文學中「反浪漫主義」的代表加以論述，並專節討論了楊絳的戲劇。除了一般性地介紹楊絳喜劇《稱心如意》和《弄眞成假》，他將文本分析的重點放在悲劇《風絮》上，以支持「反浪漫主義」的論點。他認爲，在揭露社會弊病和心理衝突的緊張程度上，《風絮》具有易卜生戲劇的色彩，主人公方景山很像易卜生戲劇

〔註 16〕柯靈：《衣帶漸寬終不悔——上海淪陷期間戲劇文學管窺》，《柯靈文集》第三卷，上海：文匯出版社，2001 年，第 322～324 頁。

〔註 17〕唐弢：《中國現代文學史簡編》，北京：人民文學出版社，1984 年版，第 437 頁。

〔註 18〕錢理群等著：《中國現代文學三十年》（修訂本），北京大學出版社，1998 年，第 643 頁。

〔註 19〕胡德才：《中國現代喜劇文學史》，武漢：武漢出版社，2000 年，第 263 頁。

〔註 20〕〔美〕耿德華（Edward M.Gunn）：《被冷落的繆斯——中國淪陷區文學史，1937～1945》（Unwelcome Muse: Chinese Literature in Shanghai and Peking, 1937～1945），張泉譯，北京：新星出版社，2006 年，第 265～277 頁。

中的許多人物，「是一個兇狠的理想主義者」，爲了理想準備犧牲他人；《風絮》
「是一出自始至終都達到了不同凡響的心理緊張和心理洞察力的戲劇」，是對
英雄主義和浪漫主義崇拜的「巧妙而深刻的批判」。對《風絮》的重視，尤其
值得注意。40 年代以來，在楊絳戲劇的研究中，喜劇研究一直佔據中心，悲
劇《風絮》處於被忽視的狀態，耿德華對《風絮》的闡釋堪稱具有發現價值，
對於楊絳悲劇風格的研究具有參照意義。

　　散文研究是 80 年代以來楊絳研究中的重頭戲。80 年代對楊絳散文的評
論，主要是一些帶有隨想性和鑒賞性的讀後感，集中在《幹校六記》上。有
評論者用「悱惻纏綿，哀而不傷，怨而不怒，句句眞話」來概括其藝術特色
〔註 21〕，是按古典詩學標準進行評價的。總體而言，這一時期楊絳散文的評
論研究，主要圍繞著語言風格、個人記憶與歷史記憶、作者人格心理而展開，
大體屬於印象式批評和單篇作品鑒賞。90 年代以來出版的文學史中，楊絳主
要是作爲「老作家散文」群體現象的代表之一而被提及。洪子誠在總結新時
期散文創作時，將巴金、孫犁、楊絳、陳白塵等，作爲「老作家」回憶性散
文的代表，放在新時期反思文學思潮的語境下總結其共性與個性。其中提及
楊絳《幹校六記》與《將飲茶》，除了指出《幹校六記》與清代沈復《浮生六
記》的承傳關係，還從「隱身衣」意象發現了楊絳反顧歷史時所選擇的基點：
「不停留在一己悲歡的咀嚼上，也不以『文化英雄』的姿態大聲抨擊，而能
夠冷靜地展示個人和周圍世界的形形色色的生態和靈魂，往往寫出了事件的
荒謬性，透出心中深刻的隱痛。」〔註 22〕在評論研究的視野中，《幹校六記》
經歷了一個逐漸「經典化」的過程，有學者認爲，它「不但有助於接續當代
文學與現代文學的斷層，也疏通了中斷多年的中國傳統文脈。」〔註 23〕這是
從長時段的文學史觀出發，對於楊絳在文學史上獨特意義的一種概括。21 世
紀初，《我們仨》（2003）和《走到人生邊上——自問自答》（2007）的出版，
進一步促進了楊絳研究的深入，具體情況詳見本文的散文研究章節。

　　與散文研究相比，楊絳小說的研究相對比較薄弱，尤其是對楊絳小說創
作的總體研究存在不足。1982 年《倒影集》的出版，並未受到像《幹校六記》

〔註 21〕敏澤：《〈幹校六記〉讀後》，北京：《讀書》1981 年第 9 期。
〔註 22〕洪子誠：《中國當代文學史》，北京：北京大學出版社，1999 年，第 374～375
　　　　頁。
〔註 23〕中國社會科學院文學研究所當代室編著：《六十年與六十部——共和國文學檔
　　　　案》，北京：三聯書店，2009 年，210 頁。

那種禮遇，主要原因是因爲它關注的是「世態人心」，而非「社會批評」的小說。1988 年長篇小說《洗澡》問世後影響稍大。作爲第一部以新中國成立後第一次知識分子思想改造爲題材的長篇小說，《洗澡》在知識分子中引起了較大反響。施蟄存用「半部《儒林外史》加上半部《紅樓夢》」來評價《洗澡》，體現了論者的歷史眼光；說《洗澡》是「清潔的語文」，則體現了論者的審美視野〔註24〕。金克木從知識分子的歷史遭遇出發，認爲「《洗澡》重提『脫褲子，割尾巴』，不失爲存歷史語彙」〔註25〕，則是側重其社會歷史批評的效果。

楊絳創作的綜合研究始於 1990 年代，其中，胡河清的《楊絳論》具有開拓意義。該文綜合分析了楊絳的幾部作品，以小說《洗澡》解讀爲重點，結合散文《幹校六記》、《將飲茶》，發現其中的意義關聯與作家的精神結構。論述楊絳作品與作家人格的東方哲學智慧、文化研究意義，是一篇見地高遠的論文，但並非全面論述楊絳創作的文章，且其「知人論世」方法運用的尺度有待商榷。〔註26〕此外，文學史家對楊絳創作也給予了一些總體評價。洪子誠在《中國當代文學概說》中，用「對歷史創傷的反思和提供的證言」概括楊絳 80 年代前半期的創作，在總結 80 年代作家對「歷史責任」進行反思的不同思想基點時，將巴金與楊絳分別作爲「重建英雄意識」和「消除英雄幻覺」的代表。〔註27〕丁帆、許志英主編的《中國新時期小說主潮》有專節介紹楊絳的創作，認爲楊絳與孫犁分別代表了「智」與「仁」這兩種傳統生存方式的現代化形式。〔註28〕

對楊絳的文學研究，其時間跨度長，研究視野廣，對其歷史價值和審美特徵的判斷也基本準確，但系統性和科學性尚有欠缺。總體來看，感悟式批評過多，綜合研究和學理闡釋不足；多側重作家的人格心理、文化心態的揣摩，缺乏有效的文本細讀分析；多側重對某類文本的分析，缺乏對文體風格整體性的綜合研究。文學史敘述中，由於對於作家作品的總體性研究不足，

〔註24〕施蟄存：《讀楊絳〈洗澡〉》，《文藝百話》，上海：華東師範大學出版社，1994年版，第 355～356 頁。

〔註25〕金克木：《百無一用是書生——〈洗澡〉書後》，北京：《讀書》雜誌，1989年第 5 期。

〔註26〕胡河清：《楊絳論》，《靈地的緬想》，上海：學林出版社，1994 年版，第 74頁。

〔註27〕洪子誠：《中國當代文學概說》，北京大學出版社，2010 年，第 104～116 頁。

〔註28〕丁帆、許志英主編：《中國新時期小說主潮》（下卷），北京：人民文學出版社，2002 年，第 1192 頁。

相關研究顯得零星而單薄，往往是側重作家或作品的某個方面，而忽視與其它方面的本質聯繫，沒有把作家作品當作有機的整體來分析，彼此割裂，導致了研究程度與作家的文學成就不甚相稱。

在現當代文壇上，由於楊絳及其文學創作呈現爲一種「隱逸」之姿，難以簡單地納入文學史敘述的各種集體潮流和宏大話語之中，這就對研究者的文本細讀與審美感悟力提出了更高要求。與此同時，面對形象大於觀念的文學作品，通過文本細讀和形式分析，往往能發現豐富多樣的文學性要素，卻難以套用既定成說的文學史概念來闡釋，這也對研究者「由多返一」、「由博返約」的歸納總結能力構成考驗。因此，爲了突破楊絳研究現狀的「瓶頸」，首先要將楊絳的整個創作視爲一個「意義有機體」，對其進行總體性研究，這也是本文的基本出發點。

三

文學研究作爲「人文學科」的一個重要分支，其研究對象首先是「文學文本」（帶有想像性的語言文字構成的「符號體系」）及其構成方式，也就是文學的「內部研究」；在此基礎上，才出現這個文本構成所產生的「意義體」與其它「意義體」之間的關係，也就是文學的「外部研究」。〔註29〕文學文本這個由語言符號組成的「有機體」，從直觀上看，是一些零散的詞語「碎片」（就像生物界從直觀上看是雜亂無章的那樣），需要通過歸納推理演繹等基本的思辨方法和想像方法，才有可能使之呈現爲一個「意義有機體」。它要求讀者（研究者）具有從歷史和現實的維度，去理解詞法、句法、敘事、結構及其與「意義有機體」之關係的能力。可以說，有什麼樣的方法，就有什麼樣觀察視角和路徑，就會呈現出什麼樣的「世界」樣貌，用凹鏡、凸鏡和平鏡觀察世界所得出的結果自然有差異。「文學研究」儘管不是嚴格意義上的「科學」，但它卻是「一門學問」〔註30〕，甚至是「嚴密的學問」。〔註31〕因此需要科學方法。所謂科學方法，就是一種盡量忠實於事實和歷史的方法。即使人文研究無法做到嚴格科學意

〔註29〕參見〔美〕韋勒克 沃倫：《文學理論》，北京：三聯書店，1984年版。「外部研究」指對文學與外部因素之關係的考察。（第65頁）「內部研究」指對文學作品本身的研究。（第145頁）

〔註30〕〔美〕韋勒克 沃倫：《文學理論》，北京：三聯書店，1984年版，第1頁。

〔註31〕錢鍾書：《古典文學研究在現代中國》，見錢鍾書：《寫在人生邊上 人生邊上的邊上 石語》，北京：三聯書店，2002年版，第179頁。

上的「客觀」，但這種趨近「科學性」的努力值得提倡。

　　一般而言，在一個作家的作品尚未進入深入細緻的科學分析階段之前，總是由文學鑒賞家先行給出判斷，或者說「知人論世」的批評先行（如上文提及的李健吾、施蟄存、金克木等人的批評）。「以意逆志」、「知人論世」〔註32〕的研究、批評方法自有其長處，但如果不能很好處理「以己之意逆取作者之志」與「讀其書、論其人、知其世」兩者的關係，則容易出現過強的「主觀」色彩，甚至導致面對同一作家作品，出現截然相反的評價。〔註33〕這對於批評家而言固然屬於正常範疇，但並非科學研究。此外，那種倚重於感悟和比喻的「一言以蔽之」的評論方式，使得對作家作品的評價語言或概念的「適用性」過寬，彷彿可以適用於許多作家作品。比如前面提到「悱惻纏綿，哀而不傷，怨而不怒，句句眞話」這樣的評語，不只適用於對《幹校六記》的評價，也可用於對孫犁、汪曾祺、韋君宜等人某些作品的評價，故缺乏針對性，從而也抹殺了作家的個性。因此「印象式」的批評，不能代替對作家和作品深層肌理的系統研究和分析。

　　還有一種值得警惕的研究方法，即貌似科學、實則瑣碎、且有效性欠缺的研究。錢鍾書指出：文學研究「在掌握資料時需要精細的考據，但是這種考據不是文學研究的最終目標，不能讓它喧賓奪主、代替對作家和作品的闡明、分析和評價。」錢鍾書特別強調，要減少那種缺乏思想性、「自我放任的無關宏旨的考據」式研究。〔註34〕這種研究方法的主要問題在於，用「割裂」的眼光對待整體的作家作品。具體表現在三個方面：就「外部」而言，作家與歷史和傳統之間、作家與作家之間是割裂的，缺乏長時段的歷史視野；就「內部」而言，作品與作品之間、文類與文類之間是割裂的，缺乏整體意識；就「文本」而言，情節與情節之間、語言與語言之間是割裂的，缺乏總體結構意識。所有這些問題，都源自缺乏對細節和意義之關係的敏感性，缺乏對語言自身傳統和演化的觀照，研究目標不明確，導致研究主體被研究材料所淹沒。

〔註32〕《孟子‧萬章》。〔漢〕趙岐注：「志，詩人所欲之事。意，學者之心意也。」見《孟子注疏》，北京大學出版社，2000年版，第297頁。另，〔宋〕朱熹注：「當以己意迎取作者之志。」（《四書章句集注》）。

〔註33〕余傑批評楊絳的言論，就與施蟄存和柯靈的評價截然相反。參見余傑：《知、行、遊的智性顯示——重讀楊絳》，《當代文壇》，1995年第5期。

〔註34〕錢鍾書：《古典文學研究在現代中國》，見錢鍾書：《寫在人生邊上 人生邊上的邊上 石語》，北京：三聯書店，2002年版，第179頁。

　　以上兩種研究方法的局限性，是本文在研究中力圖避免的。其實，文學研究中採用「以意逆志」、「知人論世」的方法是不可避免的，因爲它是從總體上感知一部作品審美價值的有效方法之一。但必須避免其「主觀主義的邏輯」〔註35〕和「斷章取義」〔註36〕的缺點。清代文論家吳淇將「以意逆志」中的「意」，闡釋爲文學作品的「客觀意義」，〔註37〕這儘管不是孟子的原意，但相對而言更科學。「客觀意義」並非靠感受和印象所能獲得，而是需要經過分析。我認爲，「知人論世，以意逆志」方法的好處在於視野較大，有提綱挈領的效果，是科學闡釋的重要補充，從而能夠避免那種無思想性的，瑣碎且「無關宏旨」的所謂科學考據，但它本身並不屬於「科學的」研究。

　　下面涉及到本文的研究方法。先從總體原則上說。首先是將「內部研究」與「外部研究」結合起來，避免將兩者割裂，也可稱爲「內外互證」法；傳統的「知人論世」法也講究「內外互證」，但科學性有所欠缺。因此，本文注意到研究分析的科學性，所以要將細讀的「形式分析」與總體的「歷史評價」結合起來，重在發現作者的語言、主題、風格等形式要素，與不同傳統之間的歷史連續性。此外還要將「審美研究」與「文化研究」結合起來，實際上是關注「審美形式」與外延部分的關係，比如「修辭」與「修身」之關係，「風格」與「人格」之關係等。這種體大慮周的思路，或許不能在本文中完全實現，但也是本文的一個先行目標和希冀。

　　接下來要談到具體的研究思路和研究方法，也就是研究的操作層面問題。楊絳是一位作家，因爲她創作了許多文學作品，並在文學史中有一席之地，這一點已經無需論證。但是，楊絳之所以爲楊絳，而不是其它作家；楊絳是當代作家，又不僅僅是當代作家，則需要論證。面對一位作家及其作品，我們首先要對其進行分類。將楊絳的作品分爲戲劇、小說、散文，這一點也是最基本的前提，便於將對她的評價，與傳統的文學史敘述對接。因此，這種傳統文類的分類法是有效的，但也是有邊界的。它的邊界在於，一種是完全認可現有評價，並將研究對象變成一個沉默的死寂物；還有一種是不完全認可現有的評價，讓研究對象重新變成活躍而發聲的事物。因此，那種將楊絳創作的戲劇、小說、散文割裂開來的研究方法及其有效性就成了疑問。比如，

〔註35〕郭紹虞：《中國文學批評史》，上海：上海古籍出版社，1979年版，第31頁。
〔註36〕羅根澤：《中國文學批評史》，上海：上海書店出版社，2003年版，第38頁。
〔註37〕張少康：《中國文學理論批評發展史》（上），北京：北京大學出版社，1995年版，第45頁。

從總體上看，楊絳的戲劇、小說、散文，不過是她面對歷史、他人、自我和世界時的三種不同說話方式、表達方式、記憶方式，其背後的統一性是什麼？需要進一步研究。因此，新的研究衝動，與其說是源於既往的研究和敘述本身，不如說是源於在以往研究和文學史敘述中被刪除的部分。那些在歷史敘述中消失了的、豐富多樣的、看似沒有關聯性的詞語和細節，將重新成為研究中「文本細讀」的對象，將重新成為有待分類和闡釋的文獻材料。〔註38〕從這一思路出發，作家作品將再度成為「文獻遺跡」，再度成為「散亂無序」的材料，再度成為需要進行「考古」的對象。

這裡出現了「分類」和「闡釋」兩個關鍵詞，也是研究展開的兩個基本步驟，換一種表述，也可以稱之為「分類學」和「闡釋學」，這是人的思維的兩個不同階段。「分類」是人類認識世界和建構知識的基本方法，比如生物學家對自然事物的分類，地質學家對礦物岩石的分類，都是學科的基礎。所以，「分類學」，是一種給混亂事物以秩序的方法。它既屬於人文社會科學，也屬於自然科學。法國思想家福柯將「分類學」視為「普遍的秩序科學」中的一類。〔註39〕分類學作為科學研究的基本方法之一，就是不斷地在事物原有秩序的縫隙中，通過對事物不同性質和功能的再發現，重新尋找分類學依據，進而對事物進行排列組合。而帶有總體反思性的「闡釋學」，則是針對「分類學」產生的結果展開的研究，既要闡明和解釋新的分類學的依據；又要闡明和解釋不同類型事物之所以發生的根源；還要將它們置於歷史和傳統之中，進行意義分析。

至此可以歸納本文的研究方法和研究思路：將楊絳一生創作的戲劇、小說、散文視為一個整體的「符號體系」，以創作分期與傳統體裁分類為主要線索，以楊絳作品的文體風格學和主題學研究為重點，通過「細讀」、「分類」、「闡釋」的研究路徑，以作品審美形式分析的「內部研究」為基礎，結合「外

〔註38〕這種方法，受到法國學者米歇爾‧福柯的「知識考古學」基本方法的啟發。福柯在談到新的歷史研究方法時說：傳統的歷史學將「重大遺跡」變成「文獻」；今天的歷史學將那些文獻變成重大遺跡。面對這些新的遺跡，新的歷史學從考古學（「一門探究無聲古跡、無生氣的遺跡、前後無關聯的物品和過去遺留事物的學科。」）得到啟發，用考古學方法「對歷史重大遺跡做本質描述。」（參見《知識考古學》，北京：三聯書店，1998 年版，第 6～7 頁）需要說明的是，本文僅涉及福柯討論科學研究基本方法的部分，比如他所歸納的「古典知識構型」的三個方面：智力訓練（代數學）、分類學、發生學，不涉及其思想體系的討論。

〔註39〕〔法〕福柯：《詞與物──人文科學考古學》，莫偉民譯，上海：上海三聯書店，2001 年版，第 95 頁。

部研究」，從而把握作家創作背後的總體邏輯，及其與現當代文學主流話語邏
輯之間的複雜關聯。在「史」的層面，將楊絳的文體與風格，置於 20 世紀現
代漢語文學史的座標系之中，以及中國文學語言演變的歷史語境中來解讀，
分析其主要藝術特徵與成就。

四

　　本文的研究內容，在第一節中已經大致交代過，就是對楊絳歷時 80 年的
文學創作，進行總體研究。這裡再根據研究思路的脈絡，做進一步陳述。從
大的章節上來看，本文依然遵守傳統文學分類學標準，按照戲劇、小說、散
文的順序展開研究。主幹部分根據傳統文類分為「戲劇研究」、「小說研究」、
「散文研究」、「總體風格研究」四章。每一章論述的側重點不同，但都指向
「總體研究」，使之在全文的結構總體中具有「互文見義」的效果。在每一章
節的內部，通過全新的分類方法，以及相應的對分類標準和分類意義的闡釋
而展開。第一章「戲劇研究」，通過對楊絳最初創作的細讀分析，並根據其表
達情感的方法，分為「喜智」與「悲智」兩大類。「喜智」和「悲智」的「情
感辯證法」，作為楊絳創作的「初始風格」，貫穿於楊絳創作的始終，因而具
有「原型」分析意義。第二章「小說研究」，根據楊絳小說「描摹世態人心」
的方法，分析其小說敘事中「觀世」與「察幾」的辯證關係；「觀世」是對普
遍性的世態人性的觀照，「察幾」是從細微之處對觀世的具體藝術表現形式。
這種既在歷史之中，又超越時代性的眼界，以及「即小見大」、「由一知十」
的察幾知著的視角，也是貫穿於楊絳創作始終的。其中的短篇小說研究，根
據其「敘事模式」分為兩種類型，即「喜劇性諷刺型」和「悲劇性諷刺型」；
長篇小說研究，從「史」與「詩」衝突的角度，闡釋其表現社會歷史中人性
所面臨的考驗，以及考驗中的「變」與「不變」；並根據其敘事時間，分為「常
態時間」和「考驗時間」，根據其敘事空間，分為「家」、「集體」和「密室」。
第三章的「散文研究」，重點考察楊絳創作中的「記憶書寫」，及其不同表現
形式，並將其分為三種記憶範型：「記」、「紀」、「憶」；三個主題：「家」、「離
別」、「死亡」；三種結構要素：「夢幻」、「鏡像」、「現實」。最後是第四章的「總
體風格研究」，綜合戲劇研究、小說研究、散文研究三章的成果，從總體上把
握楊絳的「風格」，從外部向內部依次分為：「精神風格」、「語體風格」、「情
感風格」、「理性風格」、「結構風格」五大類。

接下來交代本文的一些新見，也就是創新之處。具體分爲四個方面。第一是「總體研究的創新」。本文爲有史以來第一篇全面論述楊絳文學創作的博士論文。本文將楊絳八十年來的文學創作及其作品視爲一個整體，將其創作的語言、敘事、結構、文體、風格等置於 20 世紀文學史中進行考察。第二是「細讀分析的創新」。由於本人有近二十年的文學創作經驗，對文學的「語言符號」及其「意義指向」之關係比較敏感，因此能夠從楊絳作品的細讀中，發現許多前人尚未發現的「意義細節」。面對蜂擁而至的「意義細節」，借鑒「知識考古學」方法，將其視爲有待重新分類和闡釋的「細節群」或「遺跡群」，所以才有第三點創新，即「分類上的創新」。統攝楊絳創作的總體，在不同的文類內部，發現具有代表性的形式要素，並按照不同的分類學標準進行重新分類。比如，從情感表達方法的角度分爲「喜智」與「悲智」兩類；從描摹世態人心的方法的角度分爲「喜劇型諷刺」和「悲劇型諷刺」；從敘事時間的角度分爲「常態時間」和「考驗時間」；從敘事空間的角度分爲「家」、「集體」、「密室」；此外，還有三種記憶範型（記、紀、憶）；三個主題（家、離別、死亡）；三種結構（夢幻、鏡像、現實），等等。分類的過程，儘管也是意義闡釋的過程，但未免零星，需要尋找總體的角度進行歸納。因此有了第四點創新，即「總體風格研究的創新」。風格是作家的創作個性更爲濃縮的體現；風格學通過對作家創作的研究，呈現創作個性背後隱含的人格魅力、精神氣質和審美理想。本文首先考察了古典文論史中「風格學」的概念，發現它從「人格學」到「修辭學」再到「藝術哲學」的演變過程。本文首先將「風格學」研究，定位在「內部研究」的基礎上，並讓它指向「外部研究」，於是，「風格」就成了社會歷史中「語言結構的規定性」，與作家「自由想像」和「創作個性」之間折中或平衡的產物。在此基礎上，本文對楊絳的總體風格進行了歸納和總結，著重解釋以下幾個方面：楊絳創作對待世界的態度：隱身與分身；對待語言的態度：修辭與修身；對待生命和歷史的態度：憂世與傷生；對待人性缺陷的態度：幽默與諷刺；還有其總體的智慧風貌：圓神與方智。在此基礎上，總結出了上文提及的五種風格要素。

對楊絳的創作進行總體研究的難點，主要體現在三個方面。首先在於其創作種類的多樣性，包括戲劇、散文、小說，還有文學翻譯和文學研究。〔註40〕

〔註40〕本文不專門討論其翻譯和研究的內容，而是將它穿插在狹義的文學文本分析之中。關於楊絳的文學翻譯、研究與小說創作之關係的論題，于慈江的博士

因此，在研究的過程之中，涉及到不同文類（戲劇、小說、散文、隨筆）的研究史，還有對不同文類進行評價時所採用的概念和概念史。比如，研究楊絳 20 世紀 40 年代戲劇的時候，就需要對 20 世紀戲劇史研究進行梳理；比如，在從事「分類」研究時，就要對「分類學」這一科學研究的基本概念進行梳理，還要將它變成一個「人文學」的研究範疇；在進行「風格學」研究的時候，要對「風格學」這一古老的範疇進行歷史梳理，梳理其從「人格學」到「修辭學」再到「藝術哲學」的演變，最後將它變成一個與本文研究相關的概念。對這些概念進行梳理、甄別和運用，這一過程顯得十分艱難而繁瑣。第二個難點在於，楊絳作為一位具有高度中西人文素養、學識和見識高遠的「學者型作家」，她的創作態度十分嚴謹，遣詞造句、謀篇布局十分講究，因此，在解讀的過程之中必須仔細甄別。比如，她的回憶性散文的標題，分別用了「記」、「紀」、「憶」三個字，這些字句之間，既有相似性，又有差異性，本文對此做了認真的考證和梳理。此外，在楊絳的創作中，經常會出現許多與古今中外文化相關的術語，比如「陸沉」、「隱身衣」、「孟婆茶」、「蛇阱」（snake pit）、「元神」、「中和」，等等，都需要認真考證，並根據上下文仔細甄別和體會。第三個難點在於，由於本文創新之處的驅動，使得楊絳的文本變成了需要重新全面梳理的文獻材料，對這些文獻材料的總體把握、歸納和闡釋，對邏輯思維的長度和甄別歸納的準確度，都有較高的要求。就此而言，「總體風格學研究」一章的寫作，就是這種意義上的一個難點。

論文《小說楊絳——從小說寫譯的理念與理論到小說寫譯》（北京師範大學，2012）做了專門研究。

第一章　喜智與悲智：楊絳的戲劇

　　楊絳的文學創作發端於 1930 年代〔註1〕，而真正在文壇產生影響，則是憑藉 1940 年代上海「淪陷時期」的話劇創作。據同時代作家柯靈的回憶，在上海「淪陷時期」轉向戲劇創作的文藝家群體中，「一枝獨秀，引起廣泛注意的是楊絳」〔註2〕。1940 年代上半期，她總共創作了三部喜劇與一部悲劇作品，在喜劇與悲劇領域都有創作實績，並以獨特的藝術風格而引起注意。可以說，楊絳是以喜劇作家的身份登上文壇的。對於女性作者而言，創作戲劇，尤其是喜劇，是一種偏離主流的選擇。五四之後，在女性解放的潮流中湧現出不少女作家，但她們的創作體裁主要集中在「中心文體」小說與詩歌，相對邊緣的戲劇創作領域則罕見女性身影，劇作得以公演並產生社會影響的女性劇作家，尤其是喜劇作家，更是鳳毛麟角。〔註3〕在歷史語境中來看，楊絳的喜

〔註1〕 楊絳於 1933 年開始創作發表散文和短篇小說，包括《收腳印》、《路路》、《陰》等，數量不多，影響不大，可稱為習作期：「早年的幾篇散文和小說，是我在清華上學時課堂上的作業，或在牛津進修時的讀書偶得。」參見《楊絳文集‧作者自序》，《楊絳文集》第 1 卷，北京：人民文學出版社，2004 年版，第 1 頁。

〔註2〕 柯靈：《衣帶漸寬終不悔——上海淪陷期間戲劇文學管窺》，《柯靈文集》第三卷，上海：文匯出版社，2001 年，第 322 頁。

〔註3〕 二十世紀二三十年代，女性創作話劇的先行者主要有濮舜卿、袁昌英、白薇等，袁昌英《孔雀東南飛及其它獨幕劇》（1929），白薇《打出幽靈塔》（1931），為較早的女性作家劇作集（參見張健：《民國喜劇主要作品編目》，《三十年代民國喜劇論稿》（下），臺灣：花木蘭文化出版社，2003 年版，第 355～357 頁）。袁昌英是楊絳之前涉足喜劇的女作家，創作悲劇和喜劇，而主要以悲劇《孔雀東南飛》等產生影響，其喜劇《結婚前的一吻》等屬於獨幕劇，體制較小（參見胡德才：《中國現代喜劇文學史》，武漢出版社，2000 年，第 193 頁）。

劇創作，構成了一種具有個性風格的創作現象。

　　作爲「五四」落潮之後登上文壇的女作家，楊絳選擇喜劇這種女性鮮有問津的體裁，是對於五四以來女性創作主脈的偏離（而以更長遠的歷史眼光來看，實爲一種重要補充）。這種創作道路之初的個性化選擇，或曰「邊緣選擇」，使得她的創作難以納入以啓蒙/革命爲軸心的現代文學主流話語範式。其40年代的戲劇創作雖然在當時產生一定反響，但在現代文學史敘述中長期受到忽視，直到80年代以來才重新引起海內外研究者注意，在新的語境中獲得重新解釋和評價。

　　「喜劇來自笑」〔註4〕，對喜劇、詼諧與笑的文學精神的愛好，貫穿著楊絳畢生的文學創作，及其外國文學翻譯和研究活動。在我看來，楊絳的晚年寫作之所以構成一種獨特的文學現象，不僅因爲她在高齡之年持續創作出富有精神深度的作品，更重要的，是其自由活潑、氣韻生動的表達方式，與暮年生命圖景所形成的反差。在以《幹校六記》、《洗澡》、《我們仨》等爲代表的晚年作品中，憂世傷生的人文情懷與終極思考的深沉智慧，始終伴隨著積極樂觀的生命意志，以及自由創造的審美精神。在現當代文學史中，楊絳是少有的能將達觀精神與「笑」的能力保持到人生終點的作家。其晚年文體風格的獨特性，正體現在悲劇與喜劇美學的相互轉化之中。

　　錢鍾書借佛教術語「悲智」〔註5〕評價王國維的詩：「比興以寄天人之玄感，申悲智之勝義，是治西洋哲學人本色語」，〔註6〕此處所謂「悲智」，可理解爲「表現爲悲劇意識的智慧」，兼有「悲智」的佛教涵義，以及王國維所研習的叔本華哲學的「悲劇」涵義。論及文學藝術特有的「情感辯證法」（即歌德所說的「心靈辯證法」，區別於「頭腦或觀念辯證法」），錢鍾書以語言文字中「一字反訓」的現象爲例進行闡發：「『哀』亦訓愛悅，『望』亦訓怨恨，頗徵情感分而不隔，反亦相成；所謂情感中自具辯證，較觀念中之辯證愈爲純粹著明。《老子》

　　　　楊絳的喜劇均爲多幕劇，這是她與袁昌英喜劇在體裁結構上的區別。

〔註4〕〔古希臘〕佚名：《喜劇論綱》，《羅念生全集》第一卷，上海人民出版社，2004年版，第397頁。

〔註5〕「悲智」原爲佛教術語，指「慈悲與智慧也，此爲佛菩薩所具一雙之德，稱曰悲智二門。智者，上求菩提，屬於自利，悲者，下化眾生，屬於利他。」見丁福保編：《佛學大辭典》（下），上海：上海書店，1991年版，第2143～2144頁。

〔註6〕錢鍾書：《談藝錄》，北京：中華書局，1984年版，第24頁。

四十章：『反爲道之動』」，錢鍾書補充曰：「『反』亦情之動也。」〔註7〕按照情感辯證法的規律，「悲」與「喜」乃人之情感心理中相反相成的辯證統一，因此我認爲，既有「悲智」，亦應有「喜智」，即表現爲喜劇意識的智慧。在討論 20世紀 40 年代楊絳的喜劇與悲劇創作時，我想借用錢鍾書的「悲智」說，以及由此引申出的「喜智」概念，來探討楊絳喜劇與悲劇意識的特徵，進而考察「喜智」與「悲智」的辯證統一在其作品中的表現形式。

通過對於楊絳 40 年代喜劇與悲劇作品的分析，可以發現，在「喜」與「悲」相反相成的情感辯證法的基礎上，形成了楊絳戲劇創作的獨特藝術風格。熊十力云：「癡未盡者，不能有悲」，「不智而能仁，未之有也」〔註8〕，揭示了「悲智」所達到的智慧境界。在晚期散文代表作《我們仨》的結尾，楊絳這樣表達喜與悲的不可拆分：「人世間不會有小說或童話故事那樣的結局：『從此，他們永遠快快活活地一起過日子。』人間沒有單純的快樂。快樂總夾帶著煩惱和憂慮。人間也沒有永遠。」〔註9〕正是這種喜智與悲智的辯證智慧，使得楊絳不同時期不同體裁的創作之間，形成了精神的統一性與內在的關聯性。喜智與悲智的情感辯證法，不僅是楊絳的「初始風格」，還貫穿其創作始終，因此，對其精神內涵和表現形式的探討，具有「原型」分析的意義。

第一節　從喜劇開始：黑暗中的笑聲

20 世紀 40 年代上海「淪陷時期」，楊絳從喜劇開始戲劇創作，共完成三部喜劇與一部悲劇劇作，分別爲：喜劇《稱心如意》（1943）、《弄眞成假》（1944）、《遊戲人間》（1944）與悲劇《風絮》（1945）。〔註10〕三部喜劇都

〔註7〕 錢鍾書：《管錐編》，北京：中華書局，1979 年版，第 1058 頁。
〔註8〕 熊十力：《佛家名相通釋》，北京：中國大百科全書出版社，1985 年版，第 31頁。
〔註9〕 楊絳：《我們仨》，《楊絳文集》第 3 卷（散文卷·下），北京：人民文學出版社，2004 年版，第 261 頁。
〔註10〕 1942～1945 年，楊絳共創作了四部話劇劇本，依次爲：喜劇《稱心如意》、《弄眞成假》、《遊戲人間》，以及悲劇《風絮》。四部戲劇的創作、上演與出版情況如下：《稱心如意》作於 1942 年，1943 年上演，劇本於 1944 年由世界書局出版。《弄眞成假》作於 1943 年，1944 年上演，劇本於 1945 年由世界書局出版；2007 年在上海重新上演。《遊戲人間》作於 1944 年，1945 年上演，劇本未出版，因作者不滿意，劇本已不存，近年出版的楊絳文集亦未收入。《風絮》完成於 1945 年，因抗戰勝利局勢轉變未及上演，1947 年由上海出版公司出版

在上海公演，在專業領域和公眾傳播中同時產生反響。錢理群等編著的《中國現代文學三十年》中，這樣描述楊絳喜劇的藝術特色和影響：「這一時期的劇作中，有相當部分是所謂『通俗話劇』，其中也有『雅俗共賞』的作品。楊絳的被稱爲『喜劇雙璧』的《稱心如意》與《弄眞成假》即是同時爲市民觀眾與知識界歡迎的代表作。如同她所喜愛的女作家奧斯汀那樣，楊絳的這兩個劇本都是『從戀愛結婚的角度，寫世態人情，寫表現爲世態人情的人物內心』。」〔註11〕楊絳在她所說的人生「最艱苦的日子」〔註12〕，從喜劇之「笑」，而不是從感傷主義的苦悶歎息開始文學創作，既有外在的、偶然的因素〔註13〕，也有出自個人性格與思維觀念的必然性：

> 「如果說，淪陷在日本鐵蹄下的老百姓，不妥協、不屈服就算反抗，不愁苦、不喪氣就算頑強，那麼，這兩個喜劇裏的幾聲笑，也算表示我們在漫漫長夜的黑暗裏始終沒有喪失信心，在艱苦的生活裏始終保持著樂觀的精神。」〔註14〕

> 「我們淪陷上海期間，飽經憂患，也見到世態炎涼。我們夫婦常把日常的感受，當作美酒般淺斟低酌，細細品嘗。這種滋味值得品嘗。因爲憂患孕育智慧。」〔註15〕

從以上表述中可以發現，積極樂觀的人生態度，超越性的藝術精神，以及從憂患體驗中獲取智慧的理性能力，是楊絳選擇喜劇創作的心理根源。笑

劇本，1987年重新發表於《華人世界》第1期。

〔註11〕錢理群、溫儒敏、吳福輝：《中國現代文學三十年》（修訂本），北京大學出版社，1998年，第643頁。

〔註12〕「我們淪陷上海，最艱苦的日子在珍珠港事變之後，抗日勝利之前」，這也正是楊絳進行喜劇創作的時期。見楊絳：《我們仨》，《楊絳文集》第3卷（散文卷・下），北京：人民文學出版社，2004年版，第217頁。

〔註13〕由於淪陷區日本殖民統治的政治高壓與思想文化控制，出於生存需要，劇團需演出一些不帶政治色彩的作品作爲緩衝，由此帶動了商業劇和通俗喜劇的發展。據楊絳《稱心如意》原序與《喜劇二種》一九八二年版後記，1942年冬天，在朋友、劇作家陳麟瑞（石華父）和李健吾的鼓勵下，她開始「學做」劇本，並很快上演。參見《楊絳文集》第4卷（戲劇・文論卷），北京：人民文學出版社，2004年版，第5頁、第192頁。

〔註14〕楊絳：《〈喜劇二種〉一九八二年版後記》，《楊絳文集》第4卷（戲劇・文論卷），北京：人民文學出版社，2004年版，第192頁。

〔註15〕楊絳：《我們仨》，《楊絳文集》散文卷（下），北京：人民文學出版社，2004年版，第222頁。

的發生，源於主體對客體的缺陷的發現〔註16〕。柏格森認爲笑產生於主體「一種不動感情的心理狀態」，「滑稽訴之於純粹的智力活動」，主體只有在不動感情、僅僅運用智力的時候，從局外人和旁觀者的角度去觀照客體，才會產生滑稽感和笑。〔註17〕楊絳對於喜劇和悲劇意識的關聯，有著辯證的理解，體現在她對沃爾波爾（Horace Walpole）〔註18〕名言的稱許中：「這個世界，憑理智來領會，是個喜劇；憑感情來領會，是個悲劇。」〔註19〕從楊絳晚年在一些回憶性散文中的敘述來看，她在孤島時期對「漫漫長夜的黑暗」和「世態炎涼」有切膚之痛，對生存痛苦的體驗不可謂不深。在散文《回憶我的父親》、《記錢鍾書與〈圍城〉》中，她對於戰亂中親人逃難、母親之死、家園之劫與盛衰交替，羈居淪陷區後生活之艱苦困窘〔註20〕，乃至親身經受的危險與驚嚇〔註21〕，都有刻骨銘心的記憶。錢鍾書所謂「憂天將壓，避地無之，雖欲出門西向笑而不敢也」〔註22〕，正是這種境遇下的心情寫照。這種「漫漫長夜」的人生體驗，更容易引起「悲觀」的心理反應，但楊絳在文學創作之始，卻首先選擇了「憑理智來領會」的「喜劇」的觀照方式，究其原因，與其說是一種消解與超越現實痛苦的心理策略，不如說是個人精神結構中喜劇主體性的體現：「主體一般非常愉快和自信，超然於自己的矛盾之上……他

〔註16〕 霍布斯認爲，笑產生於主體在發現對象缺陷時的瞬間優越感。參見霍布斯：《利維坦》，黎思復、黎廷弼譯，北京：商務印書館，1997 年版，第 41～42 頁。

〔註17〕 〔法〕柏格森：《笑》，徐繼曾譯，北京十月文藝出版社，2005 年，第 3、4 頁。

〔註18〕 Horace Walpole（霍勒斯‧沃爾波爾，1717～1797），英國史學家、作家。楊絳所引觀點出自其《論喜劇》，見楊絳自注。

〔註19〕 楊絳：《有什麼好？——讀奧斯丁的〈傲慢與偏見〉》，《楊絳文集》第 4 卷（戲劇‧文論卷），北京：人民文學出版社，2004 年版，第 336 頁。

〔註20〕 「當時我中學母校的校長留我在『孤島』的上海建立『分校』。二年後上海淪陷，『分校』停辦，我暫當家庭教師，又在小學代課，業餘創作話劇。鍾書陷落上海沒有工作，我父親把自己在震旦女子文理學院授課的鐘點讓給他，我們就在上海艱苦度日。」見楊絳：《記錢鍾書與〈圍城〉》，《楊絳文集》第 2 卷（散文卷‧上），北京：人民文學出版社，2004 年版，第 137 頁。

〔註21〕 在散文《難忘的一天》中，楊絳記敘了 1945 年父親病危之日，她從上海奔赴蘇州探父途中的驚險歷程，見《楊絳文集》第 3 卷（散文卷‧下）。在《闖禍的邊緣》中，描述了自己與日本兵差點發生衝突的緊張情境；在《客氣的日本人》中，講述了日本人上門、自己被傳至日本憲兵司令部接受審問的驚險經歷，以及當時常有文化界朋友被捕受刑的恐怖氛圍。見《楊絳文集》第 2 卷（散文卷‧上）。

〔註22〕 錢鍾書：《談藝錄》序，北京：中華書局，1984 年版，第 1 頁。

自己有把握，憑他的幸福和愉快的心情，就可以使他的目的得到解決和實現」〔註23〕。

楊絳現存的兩部喜劇作品《稱心如意》、《弄眞成假》〔註24〕，都是講述發生在現代都市（上海）中上層家庭的故事，表現現代都市的家庭生活與人倫關係中的喜劇衝突。其喜劇作品的社會歷史背景，是傳統向現代過渡時期「半封建半殖民地社會」的上海。在上海這樣一座中西文化交匯的特殊形態的都市，在傳統與現代、東方與西方文化交融與碰撞的過程中，一方面是新的生活方式和價值觀念的萌芽壯大，一方面是根深蒂固的舊的封建文化心理及其無意識表現，新與舊交融碰撞的過程中，必然出現種種矛盾衝突。家庭，作爲個人與社會意識的交叉地帶，最爲具體地承載著這些矛盾，並在衝突的同時尋求和解之道。對於這種在家庭（家族）空間中出現的新舊衝突，及其消解模式，用不同的方式去觀照和表現，就產生了不同類型的敘述模式。在茅盾的《子夜》中，新舊矛盾是用批判現實主義的方式去表現的，在唯物主義辯證法「歷史進步」核心邏輯的支配下，最終表現爲「新」的力量對「舊」的勝利。而在張愛玲的作品中，對於家族——家庭內部「畸零人」處境與心理的表現，構成了「悲涼美學」的心理基礎，進而將時間概念上的「歷史」，轉變爲以時空復合體形式存在的「廢墟」意象，人也成爲歷史「廢墟」的縮影。而在楊絳筆下，這種新舊文化的交匯在家庭（家族）人際關係與道德倫理領域所引起的矛盾，並非通過悲劇（或悲觀）的表現方式來將衝突引向極端地步，引向終極解決方式（摧毀或逃離舊家），而是通過具有「相對性」的喜劇和笑的方式來展開。與正面的、嚴肅的批判鞭撻相比，笑具有雙重作用：通過滑稽模仿，既能讓人如同照鏡子般地照見本相、反觀自身，又可以通過「他嘲」與自嘲來緩解緊張對立，使得矛盾在笑聲中獲得相對性（而非絕對性）的解決。

楊絳的喜劇意識，來源於對「笑」的審美意義及社會意義的肯定。雖然她在當時並未系統闡述過自己的喜劇觀，但如前所述《喜劇二種》後記中對「笑」的性質和意義的表述，已經部分反映了其喜劇觀。她在四五十年代開

〔註23〕〔德〕黑格爾：《美學》第三卷下冊，朱光潛譯，北京：商務印書館，1991年版，第291頁。

〔註24〕另一部喜劇《遊戲人間》（1945年上演），劇本未出版。據楊絳稱，因自己不滿意，劇本未存。近年出版的楊絳文集亦未收入，只收入兩部喜劇《稱心如意》與《弄眞成假》。

始西方文學的翻譯，選擇的作品以喜劇風格的小說為主，體現了她對於喜劇性作品的偏愛；同時，她對於喜劇與幽默美學的理解，也在翻譯和相關研究中得到進一步深化。在闡釋西方經典作品（塞萬提斯、菲爾丁、奧斯汀）的喜劇精神時，她較為集中地表達了自己對「笑」、「喜劇」和「幽默」的理解。她對西塞羅的名言屢加稱許：「喜劇應該是人生的鏡子，風俗的榜樣，真理的造象」〔註25〕，並認為塞萬提斯、菲爾丁、奧斯汀等西方文學家，都是以喜劇為反映世態與人性缺陷的明鏡，「人類見到自己的醜相，由羞愧而知悔改，正是夏夫茨伯利所說『笑能溫和地矯正人類的病』」〔註26〕。楊絳對亞里士多德《詩學》中喜劇定義的理解和引申，也反映了她的喜劇觀：「《詩學》說，可笑是醜的一種，包括有缺陷的或醜陋的，但這種缺陷和醜陋並不是痛苦的或有害的。這就是說，可笑的是人類的缺點，這笑不含惡意，並不傷人。」〔註27〕在她看來，笑的對象是「人類的缺點」，也就是人性普遍存在的弱點和滑稽可笑之處，因此，笑的性質是「不含惡意」，目的不是為了揭露打擊個別人或少數人（「並不傷人」），而是「啓人深思」〔註28〕。這種表現人性和世態「一般性」（而非特殊性）的審美取向，最直接地體現在她對故事人物的選擇上。她的喜劇人物都是日常生活中的普通人，呈現的是一般人身上普遍存在而又習焉不察的弱點。這種創作觀念，契合柏格森對喜劇本質特點的概括：喜劇「是各門藝術當中唯一以『一般性』為目標的藝術」，其區別於悲劇、正劇及其它藝術形式的本質特點，是表現人性的「一般性」而非特殊性。〔註29〕楊絳喜劇最早的評論者之一孟度，認為她的喜劇呈現了「幽默風趣的世俗的畫面，我們見了只覺得熟悉可親」〔註30〕，即從接受的角度，印證了表現世態人心的「一般性」所產生的喜劇效果。

〔註25〕 楊絳：《菲爾丁關於小說的理論》，《楊絳文集》戲劇・文論卷，北京：人民文學出版社，2004 年版，第 256 頁；另見《有什麼好？——讀奧斯丁的〈傲慢與偏見〉》，同上書，第 333 頁。

〔註26〕 楊絳：《菲爾丁關於小說的理論》，《楊絳文集》戲劇・文論卷，北京：人民文學出版社，2004 年版，第 257 頁。

〔註27〕 楊絳：《菲爾丁關於小說的理論》，《楊絳文集》戲劇・文論卷，北京：人民文學出版社，2004 年版，第 255 頁。

〔註28〕 楊絳：《有什麼好？——讀奧斯丁的〈傲慢與偏見〉》，《楊絳文集》戲劇・文論卷，北京：人民文學出版社，2004 年版，第 333 頁。

〔註29〕 〔法〕柏格森：《笑》，徐繼曾譯，北京十月文藝出版社，2005 年，第 100 頁。

〔註30〕 孟度：《關於楊絳的話》，《雜誌》第 15 卷第 2 期，1945 年 5 月。

　　喜劇作品的「笑」有不同的風格類型。不同風格的「笑」，體現了喜劇作品與作者的個性特色。與楊絳同一時期（1940 年代）在上海創作喜劇的徐訏，以「孤島的狂笑」來命名自己的一部劇作集，在闡述自己的喜劇觀時，他提出了「笑的靈魂不同」之說：「任何笑劇都有笑的靈魂。但是笑的靈魂每篇劇作是不同的。有許多以聰敏鬱剔為骨，有許多則包含神秘的詩意，有許多則隱藏著奇詭的哲理，有許多則充滿熱情的挖苦……這裡沒有好壞的分別，只是性質的差異。」〔註 31〕徐訏還認為，表面上與笑相對立的「冰冷的諷刺與寂寞的哀愁」〔註 32〕，同樣可以表現為笑。在這一充滿矛盾的表述中，「熱情的」、「冰冷的」、「寂寞的哀愁」都指向主體的強烈情感，而不同於一些經典喜劇理論家所認為的「笑」產生於「不動情感的理性」的觀點（如前所述的沃爾波爾、柏格森之說），體現了一種帶有表現主義色彩的喜劇觀。因此，「孤島的狂笑」作為其喜劇作品集的風格意象，帶有憤激與苦悶的強烈情感色彩，跡近位於哭與笑之間的「苦笑」。從這一風格論的視角來看，楊絳喜劇「笑的靈魂」，接近徐訏所說的「以聰敏鬱剔為骨」；但在笑的風格以及引發的接受者反應上，都迥異於徐訏的「狂笑」意象，而是接近於溫和節制的「微笑」。就像當時的評論者對其喜劇基調的概括：「於世間之熙攘，紛爭一概以溫和，清新的嘲諷加以覆被，如春風，亦如朝陽」〔註 33〕，這種「溫和，清新的嘲諷」所產生的微笑，是笑在釋放同時的自我節制。正如楊絳對簡·奧斯丁「笑」的風格的分析：「奧斯丁對她所挖苦取笑的人物沒有恨，沒有怒，也不是鄙夷不屑。她設身處地，對他們充分瞭解，完全體諒。她的笑不是針砭，不是鞭撻，也不是含淚同情，而是乖覺的領悟，有時竟是和讀者相視目逆，會心微笑。」她認為這種「會心微笑」所追求的不是激烈批判，而是啟示性的效果：「梅瑞狄斯認為喜劇的笑該啟人深思。奧斯丁激發的笑就是啟人深思的笑。」〔註 34〕同樣被視為描繪世態人情的風俗喜劇作家，楊絳與奧斯汀的共同之處在於，他們都以「會心微笑」為審美追求，而非宣泄快感的「大笑」或「狂笑」。

　　楊絳的喜劇審美追求，蘊涵在「會心微笑」的風格意象之中。她在舉起喜劇的「明鏡」之際，既為觀照到的世態本相與人性愚妄而失笑，又對人性

〔註 31〕徐訏：《孤島的狂笑》，上海：夜窗書屋，1941 年版，第 94 頁。

〔註 32〕徐訏：《孤島的狂笑》，上海：夜窗書屋，1941 年版，第 93 頁。

〔註 33〕孟度：《關於楊絳的話》，《雜誌》第 15 卷第 2 期，1945 年 5 月。

〔註 34〕楊絳：《有什麼好？——讀奧斯丁的〈傲慢與偏見〉》，《楊絳文集》戲劇·文論卷，北京：人民文學出版社，2004 年版，第 333，336 頁，337 頁。

的局限性與人生的不完滿「充分瞭解，完全體諒」。在笑與悲憫的雙重作用下形成的「微笑」，是楊絳喜劇美學的本質特徵。正是這種洞察缺陷而又蘊含悲憫的「微笑」精神，使得楊絳喜劇形成了詼諧而「隱嘲」〔註35〕的藝術風格。

第二節　都市世態喜劇中的衝突與和解

　　楊絳的兩部喜劇《稱心如意》與《弄眞成假》，都是講述發生在傳統向現代過渡時期都市（上海）中上層家庭的故事。兩部劇作在情節結構上的共同之處，都是敘述某個身份較低的年輕人（《稱心如意》中的李君玉，《弄眞成假》中的周大璋），作爲外來者，以不同的方式（前者是「孤女投親」，後者是試圖通過「攀龍附鳳」的婚姻）進入一個地位較高家庭的過程之中的遭遇。在這一過程之中，由於保守或勢利的家長的阻力，加上中國傳統戲劇模式中常見的陰差陽錯、機緣巧合，產生了一系列喜劇衝突。由於故事主人公品行的差異，導致了相反的結局：前者「稱心如意」，後者「弄眞成假」。從故事發生的物理空間及人物關係來看，它們首先屬於家庭喜劇。由於家庭世界在這裡被塑造爲都市世態人情的縮影，作者著重描繪與揭示的，是社會習俗與觀念在市民階層日常生活中的體現，因此，在更大的喜劇範疇中，它們都屬於典型的都市世態喜劇，反映了新舊交替時期的都市世態與人性心理。

　　喜劇表現的是對立因素之間通過衝突而暫時達成「和解」〔註36〕。在楊絳的都市世態喜劇中，世態人心中傳統與現代因素的衝突，以及二者之間的互相妥協（交融），對於喜劇的衝突與和解方式，產生了重要影響。

〔註35〕「隱嘲」一詞，源於古希臘喜劇美學中的「隱嘲者」概念，古希臘佚名《喜劇論綱》提出：「喜劇的性格分丑角的性格、隱嘲者的性格和欺騙者的性格。」（見古希臘佚名：《喜劇論綱》，羅念生譯，《羅念生文集》第一卷，上海人民出版社，2004 年版，第 398 頁）。在後來的喜劇與幽默美學理論中，「隱嘲」也指作者的一種敘事態度和技巧，指作者在喜劇性作品中不直接（或借他人之口）公開地表達嘲笑的態度，而是將其隱藏在敘事的背後，訴諸於讀者的感受。

〔註36〕「衝突與和解」是黑格爾戲劇理論的重要觀點。黑格爾認爲：戲劇必須有衝突（矛盾）才能發展，通過衝突，對立各方的「片面性」都以調和的方式被否定掉。戲劇的任務就是解決不同人物身上「精神力量的片面性」，「這些片面的精神力量在悲劇裏以敵對的方式彼此對立，在喜劇裏則由它們自己互相抵消來取得解決。」「喜劇的起點是一種絕對達到和解的爽朗心情。」因此，「喜劇用作基礎的起點正是悲劇的終點」。參見黑格爾：《美學》第三卷（下冊），朱光潛譯，北京：商務印書館，1981 年版，第 247 頁，248 頁，315 頁。

一、《稱心如意》：「灰姑娘」的微笑

《稱心如意》（四幕喜劇）講述了一個現代「孤女投親」的故事，同時也是一個家庭情境中「灰姑娘」改變命運的故事。因父母雙亡而從大學輟學、獨立謀生的孤女李君玉（十七八歲），從北平來上海舅舅家投親，這是她第一次來母親娘家登門認親。她的母親出身世家，當年因與「又沒家世，又沒家產」的北平「窮畫家」自由戀愛私奔，而與娘家斷絕關係，始終沒有和解。該劇以李君玉在三個舅舅家投親的經歷爲情節線索，講述她從一家被推到下一家的遭遇（每家都最大程度利用她的勞力，又不想收留她），直到她最終因機遇和個人品行，贏得「有錢怪老頭」舅公的喜愛而改變命運，贏得「稱心如意」的結局；而那些覬覦舅公財產的舅舅舅母們，則「如意算盤」落空。

《稱心如意》爲四幕結構，結構方式是以一家爲一幕：三個舅舅家與舅公徐朗齋家，各爲一幕，在不同類型的家庭情境中，展開喜劇衝突。柯靈認爲該劇是「翻冊頁結構」，一家一頁，一頁頁翻過去。〔註 37〕在我看來，《稱心如意》的結構更接近於「屏風結構」。「翻冊頁結構」是翻過一頁之後，之前的一頁就不再出現；而屏風結構則是：每展開一頁後，之前的一頁暫時折疊進去（隱藏），而在最終的大結局場面中，所有的頁面又同時展開，如同一幅一幅展開又折疊的屏風，最終展示其全貌。這更符合《稱心如意》的結構特徵。

作爲《稱心如意》故事線索的「孤兒投親」，是在中國傳統文學與戲劇中重複出現的「原型」情節。最具代表性的，是《紅樓夢》中的林黛玉進賈府到外祖母和舅舅家投親。同爲「孤女」，李君玉與林黛玉的投親故事有相似之處：她們都是父母雙亡後，不得不到比自己家庭更顯赫的母系家族投親。李君玉就像一個現代「林黛玉」，連她們的名字都有暗合之處：同有一個象徵美質的「玉」字。李君玉的聰慧美麗、知書達理、靈魂純潔，也接近於林黛玉。但李君玉的性格和形象，卻與林黛玉的多愁善感（悲觀的人生態度與豐富情感的結合）完全不同，她性格積極樂觀，具有很強的自立精神與生存能力，完全是一個現代女性的形象（後文將論及這一點）。與林黛玉被外祖母接入賈府並受到禮遇不同，現代「林黛玉」——李君玉的投親故事，來源於一個由於家庭矛盾而精心設計的「圈套」，因此決定了她既被利用又不受歡迎的處

〔註37〕柯靈：《衣帶漸寬終不悔——上海淪陷期間戲劇文學管窺》，《柯靈文集》第三卷，上海：文匯出版社，2001 年，第 322～324 頁。

境。大舅媽（蔭夫人）爲了讓當銀行經理的丈夫辭掉「妖精般的」女秘書，遭遇阻力，便設計召外甥女君玉來代替女秘書，但她在丈夫面前卻裝作是君玉自己來的。開場時李君玉到達大舅家，遭到勢利僕人的阻攔，就是之後將發生的衝突的預演。開場這段對話中，君玉父母在家族中被當作羞恥而遭抹殺的故事背景，整個家族始終不變的勢利冷漠，以及君玉即將面對的處境，都同時得以呈現。而在這個作爲「親戚」的勢利群體面前，年輕姑娘自尊而率真的性格，也在其語言應對之中得以表現：

> 李君玉　我就是這兒的外甥女兒——李君玉。
>
> 王　升　沒聽說過。
>
> 李君玉　這兒是姓趙呀？你們老爺是趙祖蔭先生呀？
>
> 王　升　知道他名字沒用，我們老爺是有名兒的，誰都知道！
>
> 李君玉　我是他的外甥女兒，剛從北平來，是你們老爺太太寫信叫我來的。
>
> 王　升　（搖頭）我們老爺只有一位外甥女兒，我們三姑太太的小姐，她姓錢，不姓李。
>
> 李君玉　我是你們五姑太太的小姐，姓李，一向在北平住。
>
> 王　升　從來沒聽說過什麼五姑太太！照你說，還有五姑老爺呢！
>
> 李君玉　怎麼沒有？我爹也是有名兒的，大畫家。
>
> 王　升　哦，可是我們這兒沒這個人。〔註38〕

僕人語言是主人語言的低劣模仿。接下來我們可以發現，君玉那些舅父母們的語言，雖然表面風格上各有不同，但在根本性質上卻是一樣的，都是骨子裏自私勢利，表面上又加以掩蓋和矯飾的虛僞語言。只有君玉，以及被舅父母們認爲乖僻難解的舅公徐朗齋，所說的才是沒有僞飾的眞實語言。而在虛僞語言系統裏，這種眞實語言如同瘟疫，就像君玉帶給舅舅們的見面禮——她父親的西洋風格裸體畫一樣，在家庭主人那裡引起的是恐慌性反應：

> 趙祖蔭：哎，這算什麼！——嘿，阿妹，你看什麼？走開！別看！……

〔註38〕楊絳：《稱心如意》，《楊絳文集》第 4 卷（戲劇·文論卷），北京：人民文學出版社，2004 年，第 7～8 頁。

　　陰夫人：君玉，這些畫別排列出來了。他就是這樣的，最怕這
種光著身子的女人，妖精似的。

　　李君玉：（輕聲）和女秘書一樣妖精嗎？〔註39〕

　　真實語言與虛偽語言，構成了《稱心如意》中的兩套語言系統。虛偽語言的歷史性和集團性，使得個體（李君玉）的真實語言只能處於「輕聲」乃至「無聲」狀態。就像《弄真成假》劇名中「真」與「假」的戲劇性換位一樣，人性與世態之中真實與虛假的衝突，是楊絳戲劇創作的「起始命題」，也是她以後的小說與散文寫作中的重要思想命題之一。在她 80 年代的敘事文本《幹校六記》與《洗澡》中，政治意識形態的虛假話語對於真實人性的壓抑與扭曲，以及人性真實在壓抑機制中的反壓抑智慧，得到了見微知著的體現。「真假情結」是貫穿楊絳創作的中心情結之一。而對於喜劇作品來說，「真假衝突」是具有原型意義的敘事結構模式，喜劇的結局往往是「真」對「假」的勝利；在美學層面，真與假的對比，往往被表現為美與醜的對比，被虛假表象所掩蓋的假和醜，是喜劇嘲笑（批判）的主要對象之一。楊絳採用了這一傳統的結構手法，她將「真假衝突」的主題，與新舊交替時期的家庭倫理主題結合起來，使之成為家庭喜劇的深層意義結構因素。她所描繪的不是社會層面的「真假」衝突與對抗，而是作為人性常態與人際關係慣例的「真實與虛偽」之間的矛盾。在家庭（族）世界內部，這種真假矛盾更多地表現為一種微觀權力關係。

　　構成《稱心如意》四幕場景的四個家庭（李君玉的三個舅舅家和舅公家），是封建家族解體後的產物，與傳統家族不同的是，劇中每家都是作為獨立單元的現代家庭，共同的家長缺席（舅公只是象徵性的家長）。家庭生活各自為政，家族關係已很鬆散，相當於巴金《家》中高老太爺死後，大家族解體，「克」字輩分家後的狀況。這種家庭（族）形態，是傳統家族向現代家庭轉型的過渡形式，一方面是各自為政的現代家庭，一方面又保留了傳統的血緣宗法關係與家族觀念的殘餘，後者表現在：以家族為單位與「下嫁」的妹妹斷絕關係，表兄妹（趙景蓀與錢令嫻）聯姻「親上加親」，以及爭奪長輩財產。在這裡，既有現代家庭的內部矛盾，如趙祖蔭、祖懋兩個家庭的夫妻矛盾，也有家族層面的矛盾，如表兄妹聯姻卻經不起外來誘惑的婚戀矛盾（趙景蓀與錢

〔註39〕楊絳：《稱心如意》，《楊絳文集》第 4 卷（戲劇‧文論卷），北京：人民文學
　　　　出版社，2004 年，第 16 頁。

令嫻），以及爭奪「家長」財產的利益衝突。作爲外來者和線索人物，李君玉在敘事中的作用，不僅僅是將三個家庭（整個家族）串在一起，更重要的是，通過這一「外來者」視角，家庭（族）內部被隱藏起來的秘密與矛盾，以及習焉不察的醜與滑稽，得到了戲劇化的顯現。

楊絳喜劇所描繪的家庭（族）生活與人倫關係圖景，是傳統文化與現代都市文化雜糅的產物。新舊生活方式與價值觀念雜糅，傳統封建文化的等級秩序，加上現代商業社會的新等級觀念，決定了楊絳喜劇中的家庭/人際權力關係結構。在趙祖懋們和蔭夫人們身上，既體現了傳統封建文化根深蒂固的等級意識（父權制、門第觀念），又有現代商業社會的新等級制（以金錢爲最高價值標準）〔註40〕。李君玉所遭遇的歧視與排斥，以及每個家庭內部的微觀權力關係，既體現了新舊觀念的雜糅，又有雜糅過程之中的錯位。例如，趙祖蔭夫人一方面依附於丈夫，一方面又用心計手腕來「馭夫」；趙祖懋爲阻止夫人抱養孩子而編造自己有私生子的謊言，表面上追求「新女性」形象的妻子頓時露出眞面目（以撒潑來自衛）。新舊觀念的混雜與錯位所導致的裂縫與漏洞，正是喜劇諷刺效果的主要來源。

「喜劇的主題是如何維護社會的一體化，通常採取的形式爲是否接納某個中心人物爲其一員」〔註41〕。李君玉從遭受家族群體排斥，到最終得以在家族中安頓的故事，就是喜劇這一深層結構原則的中國化運用。在楊絳喜劇中，「社會的一體化」首先表現爲社會的縮微單位──家庭（族）的一體化。家庭喜劇的衝突模式，往往表現爲「一體化」的向心力與離心力（或排異反應）兩種力量之間的爭鬥，直至在結局中達致暫時的妥協與和解。弗萊發現，「家庭喜劇通常是以『灰姑娘』這個原型爲基礎」，結局往往是「一個令讀者感到親切的可憐人兒終於爲這社會所接納」〔註42〕，並且社會地位上升，主人公和觀眾（讀者）都感到「稱心如意」。李君玉的故事，正是一個現代灰姑娘的故事。她因純潔善良、勤勞懂事的美德而獲得獎賞，加上機遇的因素（決

〔註40〕　商人趙祖蔭對李君玉「窮畫家」父親的評價頗具代表性：「你爹就是喜歡畫這種東西，所以賣不出錢！」見楊絳：《稱心如意》，《楊絳文集》第4卷（戲劇·文論卷），北京：人民文學出版社，2004年版，第16頁。

〔註41〕　〔加〕諾思羅普·弗萊：《批評的解剖》陳慧等譯，天津：百花文藝出版社，2006年，第62頁。

〔註42〕　〔加〕諾思羅普·弗萊：《批評的解剖》陳慧等譯，天津：百花文藝出版社，2006年，第65頁。

定其命運的舅公徐朗齋對死去的女兒和君玉母親的喜愛而「移情」，以及對因
覬覦其財產而假意趨奉的外甥們的失望），得以在殘酷的生存環境中改變命
運。值得注意的是，楊絳喜劇和小說中的女主人公，往往是「灰姑娘」類型，
最典型的是小說《洗澡》中的姚宓，這位遭遇命運變故而失去家庭庇護，又
在兇險的政治集體文化中處於邊緣位置的「灰姑娘」，是楊絳塑造得最具審美
價值的藝術形象。對「灰姑娘」的鍾愛，以及對她們在兇險環境中的命運的
關注，構成了楊絳塑造女性形象的情感動力。對於以「披上隱身衣」爲人生
哲學象徵的楊絳來說，表面不引人注目而內蘊美質的「灰姑娘」形象，也體
現了她在潛意識裏的自我角色認同。

　　從社會敘事的角度來看，《稱心如意》的故事，是受過現代教育的「新青
年」李君玉來到現代大都市謀生的生存遭遇。如果從社會批判的角度來寫，
這是「批判現實主義」的題材，是社會悲劇的表現對象。而楊絳喜劇雖然諷
嘲現實，但卻不採用二元對立（階級對立、善惡對立）的形式進行社會批判
與道德審判，而是客觀呈現構成世態基礎的普遍的人性弱點。正如亞里士多
德根據摹仿對象所處的不同層次，對悲劇與喜劇進行的區分：「喜劇總是摹仿
比我們今天的人壞的人，悲劇總是摹仿比我們今天的人好的人」〔註43〕，所
謂的「好」與「壞」，並非道德意義上的善惡，「『壞』不是指一切惡而言，而
是指醜而言，其中一種是滑稽。滑稽的事物是某種錯誤或醜陋，不致引起痛
苦或傷害」〔註44〕。楊絳喜劇所表現的「丑」和「滑稽」，並非絕對的「惡」，
而是世俗人性中的常態。《稱心如意》中體現「醜與滑稽」的男性家長，趙祖
蔭的封建「假道學」與商人功利性格的結合，祖貽的「假洋鬼子」優越感與
機械化語言（相對稱的是其妹夫錢壽民的機械化「國粹派」語言），屬於「滑
稽」的不同類型，而未被塑造成「惡」的化身。在家庭世界中，與男性相比，
佔據更大敘事空間的是主婦們的行爲和語言。這些「客廳裏的新式太太」，是
傳統女性與「新女性」的混合體，她們的性格和意識，與一個狹隘的生活世
界互爲因果。〔註45〕其中，以蔭夫人爲典型代表，其自私勢利反映了「太太

〔註43〕亞里士多德：《詩學》第二章，《羅念生全集》第一卷，上海人民出版社，2004
　　　　年，第25頁。
〔註44〕亞里士多德：《詩學》第五章，《羅念生全集》第一卷，上海人民出版社，2004
　　　　年，第33頁。
〔註45〕楊絳擅長觀察與描繪傳統與現代女性之間過渡形態的「太太」世界，以及她
　　　　們的畸形心理。最典型的是其短篇小說《「大笑話」》（寫於1970年代），其中

們」的共性，只不過具有程度上的不同；由於她在運用心計手腕方面比妯娌
們更厲害，故而在這個「灰姑娘」故事扮演了「狠毒繼母」的角色。而在最
終的大團圓結局中，她的陰謀詭計暴露，只是受到狼狽離場的象徵性處罰，
顯示了作者旨在呈現人性本相，而不追求「終極審判快感」的敘事立場。

對於「中心人物」李君玉的性格與形象，楊絳並未進行集中的正面刻畫，
而是在其行動和語言之中，以及與作品諷刺對象（家族群體）的對照之中，
進行側面表現（這種多層次對照的手法，在《洗澡》女主人公姚宓的形象塑
造上體現得更為充分）。與同為「孤女投親」、寄人籬下的古代貴族少女林黛
玉不同，李君玉是一個充滿生命力的現代女性形象，人生態度積極樂觀，行
動能力強，性格開朗而又寬容精神。她具有現代社會所要求的職業技能，以
及融入群體與社會的處世能力。三個舅舅家都一邊榨取她的勞力，一邊把她
推到別人家去住，她對於自己的處境完全知情，但從不多愁善感，也拒絕依
附男人「享福」：

　　　　趙景蓀　何必受這份委屈呢！

　　　　李君玉　真是享福少爺的話！有職業總比沒有職業好啊！

　　　　趙景蓀　什麼好職業！辭了他！省得清早出門，這時候回來還
　　不得休息，還要打字，還要教小孩子……

　　　　李君玉　能這麼順順利利地忙，我就心滿意足了。

　　　　……

　　　　趙景蓀　你正是應當供養起來享福的人！

　　　　李君玉　謝謝你，我不配！我不是享福的。〔註46〕

對於李君玉、姚宓（《洗澡》）這樣有著真正個性意識的現代灰姑娘，作
者抱著讚賞的態度，在形象塑造上，賦予她們的個性和思想情感以審美意義。
與這種「灰姑娘」形象形成對照的，則是那些外表與實質分離的「新女性」，
在楊絳喜劇中，她們往往成為嘲笑與審視的對象。第一種是「客廳裏的新式
太太」〔註47〕，例如蔭夫人、貽夫人、懋夫人（《稱心如意》），張祥甫太太（《弄

　　　　集中刻畫了上層知識分子「太太」們的庸俗空虛、勾心鬥角、播弄是非，以
　　　　及她們的陰暗心理對人造成的精神傷害。
〔註46〕《稱心如意》，《楊絳文集》第4卷（戲劇·文論卷），北京：人民文學出版社，
　　　　2004年版，第34頁。
〔註47〕《弄真成假》裏，商人張祥甫諷刺妻子：「像你這樣自由平等的女人，不過坐

真成假》），她們是五四「女性解放」潮流的產兒，但在作者的觀照審視中，又是發育不徹底的「現代女性」。她們既像傳統婦女一樣在物質和精神上依附於男人，又要擺出「新女性」姿態以迎合潮流，就像貽夫人對戀夫人的諷刺：「一天到晚慈善啊，救濟啊，捐錢啊，演講啊！咱們都是腐敗透頂的享福少奶奶，只有她才是幹正經大事的！」〔註48〕第二種是這些「太太」們的女兒輩，即那些優裕家庭中自私虛榮的「公主」們，比如錢令嫻（《稱心如意》）、張婉如（《弄真成假》）、璐璐（短篇小說《璐璐，不用愁！》）。她們雖然受了現代教育，有著代表「時代進步」的「新人」的外表，滿嘴時髦術語，卻缺乏真正的主體性和個性，與其母親輩相比併無實質「進步」。她們在外表與實質的裂縫中露出的破綻，因此成為楊絳喜劇「隱嘲」的對象。還有一種「灰姑娘」形象的變異形式，即不甘現狀、為達目的不擇手段的「黑色灰姑娘」，在楊絳的女性形象譜系中，這是一種帶有悲劇性因素的性格類型。例如《弄真成假》裏的張燕華，她的現實處境與李君玉相同，但看待現實的方式更片面：她不甘現狀，有一定反抗意識，但將反抗現實等同於「報復」，報復的方式是欺騙與計謀，最終失算落空，又不得不迅速與現實妥協，順從「命運」安排。其性格與命運中的悲劇性因素，使得這種人物既成為喜劇嘲笑與批判的對象，同時又激起同情憐憫的複雜感受。

《稱心如意》中，沒有一個人物成為直接表達作者立場觀點的「傳聲筒」。作為洞悉秘密而佯裝不知的「隱嘲者」（劇中反覆出現「君玉笑」的提示），李君玉在謊言環境中扮演了「說真話的孩子」的角色，但值得注意的是，她說話前的提示往往被作者設定為「輕聲」，而不是大聲揭穿和直接批判。作者「隱嘲」的立場與態度，是通過李君玉的「忍笑」折射出來的：

趙祖懋　可不能笑啊！

李君玉　讓我先把臉皮兒熨熨平。（撫臉忍笑下）〔註49〕

主人公和作者的「忍笑」，接近於楊絳在短篇小說《事業》中所描寫的「抹笑法」：「倚雲有個『抹笑法』，經常和繩以一起練習。用手心從額上抹到頷下，

在客廳裏當太太罷了」，「誰像你們這些客廳裏的新式太太……」見《楊絳文集》第4卷（戲劇·文論卷），北京：人民文學出版社，2004年版，第111頁。

〔註48〕《稱心如意》，《楊絳文集》第4卷（戲劇·文論卷），北京：人民文學出版社，2004年版，第53頁。

〔註49〕《稱心如意》，《楊絳文集》戲劇·文論卷，北京：人民文學出版社，2004年版，第63頁。

凡是手心抹過的部分，笑容得抹淨無餘。」〔註50〕楊絳在喜劇中所體現的「抹笑法」，即作者對於自己立場觀點的「掃相」，使得「隱嘲」成爲其喜劇藝術的重要特徵。而在楊絳後來的小說與散文創作中我們可以發現，構成其作品重要美學風格的幽默，主要表現爲「隱嘲性幽默」〔註51〕。正如楊絳晚期散文中反覆出現的「隱身衣」意象一樣，楊絳在虛構敘事作品中也顯示了其獨特的「隱身術」。這種作者的「隱身術」，在楊絳的創作生涯中是逐步發展和成熟的。在其第二部喜劇《弄眞成假》中，不但沒有一個人物成爲作者觀點的載體，連「隱嘲者」角色都付之闕如，作者的「隱身術」表現得更爲徹底，使得這部劇作成爲楊絳喜劇風格成熟的標誌。

二、《弄眞成假》：「騙子」的苦笑

同樣是發生在家庭空間的故事，與《稱心如意》相比，楊絳的第二部喜劇《弄眞成假》展現了更爲緊張的戲劇衝突，更爲複雜的人物性格，以及對於世態和人性病態更爲深刻的諷刺。楊絳表達現代中國都市經驗和人性心理的才能，也在這部作品中得到更充分的展現。

《弄眞成假》以一個上海富商家庭爲中心場景，圍繞兩對青年男女的婚戀風波而展開喜劇衝突。故事以「自由戀愛」而導致的父女衝突爲開端：富商張祥甫之女張婉如與風流漂亮的青年周大璋「自由戀愛」，遭到父親的阻撓。「反抗壓制的自由戀愛」是五四以來文學的流行主題，結局通常是反抗成功，「有情人終成眷屬」。而作爲一個以現實主義而非浪漫主義態度來看待世界的作家，楊絳更關注的是流行神話與現實法則的衝突。張婉如與周大璋的「戀愛」，一開始便被描述爲對「自由戀愛」與「私奔」時尚的滑稽模仿〔註52〕，而精明

〔註50〕 楊絳：《事業》，《楊絳文集》小說卷，北京：人民文學出版社，2004年版，第168頁。

〔註51〕 德國喜劇理論家裏普斯將幽默分爲三種類型：「和解幽默」、「挑釁幽默」、「再和解幽默」。第一種「和解幽默」是狹義上的幽默，即「幽默性幽默」。第二種「挑釁幽默」即「諷刺性幽默」，其特點是與諷刺對象的對立性。第三種「再和解幽默」又稱「隱嘲性幽默」，是指「假如我不僅認識到可笑、愚蠢、荒謬的事物，而且同時還意識到這些事物本身已經歸結爲不合理，或者終將歸結爲不合理，意識到一切『不合理』歸根到底不過『聊博宙斯一笑』，那麼，我這時藉以觀照世界的幽默，是隱嘲性幽默。這裡，應有的前提是，『隱嘲』以『不合理』的自我否定爲特徵。」參見里普斯：《喜劇性與幽默》，劉半九譯，《古典文藝理論譯叢》第七輯，北京：人民文學出版社，1964年，第92～93頁。

〔註52〕 對於作爲流行時尚的「自由戀愛」的滑稽模仿，在二人對話中充分表現了出

商人張祥甫在周大璋身上發現的疑點，在第二幕中即得到證實──隨著後者真實身份的顯露，這場浪漫的「自由戀愛」被證實是一場滑稽的騙局。

號稱世家少爺、留洋博士、公司經理的周大璋，其實是一個吹牛大王和騙子，其真實面目是一無所有的底層平民，與寡母寄人籬下，試圖通過成為富家贅婿而改變命運。但在他「弄假成真」的途中，卻面臨多重障礙。一是「只賺不虧」的精明商人張祥甫，他將一切都轉換為商業邏輯，宣稱在擇婿問題上「不做空頭交易」，寧可選擇「貨真價實」、「老牌子」的妻侄馮光祖（真正的世家少爺、大學教授）。二是被周大璋的風光外表所迷住的張燕華，她不甘「灰姑娘」角色，伺機將其從堂妹婉如手上搶過來。三是周大璋的寡母，她一輩子的希望就在兒子身上，一聽說兒子要丟下自己去當上門女婿，就衝到「親家」家裏大鬧一場。而在這三重障礙中，真正改變故事走向的，是「心裏埋著火藥」、與周大璋同樣急於改變命運的張燕華。她設計欺騙周大璋，二人迅速「私奔」。張祥甫為免再生變故，安排將私奔歸來的大璋和燕華接到周家強行補辦婚禮，此時燕華才發現大璋的真實家境，但在「生米煮成熟飯」的傳統觀念支配下，只能心有不甘地順從安排。故事在變了味的婚禮鬧劇，以及新婚夫妻關於「改變命運」的互嘲與自嘲中落幕。這個關於「騙子自食其果」的故事，採用了風俗喜劇的經典情節模式。以「騙局」為主題的喜劇，往往通過「騙子」行為的充分展示實現娛樂效果，同時又許諾了「騙術被揭穿，騙子受懲罰」的結局，從而實現「寓教於樂」的「教化」功能。周大璋屬於喜劇裏最常見的定型人物類型：滿嘴大話的吹牛者、自欺欺人的騙子。

楊絳喜劇最早的評論者，都特別強調她對於中國現實生活經驗的表現能力。孟度將楊絳劇作與當時市場流行的商業喜劇與「鬧劇」進行區分，稱其為「真正藝術的劇作」，認為其藝術性源於對中國現實生活的觀察與提煉，加上「超特的想像」與「深厚的慈悲」，創造了「幽默風趣的世俗的圖畫」。〔註53〕作為一部描繪現代都市生活風俗的喜劇，《弄真成假》所講述的「騙子故事」，發生在傳統向現代轉型的中國都市環境之中。正如馬克思在談到歷史現象的「喜劇

來，當周大璋說「來了又不能見你，躲躲閃閃的」，張婉如回答：「那才好玩兒呀！」「像電影裏那樣，偷偷兒一溜，私奔！」見《弄真成假》，《楊絳文集》第 4 卷（戲劇・文論卷），北京：人民文學出版社，2004 年版，第 130～131 頁。

〔註53〕孟度：《關於楊絳的話》，《雜誌》第 15 卷第 2 期，1945 年 5 月。

性」時所說的：舊制度在與「新生的世界進行鬥爭」時，往往用「假象」來掩蓋自己的「本質」，「並求助於僞善和詭辯」，而「現代的舊制度不過是眞正的主角已經死去的那種世界制度的丑角。歷史不斷前進，經過許多階段才把陳舊的生活形式送進墳墓」，因此，歷史的喜劇性「是爲了人類能夠愉快地和自己的過去訣別。」〔註54〕從這一角度來看，《弄眞成假》以高度的諷喻性，呈現了過渡時期的社會形態及人性心理之中，爲表象所掩蓋的本質：封建傳統在現代潮流的衝擊下瀕臨滅亡，而又在人們心理中陰魂不散；代表現代價值的個人奮鬥與「自由戀愛」成爲新興神話，但在高度等級化功利化的社會裏，又受到傳統與現代商業社會功利邏輯的雙重制約。《弄眞成假》的主人公周大璋正是這種環境的典型產兒，他的行爲、心理和語言完全受到現實社會邏輯的支配，與他所企圖「戰勝」的其它人沒有本質上的區別，只不過是將這種不合理的現實邏輯用更爲直白和誇張的方式表現出來，因此獲得了喜劇主人公所需要的滑稽效果。他試圖在世俗生存中迅速獲得成功、改變個人命運，但又缺乏通過個人奮鬥實現自我價值的意識和能力，於是選擇了走捷徑和冒險的方式。這個一無所有的底層青年在自己身上培育出的冒險資本是：除了有著符合上流社會要求的漂亮外表，還掌握了一整套迎合社會勢利心理的修辭術。憑藉這套將人們的共同心理進行誇張表現的修辭術，他將自己的身世、地位和前途描繪得天花亂墜，迷惑了張家的所有女性，眼看就要獲得成功。而就在其即將達到目的時，發生了戲劇性的轉折：由於意外因素的發生（與他一樣急於「征服命運」的張燕華開始採取行動），即將到手的一切突然落空。「喜劇性乃是驚人的小。……它是這樣一種小，一種相對的無，或者化爲烏有，同時，喜劇性主要在於這種化爲烏有是突然發生的。」〔註55〕「騙子」周大璋的喜劇，吻合「吹噓爲大的小，突然化爲烏有」的喜劇必然律。

　　同樣是「改變命運」的主題，與《稱心如意》中李君玉憑美德和機遇改變命運的結局相反，周大璋試圖靠欺騙來「改造環境」，結果以失敗和受嘲笑告終，顯示了「懲惡揚善」的一般性喜劇法則。然而，這部喜劇的情節發展及結束方式，一方面是對傳統喜劇「大團圓」結局的模仿，一方面又破壞了「消除對立矛盾」的喜劇結局法則。新婚夫妻的對立情緒，以及周大璋充滿

〔註54〕馬克思：《〈黑格爾法哲學批判〉導言》，《馬克思恩格斯選集》第 1 卷，北京：
　　　　人民出版社，1972 年版，第 5 頁。

〔註55〕〔德〕里普斯：《喜劇性與幽默》，劉半九譯，《古典文藝理論譯叢》第七輯，
　　　　北京：人民文學出版社，1964 年，第 82 頁。

苦澀的反話和自嘲（又可理解為繼續自欺欺人），潛伏著悲劇的不穩定的因素，使得主人公、作者和觀眾同時由「笑」轉向「苦笑」，幾乎破壞了喜劇結局的和諧律：

> 周大璋　……憑我這份兒改造環境的藝術，加上你這份征服命運的精神，咱們到哪兒都能得意！
>
> 張燕華　（苦笑）在你的嘴裏，什麼都大吉大利呢！
>
> 周大璋　口說無憑，咱們往後瞧吧，這是咱們的世界！來，來，來，喝一杯，這世界是咱們的！……我這一輩子，還有什麼不順心的嗎！今天的喜酒，是真正的喜酒哪！！（舉杯）恭喜！恭喜！〔註56〕

周大璋的行為和性格，屬於「丑」和滑稽的範疇，並未超出其所身處的現實環境之「惡」，而劇中所有人物都並不比他擁有更多的善或美。《稱心如意》中還有一個李君玉超出其所處環境，寄託了作者的審美理想，而楊絳在第二部喜劇中已讓「理想人物」付之闕如（就像周大璋面對張燕華的指責所說的，「咱們就是彼此彼此」）。在這部劇作中，底層市民被傳統桎梏和現實生存所扭曲的心靈，並不意味著比富人世界擁有更多的道德優勢。在戲劇結構上，楊絳通過上層與下層市民家庭生活與心理的輪番對照，以及二者的臨時性交集（界限消失），實現了對於社會病態與人性缺陷的更具普遍性的觀照，「代表了世態化取向在結構藝術上所取得的重要成就。」〔註57〕在批判社會現實和呈現混亂心靈的過程中，悲劇因素來源於「研究外在的反動社會和內在的混亂心靈的雙重壓力如何挫敗和扼殺人的活動」。〔註58〕只有通過對普遍缺陷的觀照，才能產生更深刻的憐憫。因此，在充分展現了周大璋所處的灰暗的底層環境，以及愚昧可笑的人性心理之後，作者為他提供了發出內心聲音的機會。帶有自我辯解與自我激勵性質的心理獨白，成了弱者對於改變命運之無望的控訴，也使得人物形象超出了「騙子」形象的簡單化模式，獲得了典型的意義：

〔註56〕楊絳：《弄真成假》，《楊絳文集》戲劇‧文論卷，北京：人民文學出版社，2004年版，第191頁。

〔註57〕張健：《論中國現代幽默喜劇的世態化》，《喜劇的守望》，濟南：山東文藝出版社，2006年版，第254頁。

〔註58〕〔加〕諾思羅普‧弗萊：《批評的解剖》陳慧等譯，天津：百花文藝出版社，2006年，第424頁。

周大璋　祖宗！祖宗！我享了祖宗什麼現成福氣！人家生下來
就是供在千萬人上面的，我是一步一步爬都爬不上去！明知道人家
瞧不起我，人家討厭我，人家懷疑我，我得老著臉向上爬呀！……
我是仰著頭在地下爬的。讓人家唾罵，讓人家踩踏，成功了看人家
鼻子裏出氣，失敗了看人家笑。〔註59〕

作為比喻的「爬」，在周大璋的自我理解中，是為改變命運而發出的帶有
悲壯色彩的動作，作者通過他對「爬」的動機與遭遇的自我評價，生動地呈
現出一個可悲、可笑又可憫的底層青年形象。在三四十年代流行的左翼文學
敘事中，底層人物對社會罪惡的「控訴」和審判，往往訴諸於經過作者「昇
華」的、抽象的階級話語，而楊絳筆下底層人物的心理自白，更加接近個人
潛意識心理的自然流露，採用的是民間日常生活的口語語體，因此表現出強
烈的世俗性與滑稽感，成為「笑」的對象。這種表層的滑稽性與深層的悲劇
性的統一，讓人聯想到魯迅筆下阿Q和祥林嫂們的語言，以及魯迅對待其筆
下人物的態度。正是在這裡，楊絳顯示了與五四啟蒙文學批判傳統的繼承關
係。正如她在論及「笑」與「嚴肅」的關係時所說的：「笑，包含嚴肅不笑的
另一面。……心裏梗著一個美好、合理的標準，一看見醜陋、不合理的事，
對比之下會忍不住失笑。心裏沒有那麼個準則，就不能一眼看到美與醜、合
理與不合理的對比。」〔註60〕這一思考，與黑格爾關於喜劇表現「絕對理性」
的觀念相吻合：「作為真正的藝術，喜劇的任務也要顯示出絕對理性。……把
絕對理性顯示為一種力量，可以防止愚蠢和無理性以及虛假的對立和矛盾的
現實世界中得到勝利和保持住地位。」〔註61〕

從對「醜」與「不合理」現實的批判立場出發，楊絳繼承了五四啟蒙者
對待筆下人物「哀其不幸，怒其不爭」的態度，但她從喜劇的角度，以「啟
人深思的微笑」，淡化了「怒」的審判色彩，將「怒」轉化為更具審美間距的
「憫」。當時的評論者認為她「能超乎現實以上，又深入現實之中，彷彿對於
事事物物無顯著之愛憎，而又是關心她周遭的形形色色，都寄於相當的同

〔註59〕　楊絳：《弄真成假》，《楊絳文集》戲劇‧文論卷，北京：人民文學出版社，2004
　　　　年版，第145頁。
〔註60〕　楊絳：《有什麼好？——讀奧斯丁的〈傲慢與偏見〉》，《楊絳文集》第4卷（戲
　　　　劇‧文論卷），北京：人民文學出版社，2004年版，第334頁。
〔註61〕　〔德〕黑格爾：《美學》第三卷（下），北京：商務印書館，1991年版，第293
　　　　頁。

情……於世間之熙攘，紛爭一概以溫和，清新的嘲諷加以覆被，如春風，亦如朝陽。」〔註62〕她對待筆下人物嘲笑與悲憫交加的矛盾態度，在《弄真成假》不穩定的結局中達到頂點。〔註63〕而主人公改變命運的願望被現實邏輯擊碎的結局，也轉而引發了觀眾的憐憫和同情。這種由喜到悲的轉換，正如柏格森所說的：「笑首先是一種糾正手段。笑是用來羞辱人的，它必須給作為笑的對象的那個人一個痛苦的感覺。……隨著笑的人進一步分析他的笑，越來越明顯地出現了一種不那麼自發產生而比較苦澀的東西，也就是一種悲觀主義的萌芽。」〔註64〕弗萊也在經典喜劇中發現了這一規律：「喜劇常常包括一段情節，要把一個為眾人所不容的人物象替罪羊那樣清除掉，可是對這人物的揭露和羞辱反而會導致對他的憐憫，甚至釀成悲劇，《威尼斯商人》的寫法幾乎要破壞喜劇的平衡……整部戲雖帶個喜劇的收場白，卻變成了寫這個威尼斯猶太人（夏洛克）的悲劇。」〔註65〕《弄真成假》的悲劇因素，在當時的劇評界就引起了注意。麥耶認為這部喜劇受悲劇的影響太深，人物無法改變命運的悲劇性，以及作者看待人生的悲觀態度，使得此劇並非純粹的喜劇；在評論楊絳的第三部喜劇《遊戲人間》時，他進一步強調楊絳的悲劇傾向，認為楊絳雖然喜歡與她筆下的人物開玩笑，但她的人生觀本質上是嚴肅乃至悲哀的，因此得出「我始終認為楊絳是一位悲劇作者」的觀點。〔註66〕

〔註62〕 孟度：《關於楊絳的話》，《雜誌》第 15 卷第 2 期，1945 年 5 月。

〔註63〕 對比《弄真成假》初版（1945 年，上海：世界書局）與收入楊絳文集（2004 年）的版本，可以發現，楊絳在後一個版本中，對結尾部分的對話進行了較大改動。刪去了原版中張燕華對周大璋的激烈指責（「你騙子，你哄得我好」），及其悲觀宿命的感歎（「天也像後娘似的待我，費勁天機，到頭來總是一場空」，「從此以後，我也隨分安命了」）。重點改動之處，是對原版中周大璋充滿「精神勝利法」色彩的辯解與自我安慰進行了壓縮。原版如下：「噯，燕華，好看不開，天下事豈能盡如人意！你要稱心，只有一個法子。事實如此，好哇！我不承認這事實！我說它不是！我改造它！稱著心要怎麼改就怎麼改！你說這是吹，這是騙，隨你說。這是處世的藝術，這是內心戰勝外界的唯一方法！精神克制物質的唯一方法！這世界不就變成咱們的世界了麼！不都稱了咱們的心麼！」改動後的版本為：「啊呀，燕華，你這個絕頂聰明人，怎麼怪起我來了！我要做了老天爺，你要什麼，我還有不叫你稱心的？可是由不得我呀！」這些改動，顯示了楊絳希望減弱人物命運及心理「悲劇」感的意圖。

〔註64〕 〔法〕柏格森：《笑》，徐繼曾譯，北京十月文藝出版社，2005 年，第 132～133 頁。

〔註65〕 〔加〕諾斯羅普·弗萊：《批評的解剖》，陳慧等譯，天津：百花文藝出版社，2006 年，第 235 頁。

〔註66〕 參見麥耶：《十月影劇綜評》，《雜誌》第 12 卷第 2 期（1943 年 11 月），第 172

柯靈用「含淚的喜劇」來概括楊絳喜劇的風格，稱其「因爲是用淚水洗過的，所以笑得明淨，笑得蘊藉，笑裏有橄欖式的回甘。」〔註67〕這些評論，無論是批評或讚賞，都注意到了楊絳喜劇的深層悲劇含義。通過以上分析可以發現，在楊絳的戲劇中，悲與喜的界限往往瞬間消失，從喜的縫隙中生長出悲，從悲的縫隙中生長出喜。楊絳的喜劇藝術風格，正是建立在「喜」與「悲」相反相成的「情感辯證法」基礎之上。

　　對話的語言風格，是喜劇的重要因素。古希臘喜劇理論家強調「言詞」之於喜劇效果的重要性，「笑來自言詞（＝表現）和事物（＝內容）」，而就性質而言，「喜劇的言詞屬於普通的、通俗的語言。」〔註68〕在對人物語言的藝術描繪，以及運用對話來推動情節、塑造人物性格方面，楊絳喜劇取得了獨特的成就，成爲中國現代喜劇語言進入成熟時期的標誌之一。40 年代的評論者從「新文學語言」的問題意識出發，發現了楊絳喜劇語言與中國民間語言的深刻聯繫：「在新文學中能於語言略有成就的寥寥可數，而向這方面致力的所屬不多。在《弄眞成假》中如果我們能夠體味到中國氣派的機智和幽默，如果我們能夠感到中國民族靈魂的博大和幽深，那就得歸功於作者採用了大量的靈活，豐富，富於表情的中國民間語言。」〔註69〕《弄眞成假》語言的喜劇性與諷刺效果，是在對不同階層、身份和職業的語言進行諷刺性模擬的基礎上，與人物性格進行有機結合而形成的。不同階層身份的通用語言，與不同性格的個性化語言相結合，產生了豐富的語言現象：誇誇其談的「混世者」語言（周大璋），精明世故的商人語言（張祥甫），狹隘愚昧的底層市民語言（周大璋母親及親戚），虛榮淺薄的時髦小姐語言（張婉如），怨憤不平的「復仇女性」語言（張燕華），呆板機械的知識分子學究語言（馮光祖）……不同風格的語體，在情侶私語、家庭閒談和口角爭辯的語境之中，有機地組織和穿插在一起，互相衝突又互相妥協，展現了都市社會日常生活話語和心理的不同側面：

　　　～173 頁；《七夕談劇》，《雜誌》第 13 卷第 6 期（1944 年 9 月），第 164～165 頁。

〔註67〕柯靈：《衣帶漸寬終不悔——上海淪陷期間戲劇文學管窺》，《柯靈文集》第三卷，上海：文匯出版社，2001 年，第 322～324 頁。

〔註68〕〔古希臘〕佚名：《喜劇論綱》，《羅念生全集》第一卷，上海人民出版社，2004 年版，第 397 頁。

〔註69〕孟度：《關於楊絳的話》，《雜誌》第 15 卷第 2 期，1945 年 5 月。

張祥甫　看中了一宗貨，穩是賺錢的，那麼，眼睛都不能眨一下，閃電手腕，立刻得拍下來。現在市面上，等著嫁人的女孩子該有多少啊！真有女婿資格的能有幾個！都是拿著三塊五塊的本錢，想做三十萬五十萬的空頭交易呢！〔註70〕

周母　我一個寡婦家，千辛萬苦，養得兒子成人，不過是指望早娶兒媳婦，早抱孫子，我就算沒有白活了一輩子。我守寡到今天，沒有穿紅著綠，只等娶兒媳婦的好日子，讓我穿上紅裙子做婆婆，受他們雙雙一拜。〔註71〕

正如巴赫金所指出的：「言語語體（特別是其中的某些類型）和社會職業語言，會因爲自己的局限性和幼稚直露而顯得可笑。這是產生言語笑謔的最重要的根源之一」，「在一部作品的一個統一的語境範圍內，（分屬不同聲音的）語體並列在一起，這本身就迫使這些語體互相映照，從而成爲鮮明的語體形象。」〔註72〕通過對於現實生活中不同語體形象的藝術描繪，楊絳擺脫了早期階段中國現代戲劇語言中常見的書面腔和「歐化病」，藝術地表現「富於表情的中國民間語言」〔註73〕，在戲劇語言上取得了標誌性的成就。

李健吾認爲《弄眞成假》是「眞正的風俗喜劇，從現代中國生活提煉出來的道地喜劇」，並強調其在中國現代風俗喜劇中的地位，認爲「第一道紀程碑屬於丁西林，第二道我將歡歡喜喜地指出，乃是楊絳女士」〔註74〕，這是從表現「現代中國生活」的角度，對於楊絳喜劇成就與意義的肯定。五四以來的中國現代喜劇，是在對西方喜劇的借鑒和模仿中逐漸走向民族化的。作爲現代喜劇先行者之一，李健吾對於表達「現代中國生活」的強調，代表了喜劇創作中民族文化主體意識的覺醒。他在30年代就提出了對於如何表達中國「固有」經驗的思考：「因爲是一個中國人，我最感興趣也最動衷腸的，便是深植於我四周的固有的品德。隔著現代五光十色的變動，我心想撈拾一把那最隱晦也最顯明

〔註70〕楊絳：《弄眞成假》，《楊絳文集》戲劇・文論卷，北京：人民文學出版社，2004年版，第113頁。

〔註71〕同上，第173頁。

〔註72〕〔俄〕米哈伊爾・巴赫金：《文學作品中的語言》，《言語 對話與人文》，石家莊：河北教育出版社，第278頁，279頁。

〔註73〕孟度：《關於楊絳的話》，《雜誌》第15卷第2期，1945年5月。

〔註74〕轉引自孟度：《關於楊絳的話》，《雜誌》第15卷第2期，1945年5月。原文未注明李健吾說法的來源，現李健吾原文已不可查考。

的傳統的特徵。」〔註75〕捕捉現代性「變動」之中民族生活與心理中不變（「固有」）的「傳統的特徵」，意味著表現現代與傳統碰撞過程中的本質性衝突。正是在這一意義上，楊絳表現現代都市生活與人性心理中根本矛盾的《弄真成假》，成爲「從現代中國生活提煉出來的道地喜劇」的代表。

第三節　悲劇《風絮》：「英雄」的瘋狂

　　《風絮》（四幕話劇）〔註76〕是楊絳唯一的悲劇作品。在完成三部喜劇之後，楊絳開始創作悲劇，由於抗戰勝利外部環境變化未及上演，她的悲劇創作就此畫上句號。李健吾認爲《風絮》作爲楊絳「第一次在悲劇方面的嘗試，猶如她在喜劇方面的超特成就，顯示了她的深湛而有修養的靈魂」。〔註77〕柯靈認爲它「是一部詩和哲理溶鑄成的作品，風格和《稱心如意》《弄真成假》完全不同，表明作者的才華是多方面的。」〔註78〕楊絳卻在回憶時表示：「風絮」主要寫內心衝突，用對話表達不自然；我選錯了文體，《風絮》當寫小說。所以改也改不好了，乾脆不要了。」〔註79〕這一自我評價，是以「表達的自然」爲標準進行衡量的結果，這也從側面反映了楊絳對於與「誇張」相對應的「自然」風格的崇尚。內心衝突是悲劇衝突的基本要素，表達內心衝突而達到「自然」境界，是一個更高的藝術追求。儘管如此，作者的自我評價，只是作品評價中的一種聲音，不能代替對作品的客觀研究和分析。

　　《風絮》的故事「本事」〔註80〕大致如下。年輕的大學畢業生方景山，

〔註75〕李健吾：《以身作則》，上海：文化生活出版社，1936年版，第1頁。
〔註76〕《風絮》劇本完成於1945年，發表於《文藝復興》月刊卷1第3、4期，1947年由上海出版公司出版。1987年重新發表於《華人世界》第1期。
〔註77〕李健吾：《寫在〈編餘〉裏》，《文藝復興》月刊，1946年，卷1第3期。
〔註78〕柯靈：《衣帶漸寬終不悔——上海淪陷期間戲劇文學管窺》，《柯靈文集》第三卷，上海：文匯出版社，2001年，第322～324頁。
〔註79〕吳學昭：《聽楊絳談往事》，北京：三聯書店，2008年，第202頁。《風絮》未收入8卷本《楊絳文集》。
〔註80〕「本事」（фабула）是俄羅斯形式主義理論家分析敘事作品時所使用的基本概念之一。「在整個一部作品裏，我們獲知的彼此相互聯繫的全部事件，就稱爲本事」。「本事」與「情節」的區別在於：「簡單地說，本事就是實際發生過的事情，情節是讀者瞭解這些事情的方式」，見〔俄〕鮑·托馬舍夫斯基：《主題》，《俄蘇形式主義文論選》，蔡鴻濱譯，北京：中國社會科學出版社，1989，第238～239頁。有人將「фабула」譯爲「情節」（見《俄國形式主義文論選》，方珊譯，北京：三聯書店，1989，第111頁）。

爲了「改造鄉村改造中國」的遠大理想，帶著母親和新婚妻子沈惠連從城裏來到鄉下，實施他的教育、醫療、土地改革計劃。計劃雖宏偉，現實中所能做的卻有限，只能辦小學、教村女「做手工」。因其計劃與當地地主的利益發生衝突，景山被誣陷爲激進分子，被捕入獄一年多。期間，母親在鄉下病逝。惠連是受過教育的富家小姐，與景山自由戀愛而拋棄家庭，爲景山的「事業」當幫手。景山入獄期間，當律師的同學唐叔遠一邊設法營救他，一邊照顧惠連。惠連留在鄉下等候丈夫，但在理想與現實的反差之中，以及叔遠與景山品性的對照中，她的心理已發生劇烈變化。對於景山「理想」掩蓋下的性格缺陷的重新認識，使得她對景山產生了強烈的不滿乃至「恨」，並對踏實誠厚的唐叔遠產生了感情。叔遠則將對她的感情埋在心裏，在營救景山出獄之後，準備離開。景山歸家後，察覺惠連的隱情，激烈爭吵後，惠連離開景山去找叔遠。景山陷入自暴自棄之中，同時又遭到鄉紳的驅逐，遂留下遺書給惠連，準備自殺。叔遠送惠連回到景山身邊，見遺書，以爲景山已死。惠連陷入恐懼與罪疚之中，叔遠鼓勵她好好活下去，此時二人互相袒露了內心壓抑已久的秘密。沒想到景山並未自殺，而是已改變主意，認爲「她是我的，我死她也跟我同死」，懷著仇恨來找惠連和叔遠，在暗處聽到了二人的對話。他在仇恨與「癲狂」中掏槍威脅惠連，逼她做選擇，惠連突然回槍自擊身亡。全劇以惠連之死結束。

　　相對於楊絳喜劇的研究，悲劇《風絮》的研究和闡釋明顯不足。美國漢學家耿德華的研究，具有開拓之功。他在研究中國淪陷區文學史的著作中，將張愛玲、楊絳和錢鍾書作爲「中國現代文學中的反浪漫主義」的代表而詳加討論，認爲他們的作品中「沒有任何理想化的概念，也沒有英雄人物、革命或愛情」，體現出「克制、嘲諷和懷疑」的反浪漫風格。耿德華對楊絳「反浪漫主義」的討論，主要是圍繞悲劇《風絮》展開的。他認爲，《風絮》在心理緊張和心理洞察力方面，以及對於理想主義和主人公缺點的揭露方面，具有易卜生戲劇的色彩；方景山是一個「兇狠的理想主義者」，「爲了他的理想而犧牲他人」，《風絮》是對於浪漫主義與英雄主義崇拜情感的「巧妙而深刻的批判」。〔註81〕耿德華對於《風絮》的反英雄主題，以及楊絳「反浪漫」立

〔註81〕〔美〕耿德華（Edward M.Gunn）：《被冷落的繆斯——中國淪陷區文學史，1937～1945》（Unwelcome Muse: Chinese Literature in Shanghai and Peking, 1937～1945），張泉譯，北京：新星出版社，2006年，第227～228頁，276～277頁。

場的揭示，提出了楊絳研究中的一個重要命題，值得進一步深入解讀。

　　《風絮》對於「英雄」幻想所造成的心理扭曲和人性悲劇的呈現，是從作為妻子和女性的惠連的視角進行觀照的。在我看來，這一女性視角的設置，在作品對於「英雄幻想」的批判中所起的關鍵作用，尚未得到充分注意，值得進一步解讀和闡明。正是以作為女性的「犧牲者」惠連為中心視角，方景山的「救世」幻想與其人格實質之間的差距所導致的心理扭曲，以及這種心理扭曲對於他人的壓抑和傷害，才得到深刻入微的展現。例如，惠連這樣表達對於丈夫的男權思想及自私蠻橫性格的不滿：「我真不是個好太太，怎麼把你的脾氣都忘了，我怎麼能夠違拗你！」〔註82〕通過惠連的視角和心理活動，方景山的性格悲劇得以揭示：幻想自己之所是，與其實際之所是之間，存在著巨大反差。而這正是導致方景山之「瘋狂」與惠連之毀滅的根本原因。因此，《風絮》是由多重衝突構成的悲劇：既有理想與現實的衝突（惠連與景山），也有愛情與道德倫理的衝突（叔遠與惠連），以及隱蔽層面的性別心理的衝突（惠連與景山）。

　　女主人公惠連的心理表現，是全劇結構的中心。《風絮》的第一幕，就是從景山出獄歸來前惠連的心理描繪開始的。在村民「歡迎」（第三幕中又變成了幫助地主驅逐他）景山歸來的場景中，惠連漠然乃至煩躁的反常表現，透露出她的心理活動。對於惠連為景山所作的犧牲，以及景山「事業」的真實意義的評價，是通過「不理解者」（惠連奶媽）的視角表現出來的：「念了一肚子書，什麼用啊？到這兒來教鄉下姑娘編籃子，編筐子，繡花。她們哪一個不比你能幹多呢！她們躲這兒來玩，省得在家刷鍋煮飯洗衣裳。誰要你們什麼改良，什麼服務的！化了嫁妝錢，替他們包包凍瘡擦擦紅藥水。」劇中多處出現這種「不理解者」的視角（如村民和孩子），產生了局部的喜劇風格。惠連則以嘲諷的方式，表達幻滅的情緒以及對景山的怨恨：「這就是方景山的偉大使命！他的最高理想！這也是我不聽了爹爹媽媽的話到這兒來幫他幹的高人幾等的大事業——管著一個潘大胖子的豬圈！」「他是我的十字架，我得背著走！」〔註83〕對於惠連來說，這種幻滅情緒，並非是自己的人生理想幻滅了，而是因為她發現自己為景山及其「理想」而放棄自我之無意義。對於景山的實際能力與性格缺陷的認識，使得景山的形象在她心中破滅了，與景

〔註82〕楊絳：《風絮》，上海出版公司，1947年，第42頁。
〔註83〕楊絳：《風絮》，上海出版公司，1947年，第14頁，18頁。

山形成對照的叔遠在她心中激起的感情，使她重新正視自己的內心。她本來就是一個具有自我意識和個性的新女性（已從自由戀愛反抗家庭中得到證明），只是爲景山暫時「犧牲」了自我，自我意識蘇醒後，她所面臨的衝突，就是在景山（作爲「現實」）與叔遠（作爲「理想」）之間進行選擇的衝突，即犧牲自我與解放自我的衝突。

對於景山來說，理想與現實的衝突並不重要，雖然他爲之付出了代價，但並未從中吸取教訓，對於自己的實際能力與理想之間的差距，他依然缺乏理性反思。他的心理衝突，主要是對惠連的「愛」（表現爲佔有欲與依賴），與得知其背叛自己後的「恨」之間的衝突。唐叔遠的心理衝突，則是愛情與道德倫理的衝突。他一直壓制著自己對惠連的感情，還將她送回景山身邊。當惠連嘲諷他是「守禮的君子，仗義的朋友」，指出血肉做的人不可能真正解脫自己時，他說：「不過是暫時把自己鎖起來關在地窖裏。一個不小心，他脫了鎖逃出來，會踹上你的頭。」〔註84〕這是一個理性主義者的情感與理智的衝突。

衝突的緊張性，是通過情節和對話來傳遞的。在運用對話表現性格與心理衝突上，《風絮》達到了柯靈所稱道的「詩和哲理溶鑄成的作品」之境界：

　　　　方（景山）　　我不過是一個自私自利的人，我的事業，也不過是放大的自己。

　　　　沈（惠連）　　所以你只需愛自己，已經愛了別人。你爲自己做事，就是替天行道。你的心，就是天意。唐先生——他順天應命，天意就是他的心。你們是一對好朋友！

　　　　唐（叔遠）　　方太太，我不能比景山。他有理想，他能實行，他能奮鬥。我是糊塗活了半世，都是替別人活的。我已經完了，他才開始。〔註85〕

「英雄」與「犧牲」的關係，是楊絳在《風絮》中提出的思想命題。這是一個魯迅筆下反覆出現的啓蒙命題。在魯迅那裡，英雄與犧牲者是合一的，悲劇性在於其犧牲的意義無法獲得蒙昧民眾的理解。《藥》和《野草·頹敗線的顫動》，即以隱喻的方式，集中表現了「犧牲」的主題。楊絳則將「英雄」與「犧牲者」對立起來，關注「英雄」所製造的「犧牲者」。這是

〔註84〕楊絳：《風絮》，上海出版公司，1947年，第111頁。
〔註85〕楊絳：《風絮》，上海出版公司，1947年，第66頁。

通過將二者的關係私人生活化（夫妻關係）而實現的。通過妻子——犧牲者的視角，「英雄理想」與「犧牲他人」的人性衝突，得以通過個人化的形式呈現出來。當景山表達對母親之死的愧疚：「她爲我犧牲了一世……惠連，我沒有權利也犧牲了她！」惠連回答：「你沒有權利犧牲任何別人。」而這種犧牲是以「愛」的名義進行的：「你早已吃掉了我，消化了我，所有的我，都變成了你你你！……你沒有權利犧牲任何人，可是你要吃掉我，因爲你說愛我！」〔註86〕惠連以生命爲「犧牲」的結局，指向對於英雄幻想之殘酷性的批判。惠連與魯迅《傷逝》中子君的悲劇，具有相似性。景山與惠連，涓生與子君，同樣是以反抗傳統壓迫、追求個性解放的自由戀愛開始，而以隔閡幻滅直至毀滅告終。《傷逝》是以男性視角書寫的，涓生心理中婚姻和日常生活與「戰士」理想的衝突，最終通過子君的死亡來消除矛盾，而以涓生內心的懺悔「給子君送葬」，全篇只有涓生的獨白，而沒有爲被犧牲者子君提供發聲機會。〔註87〕《風絮》則是以女性視角書寫的，惠連是一個發出自己聲音的「子君」，通過她的聲音，楊絳完成了對於五四傳統的「英雄與犧牲」主題的改寫。

　　方景山之所以成爲「一個兇狠的理想主義者」（前文所引耿德華說法），是因爲他對於自我、他人和世界都缺乏理性認識能力，只活在想像中的自我之中。其想像中的自我是「巨大」而崇高的：「可笑我偏又抱著那麼大希望，擔著那麼重責任。」「除了幾分自信，這世界上我什麼都沒有。」其眞實的自我卻是未成熟的「小」、極端脆弱無力，當惠連要離開他時，他說：「我是一個做了錯事的孩子，扭住媽媽。」從妄自尊大瞬間轉爲自暴自棄，想像的自我與眞實的自我之間的巨大反差，通過其行爲與話語表現，以及惠連的視角與評價，揭示得纖毫畢現。其英雄主義的狂熱，建立在蔑視普通人的生命價值的基礎上，進而將英雄與凡人的生命價值等級化：「我要是一個英雄，一個偉人，我的苦痛，會有詩人來爲我歌唱，一切人要爲我傷心，後世千百代的人，要借了我，流他們的眼淚。可笑，我不過是一個平平庸庸的人。千百萬人中間的一個。——我們配有什麼苦痛！我們的苦痛是不值得苦痛的。……我苦是白苦的，我活是白活的。」〔註88〕可見，其「浪漫主義」的英雄狂熱，

〔註86〕楊絳：《風絮》，上海出版公司，1947年，第36～37頁。

〔註87〕魯迅：《傷逝》，《彷徨》，北京：人民文學出版社，1973年。

〔註88〕楊絳：《風絮》，上海出版公司，1947年，第38、53、80、102頁。

源於人生觀的偏狹與自我的病態膨脹。一個既缺乏生存和自救能力，也缺乏愛的能力的人，卻宣稱要「救世」，這正是造成其人生失敗與心理扭曲的根源。作為五四啓蒙傳統的產兒，激進的個人主義與理想主義，在文學中往往表現為「一個富有強烈的意識形態及英雄氣概的自我」〔註89〕。這種浪漫化和英雄化的自我，構成了現代「孤獨英雄」的知識分子形象譜系：魯迅筆下的呂緯甫和魏連殳，郁達夫筆下的於質夫，葉聖陶筆下的倪煥之，路翎筆下的蔣純祖，柔石和蔣光慈筆下的浪漫革命者……在自我與社會的衝突中，或更深層的雙重人格的衝突中，他們或在幻滅中頹廢，或在吶喊中「昂首前行」。楊絳所塑造的方景山，則是從幻想救世的「英雄」，發展為毀滅他人也自我毀滅的「瘋狂者」。在楊絳筆下，方景山的「瘋狂」，被呈現為自我分裂所造成的心理畸變的必然結果。通過這一形象，《風絮》完成了對於盲目的「英雄主義」的心理解剖與價值批判。

唐叔遠是方景山的對照形象。如果說方景山是為抽象的「理想」而犧牲具體的他人，唐叔遠則是不空談理想的務實者，以「近人情」的仁愛本性和實際行動，關懷具體的人。在愛情和道德倫理的衝突中，他的選擇是為愛而犧牲自己。當惠連嘲諷他是「守禮的君子」時，他的自白揭示了其人格特質：「我也曾經怨忿過，反抗過，……可是有一天，我忽然看清楚了自己，承認了我的不重要，也承認了別人跟我一樣重要。從那天起，我心平氣和了。好像不單是活在自己心裏，也同時活在別人心裏。」〔註90〕在惠連心目中，方景山是「志願要飛上天去」卻無根的「風絮」，唐叔遠則是「一座山似的穩」。作為女性的惠連在景山與叔遠之間的選擇，反映了女性心理與女性視角對於楊絳「反英雄」傾向的影響。因此，作為情節結構的三人之間的情愛衝突，在深層意義結構上，則是人生觀與價值觀的衝突。

如果說悲劇「總是摹仿比我們今天的人好的人」〔註91〕，是「將人生的有價值的東西毀滅給人看」〔註92〕，那麼，與方景山的「瘋狂」相比，惠連

〔註89〕 李歐梵：《現代中國文學中的浪漫個人主義》，《中國現代文學與現代性十講》，上海：復旦大學出版社，2008 年，第 21 頁。

〔註90〕 楊絳：《風絮》，上海出版公司，1947 年，第 110 頁。

〔註91〕 亞里士多德：《詩學》，羅念生譯，《羅念生文集》第一卷，上海人民出版社，2004 年版，第 25 頁。

〔註92〕 魯迅：《再論雷峰塔的倒掉》，《墳》，北京：人民文學出版社，1973 年版，第 159 頁。

的毀滅更具有悲劇性。她的死亡，具有「引起憐憫與恐懼」〔註93〕的悲劇效果。作爲具有自由精神與獨立人格的新女性，惠連純眞、敏銳而勇敢，兼具愛的能力與反抗的勇氣，是一個具有現代美的女性形象。然而，作爲男性理想的「犧牲者」的地位，以及尚未深刻體驗人生憂患的心理脆弱性，使得她的表現方式激烈而不無任性。惠連「回槍自擊」的死亡，既是方景山的「瘋狂」的結果，也與她的激烈性格相關。在這一意義上，《風絮》體現了黑格爾所說的悲劇精神：通過對立力量的衝突，實現對於人類「精神力量的片面性」的否定。〔註94〕

　　楊絳對於以犧牲具體的人爲代價的英雄主義狂熱的質疑批判，是以對人性局限的洞察，以及社會歷史經驗的反思爲基礎的。她在《〈傅譯傳記五種〉代序》中，表達了對於「英雄」概念正負極的辯證思考：「羅曼・羅蘭把這三位偉大的天才稱爲『英雄』。他所謂英雄，不是通常所稱道的英雄人物。那種人憑藉強力，在虛榮或個人野心的驅策下，能爲人類釀造巨大的災害。羅曼・羅蘭所指的英雄，只不過是『人類的忠僕』，只因爲具有偉大的品格。」〔註95〕值得注意的是，楊絳對於以「強力」製造犧牲的「英雄狂熱」的批判，與張愛玲的相關表述形成了呼應。張愛玲在寫於1944年的創作談中說：「我發現弄文學的人向來是注重人生飛揚的一面，而忽視人生安穩的一面。其實，後者正是前者的底子。他們多是注重人生的鬥爭，而忽略和諧的一面。其實，人是爲了要求和諧的一面才鬥爭的。……我的小說裏……全是些不徹底的人物……他們雖然不過是軟弱的凡人，不及英雄的有力，但正是這些凡人比英雄更能代表這時代的總量。」〔註96〕楊絳與張愛玲同樣是在五四「個人主義」的價值基礎上，從女性的視角出發，表達對於「英雄」與「凡人」、「鬥爭」與「和諧」、「變」與「常」的關係的思考，提供了一種對於啓蒙/革命主流話語邏輯的理性反思。

〔註93〕亞里士多德：《詩學》，羅念生譯，《羅念生文集》第一卷，上海人民出版社，2004年版，第36頁。

〔註94〕黑格爾：《美學》第三卷（下冊），朱光潛譯，北京：商務印書館，1981年版，第248頁。

〔註95〕楊絳：《〈傅譯傳記五種〉代序》，《楊絳文集》第2卷（散文卷・上），北京：人民文學出版社，2004年版，第356頁。

〔註96〕張愛玲：《自己的文章》，《流言》，北京十月文藝出版社，2009年，第185～188頁。

本章小結

1940 年代上海「淪陷時期」楊絳的戲劇創作，作爲其早期創作的巔峰，是她在文壇產生影響的開始，也標誌著其藝術風格和文學觀念的成熟。作爲一個在不同歷史時期保持了創作風格和文學觀念之連續性和統一性的作家，楊絳早期創作中的風格因素，可視爲其 80 年代以來的文學創作的先聲。因此，本章從「總體研究」的目標出發，以楊絳 40 年代的戲劇創作爲研究對象，分析楊絳戲劇創作的藝術特徵與美學風格，將其定義爲「喜智與悲智的情感辯證法」，進而發現這種情感辯證法與楊絳總體創作的本質關聯。

在第一節中，我採取由外向內的視角，描述楊絳 40 年代的戲劇創作與外部因素（歷史語境）和內部因素（作家的思想個性）之間的關聯。在「淪陷時期」的憂患體驗中，楊絳以喜劇開始其戲劇創作，反映了其精神結構中的喜劇意識。通過對她的喜劇觀的梳理，發現她的喜劇意識，源於對人性普遍存在的缺點的理性觀照與悲憫。因此，在觀照世態人情時，楊絳「笑」的風格與奧斯丁有共通之處，是在嘲笑與節制的雙重作用下形成的「啓人深思的微笑」。

作品研究部分，以楊絳的喜劇和悲劇作品細讀爲基礎，對其喜劇與悲劇的藝術特徵和精神內涵，進行歸納闡釋。喜劇研究，通過《稱心如意》和《弄眞成假》的解讀，討論楊絳喜劇中的衝突與和解模式。二者都屬於都市世態喜劇，都是講述傳統向現代轉過渡時期家庭世界的故事。《稱心如意》是一個「灰姑娘」依靠美德和運氣改變命運的故事，通過「外來者」的視角，揭示了家庭（家族）內部的秘密與矛盾，以及「眞實」與「虛僞」的衝突。在這部喜劇中，楊絳的「隱嘲」風格已達成熟。《弄眞成假》講述一個婚戀騙局被揭穿的故事，作爲「騙子」的主人公無力改變命運的「苦笑」，使得作品潛伏著悲劇的因素，體現了楊絳喜劇意識與悲劇意識的衝突與調和。悲劇研究，以楊絳唯一悲劇作品《風絮》爲對象。《風絮》由多重衝突構成，包括「救世理想」與現實的衝突、愛情與道德倫理的衝突，以及隱蔽層面的性別心理的衝突。女性視角的設置，在作品對於「英雄幻想」的解剖與批判中起了關鍵作用。通過「英雄狂熱」與「犧牲者」的衝突，楊絳實現了對於五四文學中男性視角的「英雄與犧牲」主題的改寫，提供了對於啓蒙/革命話語邏輯的一種理性反思。

在楊絳的戲劇創作中，及其總體風格中，喜劇與悲劇意識的辯證關係貫

穿始終。因此，我借用「悲智」概念，以及由此引申出的「喜智」一詞，來描述楊絳「喜智與悲智」相反相成的情感辯證法。面對同一個世界，「悲智」和「喜智」兩種風格，是一體的兩面。「喜智」的基礎是理性，「悲智」的基礎是情感。這種將世界同時理解為具有「悲喜」雙重性的視野，是對黑格爾所批評的「精神力量的片面性」的否定。

第二章　觀世與察幾：楊絳的小說

在帶有自白色彩的散文《隱身衣》中，楊絳這樣表達觀察「世態人情」的樂趣和教益：「蘇東坡說：『山間之明月，水上之清風』是『造物者之無盡藏』……但造物所藏之外，還有世人所創的東西呢。世態人情，比明月清風更饒有滋味；可作書讀，可當戲看。……人情世態，都是天真自然的流露，往往超出情理之外，新奇得令人震驚，令人駭怪，給人以更深刻的教益，更奇妙的娛樂。」〔註1〕此誠小說家觀世之眼也。觀世、觀人、觀心的興趣和能力，爲楊絳小說情結之根源。作爲虛構敘事文體，小說爲表現「人情世態」提供了最合適的載體，對於楊絳來說，表達人情世態所含藏的「更深刻的教益，更奇妙的娛樂」，也正是小說敘事的目的和意義。楊絳這樣表達自己對於小說創作的重視：「我當初選讀文科，是有志遍讀中外好小說，悟得創作小說的藝術，並助我寫出好小說。但我年近八十，才寫出一部不夠長的長篇小說；年過八十，毀去了已寫成的二十章長篇小說，決意不寫小說。」〔註2〕難以割捨的小說情結，是她篤志歐洲小說翻譯和研究的動力，也是她在小說創作中斷數十年後「回歸」的動力〔註3〕。

〔註1〕 楊絳：《隱身衣》，《楊絳文集》第 2 卷（散文卷·上），北京：人民文學出版社，2004 年版，第 195 頁。

〔註2〕 《楊絳文集·作者自序》，《楊絳文集》第 2 卷（散文卷·上），北京：人民文學出版社，2004 年版，第 1 頁。

〔註3〕 楊絳小說創作概況如下：1935 年開始發表小說（小說處女作《路路》刊於《大公報·文藝副刊》），40 年代創作發表短篇小說《ROMANESQUE》、《小陽春》（1946 年，刊於《文藝復興》月刊），之後中斷。1977 年開始恢復小說創作，創作短篇小說「大笑話」、「玉人」、「鬼」、「事業」，於 1981 年起開始發表，並結集出版短篇小說集《倒影集》（1982 年，人民文學出版社）。1988 年長篇小說《洗澡》出版，爲其唯一的長篇小說。

　　楊絳的小說創作始於 20 世紀 30 年代，經歷「中斷期」（50 年代至 70 年代，轉向小說翻譯）後，在「文革」結束後恢復創作。她的小說作品，主要有短篇小說集《倒影集》〔註4〕（1982）和長篇小說《洗澡》（1988）。按創作發表時間來分，其小說寫作可以分為三個階段。20 世紀三四十年代為「起始期」，短篇小說《璐璐，不用愁！》、《ROMANESQUE》、《小陽春》〔註5〕，主要描繪現代社會中的個人心理，尤其是面對自身欲念或外部刺激時的心理活動。70 年代末為「再生期」，在中斷文學創作約 30 年後，她首先恢復短篇小說寫作，《「大笑話」》、《玉人》、《鬼》、《事業》，在對「舊時代」世態人情的描繪中，側重表現個人與群體、夢想與現實的衝突。〔註6〕80 年代末，創作長篇小說《洗澡》，以「新中國」成立後第一次知識分子思想改造運動為題材，表現新時代之初激進的政治運動之中人性所經受的考驗。《洗澡》以對於歷史與人性的深刻觀照，成為楊絳小說創作的壓軸之作。

　　洪子誠在論及 80 年代「歷史反思」語境中的文學現象時，將巴金與楊絳的寫作姿態進行對照，認為楊絳「回到五四時期胡適所提出『個人主義』的命題」〔註7〕，這一概括是對楊絳 80 年代創作背後的價值立場的定位，在我看來，也同樣適用於描述楊絳從早期到後期的小說創作。貫穿楊絳小說創作的總體精神，是五四「人的文學」精神，以及西方近代以來啟蒙主義的價值觀念。胡河清則發現：「在當代中國文學中，文章家能兼具對於芸芸眾生感情領域測度之深細與對於東方佛道境界體認之高深者，實在是少有能逾楊絳先生的。」〔註8〕這是對楊絳悲憫與超越合一的觀世精神，以及體察人心之微的

〔註4〕短篇小說集《倒影集》，1981 年香港出版，1982 年由人民文學出版社出版。共收入五篇小說：《「大笑話」》、《玉人》、《鬼》、《事業》、《璐璐，不用愁！》；最後一篇《璐璐，不用愁！》寫於三十年代，其餘四篇寫於七十年代末。《倒影集》未收入四十年代創作發表的《ROMANESQUE》和《小陽春》，此二篇後收入《楊絳文集》小說卷。

〔註5〕20 世紀 40 年代，楊絳發表了兩篇短篇小說：《ROMANESQUE》，刊於 1946 年《文藝復興》月刊第 1 卷第 1 期創刊號；《小陽春》，刊於 1946 年《文藝復興》月刊第 2 卷第 1 期。

〔註6〕1977～1980 年，在完成散文《幹校六記》之前，楊絳創作了四篇短篇小說：《大笑話》、《玉人》、《鬼》、《事業》，收入《倒影集》（1981 年香港出版，1982 年大陸出版）。參見《楊絳生平與創作大事記》，《楊絳文集》第 8 卷，北京：人民文學出版社，2004 年版，第 394～395 頁。

〔註7〕洪子誠：《中國當代文學概說》，北京大學出版社，2010 年，第 116 頁。

〔註8〕胡河清：《楊絳論》，《靈地的緬想》，上海：學林出版社，1994 年，第 72 頁。

察幾方法的形象概括。在我看來，楊絳的小說創作之所以從一開始就不是「社會小說」，不以社會批評爲旨歸，而是立意於帶有普遍性的世態與人性心理的觀照，正是源於這種觀世與察幾精神。她的小說詩學，在於人性心理的「顯微」，而不是「解剖」（正如她對奧斯丁小說藝術的領會：「不挖出人心擺在手術臺上細細解剖。她只用對話和情節來描繪人物。」〔註9〕）以察幾知微的方式，觀照人與世界的缺陷，而又蘊藏深沉的同情與悲憫，是楊絳觀世與察幾精神的本質特徵。

第一節 軟紅塵裏：觀世觀人之眼

「軟紅塵裏」是楊絳一部未完成而棄稿的長篇小說的名稱，〔註10〕從留存下來的小說引言《軟紅塵裏・楔子》〔註11〕，可以一窺楊絳的觀世心態與小說藝術構想。在這個帶有寓言色彩的文本中，作者通過神的視角表達對於下界人世的觀照與悲憫，深契王國維「試上高峰窺皓月，偶開天眼覷紅塵，可憐身是眼中人」〔註12〕之意境。以「紅塵」〔註13〕指稱人世社會，以「軟」字形容「紅塵」中人迷醉懵懂的狀態，與《紅樓夢》開端的相關意象和象徵可謂一脈相承〔註14〕。這個以「撥開迷霧觀世」爲主題的寓言，構成了作者

〔註9〕 楊絳：《有什麼好？——讀奧斯丁的〈傲慢與偏見〉》，《楊絳文集》第4卷（戲劇・文論卷），北京：人民文學出版社，2004年版，第343頁。

〔註10〕 90年代初，楊絳擬創作第二部長篇小說，名爲「軟紅塵裏」，未完稿而放棄。據楊絳自述：「年過八十，毀去了已寫成的二十章長篇小說，決意不寫小說。」「（1991年）動筆寫《軟紅塵裏》」，「（1992年）大徹大悟，毀去《軟紅塵裏》稿20章」。參見：《楊絳文集・作者自序》，北京：人民文學出版社，2004年版，第1頁；《楊絳生平與創作大事記》，《楊絳文集》第8卷，第398頁。

〔註11〕 楊絳將《軟紅塵裏・楔子》收入散文集《雜憶與雜寫》：「『楔子』原是小說的引端，既無下文，便成廢物。我把『楔子』繫在末尾，表示此心不死，留著些有餘不盡吧。」楊絳：《軟紅塵裏・楔子》，《楊絳文集》散文卷・上，北京：人民文學出版社，2004年版。以下所引《軟紅塵裏・楔子》文字，只在文內標明頁碼。

〔註12〕 王國維：《浣溪沙・山寺微茫》，《王國維詩詞箋注》，上海古籍出版社，2011年，424頁。

〔註13〕 「紅塵」一詞，原意是指車馬在繁華街市馳過所揚起的灰塵（東漢班固《西都賦》：「闐城溢郭，旁流百廛，紅塵四合，煙雲相連」），後指代繁華熱鬧之地。佛教用「紅塵」指稱虛幻的「人世間」，遂有「看破紅塵」之謂。

〔註14〕 受佛教觀念影響的《紅樓夢》，開篇引言主要講述頑石「入紅塵」一遭，終悟其本質爲「夢」與「幻」：「原來是無才補天，幻形入世，蒙茫茫大士、渺渺

觀世視角與寫作姿態的總體性隱喻，是將我們引向楊絳小說世界及其創作心理的草蛇灰線。

《軟紅塵裏·楔子》由兩位神仙（創世神話中的女媧，與道教神話中的太白星君）關於下界「軟紅塵裏」人類狀況的對話構成。開端是對女媧動作的描述：「還只顧勤勤懇懇煉她的五色石」，逍遙的太白星君正好路過，二人展開了對話。女媧說，看到到處都是災難跡象，「芸芸眾生蒙在軟紅塵裏，懵懵懂懂，還只管爭求自己的幸福。我這片小天地，看來破敗得不堪收拾了。」她希望「聰明精巧有餘」的人類學會「尋求大智慧」，「把這個世界收拾得完整些，美好些」，但他們卻彼此排擠、互相傷害，「活一輩子，只在愚暗中掙扎」。太白星君勸她「別太認真」，又用嘲諷的語氣反問：「您那裡的仁人志士，聲聞九天，都像您說得那麼沒出息嗎？」女媧的回答顯示了一種矛盾態度，既有對人類狀況的悲觀，又未完全放棄對人性及拯救可能性的希望：

> 女媧說：「我只怕寡不敵眾，正不壓邪；是非善惡，紅塵世界裏不那麼容易分辨。」
>
> 她說著用手掌前後左右扇開幾處紅塵，遙指著說：
>
> 「您不妨到處看上兩眼，也不妨盯著幾個人看看：即小見大，由一知十。」
>
> ……太白星君凝神觀望的一剎那，人間已經歷許多歲月。……
>
> 他所見種種，寫下來可成一本書。您如有意，不妨一讀。〔註15〕

這個罩住小說正文的神話想像文本，書寫了一則以小說寫作「觀世」的寓言。女神關於人類狀況所說的話，代表了作者對於危機四伏而人們卻渾然不覺的「軟紅塵」世界的基本判斷。女神的態度，折射出楊絳在觀察歷史、現實與人性現象時的悲憫心態。在哲思隨筆《走到人生邊上——自問自答》（2007）中，也有類似的表達：「當今之世，人性中的靈性良心，迷蒙在煙雨雲霧間。」〔註16〕作為創世神話中承擔「造人」與「補天」雙重使命的女神，

真人攜入紅塵，歷盡離合悲歡炎涼世態的一段故事。後面又有一首偈云：無材可去補蒼天，枉入紅塵若許年。此係身前身後事，倩誰記去作奇傳？」見《紅樓夢》第一回，北京：人民文學出版社，1982年版，第4頁。

〔註15〕楊絳：《軟紅塵裏·楔子》，《楊絳文集》第2卷（散文卷·上），北京：人民文學出版社，2004年版，第331～333頁。

〔註16〕楊絳：《走到人生邊上——自問自答》，北京：商務印書館，2007年版，第80頁。

女媧在危機世界中收拾殘局的「補天」行爲，構成了關於寫作者姿態和小說功能的雙重隱喻。但補天/寫作行爲的主體，同時又表達了對於以救世者自居的英雄姿態及其效果的懷疑：「反正我也只是盡力而爲。」這種懷疑和猶豫，隨時可能導致行動的中斷：「我是不是該撒手不管了？」「我又何苦爲他們操心呢？」雖然這場「對話」在性質上接近獨白（太白星君始終在打啞謎，被女媧稱爲「老滑頭」），並未獲得確定的答案，最終她還是選擇了「帶著一絲苦笑，揀起工具，繼續自己的工作」。至此，通過詞語（「工具」）建構符號世界，以「修補」現實世界殘缺的小說創造行爲，與女媧的「工作」完全重合，即小說「觀世寓言」的完成。

楊絳的觀世方法，是借女媧之口表述出來的：「您不妨到處看上兩眼，也不妨盯著幾個人看看：即小見大，由一知十」，這既是楊絳觀照把握世界的觀世方法，也是她的小說創作藝術方法的濃縮表達。這種對於經驗世界的觀照與表現方式，可歸納爲「察幾知微」、「一多互攝」（一中有多多中有一）的全息觀照方式。立足於「個人」而旨在觀照普遍，既是楊絳小說創作的價值基點，也是其藝術途徑。從小說文本中可以發現，她所觀照的「個人」，是作爲芸芸眾生之一員、帶有人性普遍特點（包括弱點）的「凡人」，而不是在性質上超越凡人與所處環境的「英雄」。前文已論及楊絳對於「英雄主義」的懷疑（見悲劇《風絮》的分析），此處不再展開。

綜觀楊絳幾個時期的小說創作，主題和敘事材料在變化，但敘事立場和風格一以貫之：通過現實世界（而非理想世界）人生經驗「事實」的敘述，表現帶有普遍性的凡人的「人生眞相」與人性「眞實」。

楊絳深受西方近代啓蒙文化與「五四」啓蒙傳統的影響，啓蒙文化的人文主義精神，爲其小說觀念的價值前提。啓蒙理性與人文主義的人性觀，是以對於人性（之於神性）相對性的客觀認識爲前提的，這也正是表現「人的眞實」而非「詩的理想」的近代現實主義文學的認識論根源。〔註17〕作爲翻譯家，楊絳對於西方近代經典小說作品的譯介和闡釋，側面反映了她的現實觀和小說觀。她所譯介的歐洲近代小說經典作品，包括《堂吉訶德》和「流浪漢小說」名作《小癩子》、《吉爾·布拉斯》，以其對於「不完美的現實世界」世態人情的生動描繪，成爲西方近代現實主義文學之先聲。楊絳這樣闡釋「流

〔註17〕參見：伊恩·P·瓦特《小說的興起》，高原、董紅鈞譯，北京：三聯書店，1992年版，第2頁。

浪漢小說」現實主義精神的內涵:「這裡沒有高超的理想,只有平凡的現實……流浪漢從來不是英雄,他們是『非英雄』或小人物。……反正這種小說的內容都寫這個很不完美的現實世界……而流浪漢都看破這個世界而安於這個世界。」〔註18〕正如她對近代寫實主義經典作家的闡釋:「(簡・奧斯丁)對她所處的世界沒有幻想,可是她寧願面對實際,不喜歡小說裏美化現實的假象」〔註19〕,在對簡・奧斯丁的評價中,楊絳表達了對於非浪漫主義的「面對實際的智慧」的高度認同。

作為翻譯家和學者,楊絳在歐洲經典小說的翻譯與研究中,形成了成熟的小說理念,並從不同角度進行闡發〔註20〕。其小說研究文章主要包括:(一)譯本序:《堂吉訶德・譯者序》、《小癩子・譯本序》、《吉爾・布拉斯》前言。(二)歐洲小說研究:《論薩克雷〈名利場〉》、《菲爾丁關於小說的理論》、《舊書新解──讀〈薛蕾絲蒂娜〉》、《有什麼好?──讀奧斯丁的〈傲慢與偏見〉》。(三)中國古典小說研究:《論藝術與克服困難──讀〈紅樓夢〉偶記》〔註21〕其中,綜合論述小說創作的《事實─故事─真實》(1980年),是楊絳小說觀念最為完整系統的表達。此文圍繞小說創作中「事實─故事─真實」三者之間的關係,討論作為虛構敘事文體的小說,如何表達「真實」的問題。其核心觀點是:「小說是創造,是虛構。但小說和其它藝術創造一樣,總不脫離西方文藝理論所謂『模仿真實』。『真實』不指事實,而是所謂『貼合人生的真相』,就是說,作者按照自己心目中的人生真相──或一點一滴、東鱗西爪的真相來創作。」通過辨析「虛構」、「真實」(「貼合人生的真相」)與「事實」三個概念之間的關係,得出「虛構的事依據事實,而表達真實」的觀點。〔註22〕她認為小說的「故事」和虛構創造,建立在「經驗」加「想像」的基礎之上;敘述「故事」的最終目的,是表達人生與人性的普遍「真實」。她將

〔註18〕 楊絳:《小癩子》譯本序,《楊絳文集》第8卷,第218頁。

〔註19〕 楊絳:《有什麼好?──讀奧斯丁的〈傲慢與偏見〉》,《楊絳文集》第4卷(戲劇・文論卷),北京:人民文學出版社,2004年,第336頁。

〔註20〕 楊絳的研究論文集有《春泥集》《關於小說》。《春泥集》(上海文藝出版社,1979年),共收入中西文學論文6篇,其中西方小說研究4篇,中國古典文學研究2篇。《關於小說》均為西方小說研究論文,共6篇。

〔註21〕 這些文章均收入8卷本《楊絳文集》中,見第4卷《戲劇・文論卷》,以及第5卷、7卷、8卷的譯作部分。

〔註22〕 楊絳:《事實─故事─真實》,《楊絳文集》第4卷(戲劇・文論卷),北京:人民文學出版社,2004年,第296頁

小說創作理想歸結爲：「按照自己心目中的人生眞相」，以「虛構的故事表達普遍的眞理」〔註23〕，並進一步將之命名爲「寫實的虛構」〔註24〕。對於「眞實」的強調，以及表達「普遍眞理／眞相／眞實）」的文學意識，根源於近代西方啓蒙文化認識「人的眞實」（對應於「神的完滿」）的精神傳統。綜觀楊絳不同時期的小說創作，這種表達「人的眞實」的現代理性精神貫穿始終，在其早期小說中就已體現，隨著人生閱歷的增加、理解的深化而進一步發展，並在長篇小說《洗澡》中得以全面展現。

　　捷克漢學家普實克認爲，對於「眞實性」的尊崇，是中國古典與現代文學的共同精神，「在中國的文學作品中，『眞實性』向來被奉爲最高的價值，所謂『眞實性』，也就是對事實的如實記錄，『實』這個字，包含了『充分』、『完全』的意思，同時排除了幻想，因爲幻想是『空洞的』，只存在於虛幻的想像中。」〔註25〕將「眞實」與「事實」等同起來，並與「想像」對立，正是狹隘化了的「現實主義」之局限性所在。事實上，在經驗世界中，所謂「眞實」「眞相」，與「假相」「幻象」之間的界限，往往是混沌未分的，肉眼所見之「實」，不完全等於「眞」。人把握「眞實」的理性能力，也並非是確定無疑的。對「眞實」的追求，是理性主體的體現，而在文學創作中，則是以形象創造來實現的。楊絳認爲：「創造小說，離不開我們所處的眞實世界……但眞人眞事的作用有限。……眞人眞事不成尺度。要見到世事的全貌，才能捉摸世情事勢的常態。不然的話，只如佛經寓言瞎子摸象，摸不到象的眞相。」從楊絳關於「事實」與「眞實」的辨析中可以發現，在她的小說理念中，局部之「實」是觀察普遍之「眞」的材料，但不等同於「眞」；寫「眞」是小說創作的目的，寫「實」只是方法和手段之一。想像的重要性在於：「經驗好比點上個火；想像是這個火所發的光。沒有火就沒有光，但光照所及，遠遠超

〔註23〕 楊絳：《事實—故事—眞實》，《楊絳文集》第 4 卷（戲劇・文論卷），北京：人民文學出版社，2004 年，第 304 頁。

〔註24〕 「許多所謂寫實的小說，其實是改頭換面地敍寫自己的經歷，提升或滿足自己的感情。這種自傳體的小說或小說體的自傳，實在是浪漫的紀實，不是寫實的虛構。而《圍城》卻是一部虛構寫實的小說，儘管讀來好像眞有其事，眞有其人，其實全是創造。」見楊絳：《記錢鍾書與〈圍城〉》，《楊絳文集》第 2 卷（散文卷・上），北京：人民文學出版社，2004 年版，第 136 頁。

〔註25〕 〔捷克〕亞羅斯拉夫・普實克：《中國文學中的現實與藝術》，《抒情與史詩：現代中國文學論集》，李歐梵編，郭建玲譯，上海三聯書店，2010 年版，第 90 頁。

過火點兒的大小。」〔註26〕這種追求事實與眞實統一、經驗與想像互補的理念，貫穿在其小說創作的實踐中。

在對楊絳小說的解讀和評價上，最常見的是以「寫實」、「描摹世態人情」來概括其風格。在我看來，籠統的概括並不能有效解釋作家的創作個性。「寫實」是五四以來文學的普遍感知方式及小說文體的普遍特徵，普實克對此有專門論述，認爲「正如整箇舊文學那樣，新文學的基本結構也是寫實。」〔註27〕而通過文本細讀可以發現，楊絳的小說敘事並不僅僅停留在「寫實」層面，在「寫實」的背後，往往隱藏著對於人的存在經驗中「實」與「虛」關係的終極追問。一個典型的例子，是小說《鬼》所體現的虛實轉化法。一個傳奇式的「鬼故事」，被還原爲人的故事（舊家庭的妾因愛的幻想而與書生私會，並因生子而喜劇性地改善處境），即化虛爲實；而在主人公得到象徵「管家」權力的鑰匙時，作者這樣描繪她的心理：「貞姑娘緊緊握著這串鑰匙……這串鑰匙雖是銅的，鐵的，安知不也只像肥皂泡一樣。」〔註28〕「鑰匙」與「肥皂泡」的合一，即化實爲虛。在楊絳對於「眞」與「幻」關係的觀照與終極追問中，可以辨別出古典文化中佛道傳統的回聲。〔註29〕對「軟紅塵裏」貪嗔癡怨的觀照，即觀世、觀人與觀心合一。

第二節　喜劇與悲劇型諷刺：短篇小說論

楊絳的短篇小說數量雖不多，但與散文創作一樣，貫穿其早期和後期兩個創作階段，且在藝術風格上具有連續性和統一性：總體上屬於幽默諷刺風格的世態人情小說。她的短篇小說，主要描繪現代普通人的生活和心理，以察幾精微的藝術方法，諧趣幽默的語言風格，表達對於人性和世情的觀照。

〔註26〕楊絳：《事實—故事—眞實》，《楊絳文集》第 4 卷（戲劇・文論卷），北京：人民文學出版社，2004 年，第 298 頁。

〔註27〕〔捷克〕亞羅斯拉夫・普實克：《中國文學中的現實與藝術》，《抒情與史詩：現代中國文學論集》，李歐梵編，郭建玲譯，上海三聯書店，2010 年版，第 89 頁。

〔註28〕楊絳：《鬼》，《楊絳文集》第 1 卷（小說卷），第 165 頁。

〔註29〕《紅樓夢》即立足於對於「實」與「夢」關係的終極觀照，以「夢/幻」爲「實」之本源與歸宿，小說對於「紅塵」生活與情感「實相」的不厭其煩、細緻入微的描繪，最終的目的卻是指向「夢」與「幻」的本質。作者反覆提醒讀者，「夢」「幻」爲敘事本旨，如楔子中所言：「此回中凡用『夢』用『幻』等字，是提醒閱者眼目，亦是此書立意本旨。」見《紅樓夢》第一回。

錢鍾書以「世情搬演栩如生，空際傳神著墨輕」〔註30〕來概括她的戲劇和小說風格，即表現世情生動傳神，是一種與沉重相對的「輕盈」風格。這種「輕」的風格，接近於意大利作家卡爾維諾提出的「輕逸」（Lightness）美學，即面對世界和人的「石化」的沉重，以「輕逸」的藝術方法，超越外部世界的「沉重、惰性和不透明性」；作為藝術方法的「輕逸」，是一種「莊重的輕」，使「輕佻的輕顯得沉悶」。〔註31〕楊絳的短篇小說，就思想內容而言，是呈示現實與人性的不完美乃至殘酷，但她避開了社會批判與人性殘酷拷問的「沉重」方式，而是選擇以「輕」的方式來表達，因此，就思想內容與風格的關係來看，其藝術風格接近於卡爾維諾所謂「莊重的輕」。

在內容與風格上，楊絳的短篇小說與她的戲劇創作有著統一性，都是以人情世態為表現對象，以喜劇諷刺風格為主，同時又蘊含著喜劇與悲劇因素的互相轉化。其戲劇中的「喜智」與「悲智」的情感辯證法，同樣體現在小說創作中。詼諧諷刺風格，是喜劇與悲劇意識互相爭鬥與調和的產物。諷刺源於面對人與世界的缺陷所產生的批評衝動。巴赫金這樣界定「諷刺」：首先，諷刺是對所寫現實的形象性否定，它又必須包括積極的方面，即對作為最高現實的理想的肯定。其次，這種否定是通過形象表現的，是不同於政論式諷刺的「作為藝術現象的諷刺」。〔註32〕詼諧和幽默是諷刺的藝術手法，使得諷刺產生喜劇笑謔效果。「詼諧必定要使掩蓋和隱藏之物顯露出來」〔註33〕，楊絳小說的諷刺，具有詼諧幽默的輕盈風格，比「批判」和「解剖」的表現形式更溫和。值得注意的是，作為一位諷刺家，楊絳的諷刺風格是「溫和清新的嘲諷」，源於她「有幽默的天性」又有「胸襟的沖淡與闊大」〔註34〕，這也使得她的諷刺風格，區別於張天翼式的針砭時弊的漫畫式諷刺風格。

面對「這個很不完美的現實世界」，以及人性共有的弱點，楊絳的態度和

〔註30〕錢鍾書：《偶見二十六年前為絳所書詩冊電謝波流似塵如夢復書十章》，《槐聚詩存》，北京：三聯書店，2002 年，第 123 頁。

〔註31〕〔意〕卡爾維諾：《美國講稿》，呂同六等譯，《卡爾維諾文集：寒冬夜行人等》第 318，319，325 頁。南京：譯林出版社，2001 年。

〔註32〕〔俄〕米哈伊爾‧巴赫金：《諷刺》，《文本 對話與人文》，白春仁等譯，石家莊：河北教育出版社，1998 年，第 42 頁。

〔註33〕弗洛伊德援引費希爾的這一觀點，將其視為關於詼諧的一個重要論斷，認為「其與詼諧的關係比它作為喜劇的部分更重要。」參見弗洛伊德：《詼諧及其與無意識的關係》，常宏等譯，北京：國際文化出版公司，2001 年，第 6 頁。

〔註34〕孟度：《關於楊絳的話》，《雜誌》第 15 卷第 2 期，1945 年 5 月。

表達方式，不是單一性的否定批判，而是兼具雙重意義指向：微觀上的諷刺（針對短時段的經驗事實），與宏觀上的悲憫（長時段的歷史觀與超越意向的人生觀）。諷刺是對現實缺陷的批評，悲憫則是對諷刺的限定和修正。諷刺與悲憫兩種意向的爭鬥與調和，形成了楊絳小說的「振幅」。巴赫金區分了諷刺的兩種形式，一是「笑謔式諷刺」，即「把否定的現象描繪成可笑的東西加以嘲諷」，二是「嚴肅的諷刺」，即「把否定的現象描繪成討厭的、可惡的、令人反感和憤怒的東西」，並認為前者是諷刺最基本最常見的類型。〔註35〕這一視角，有助於我們對楊絳小說的諷刺類型進行更深入細緻的辨析。從情節模式、作者態度和敘述風格來看，楊絳的短篇小說可以分為喜劇型諷刺與悲劇型諷刺兩大類型。

　　喜劇型諷刺，即情節模式是喜劇性的，作者態度與敘述風格是諷刺性的。楊絳的大部分短篇小說可以歸入這一類型。這種喜劇性的敘事風格，是楊絳喜劇創作手法在小說領域的體現。其小說處女作《璐璐，不用愁！》〔註36〕，就已體現出鮮明的喜劇性諷刺風格。借用弗萊對敘事情節模式的分類法，按主人公與社會的關係，情節模式可分為「悲劇的」和「喜劇的」兩大類型，「悲劇的主人公擺脫其所處的社會，喜劇的主人公則屬於社會中的一員」〔註37〕，喜劇風格作品的主人公往往是「低模仿」類型，即性質上與普通人差不多，行動力量既不優越於凡人，也不超越所處環境。〔註38〕楊絳喜劇性小說的主人公，都屬於作為「低模仿」對象的凡人，例如：在愛情選擇中以功利原則權衡得失的女大學生（《璐璐，不用愁！》），試圖「婚外戀」而又露出自私怯懦本相的文人（《小陽春》），浪漫夢幻破滅後回歸現實人生的小知識分子（《「玉人」》），傳統家族中偷情生子而陰差陽錯改變命運的妾《鬼》。他們都是世俗

〔註35〕〔俄〕巴赫金：《諷刺》，《文本 對話與人文》，白春仁等譯，石家莊：河北教育出版社，1998年，第42頁。

〔註36〕《路路》是楊絳第一篇公開發表的小說，是1934年她在清華大學研究院讀書時的「作業」，發表於《大公報・文藝副刊》1935年8月25日（署名季康），1936年收入林徽因主編《大公報文藝叢刊小說選》，題目改為《璐璐》。收入1982年出版的短篇小說集《倒影集》時，楊絳將其「改回原題」《璐璐，不用愁！》（參見《璐璐，不用愁！》，《楊絳文集》小說卷，北京：人民文學出版社，2004年版，第3頁作者自注）。

〔註37〕〔加〕諾斯羅普・弗萊：《批評的解剖》，陳慧等譯，天津：百花文藝出版社，2006年版，第49頁。

〔註38〕同上，第46頁。

生活中的「凡人」，而非超越凡人及反抗所處環境的「英雄」；無論是在身份還是心理上，他們都屬於傳統意義上的「共同體」或現代意義上的「社會」的一員，是現實秩序的載體與維護者，而非逃避現實與人群的離群者，或試圖變革現實的英雄。

在喜劇性敘事模式中，對立因素之間的衝突，最終指向互相妥協（悲劇性敘事則指向對立因素的無法調和）。在楊絳的這類喜劇性作品中，主人公與他人和現實世界的衝突，或自身的心理衝突，最終都指向暫時消除矛盾的和解或解脫。《璐璐，不用愁！》（1935 年）裏的女大學生璐璐，出於自私虛榮，在兩個男友之間權衡得失，最後雞飛蛋打，正在哭泣，埋怨「人心是這樣難測」，突然收到申請留學成功的消息，以破涕爲笑結束。《小陽春》（1946 年）裏的中年教授俞斌，在「思春」衝動下與女學生偷試婚外戀，又充滿自私和怯懦心理，只能自欺欺人。妻子發現後傷心憤恨，但故事不是以悲劇性衝突，而是以具有諷刺意味的互相妥協結束。俞斌的形象，可視爲《洗澡》中余楠的「前身」。最典型的喜劇型諷刺，是寫於 70 年代末的《「玉人」》〔註39〕。在上海當中學教師的郝志傑，不滿「老牛推磨」的灰色人生，常以青春時期邂逅「玉人」的回憶（蘇州少女枚枚）寄託浪漫情思。抗戰時期，郝志傑欲攜妻兒離滬去後方，遇車禍受傷，只能賃屋養傷。始終沒有露面的房東太太找藉口想趕走他們一家，還占小便宜偷用他們的廁所。志傑妻子田曉與房東太太鬥智，安排丈夫盯著廁所「抓現行」，結果出現了喜劇性的一幕：

　　　　許太太掏出鑰匙開了廁所的門。志傑立即把窗子砰一下推開；

　　田曉立即趕入後院，掩在許太太身後。

　　　　「啊呀——啊呀！——郝家哥哥！！」

　　　　志傑未及大喝一聲，卻啞聲說：「枚枚嗎？」〔註40〕

記憶中如夢似幻的「玉人」枚枚，成了現實中庸俗勢利的房東太太。「爭搶廁所」的現實場面，與主人公的浪漫夢幻形成了強烈對比，由此產生了喜劇笑謔效果。在人生感慨中，志傑開始珍惜妻子和家庭，與現實和解：「推磨是我的活兒，推磨也頂好。」小說以妻子的玩笑與志傑的自嘲結束。《「玉人」》

〔註39〕　《「玉人」》寫於 1978 年，發表於《上海文學》1981 年第 4 期，收入《倒影集》、《楊絳文集》小說卷。

〔註40〕　楊絳：《「玉人」》，《楊絳文集》第 1 卷（小說卷），北京：人民文學出版社，2004 年，第 128 頁。

講述了一個未經過現實檢驗的浪漫幻象，在現實人生中破滅的故事。夢想與現實的衝突，以及夢想的幻滅，在五四啓蒙敘事中往往是悲劇模式，楊絳卻選擇以喜劇的形式來表現。她的現實主義人生觀與文學觀，可以用她對奧斯丁的評價來解釋：「對她所處的世界沒有幻想，可是她寧願面對實際，不喜歡小說裏美化現實的假象。」〔註41〕

《ROMANESQUE》〔註42〕和《鬼》〔註43〕，是對浪漫傳奇的戲仿，可視爲喜劇型諷刺與悲劇型諷刺之間的一種變異形式。《ROMANESQUE》意爲「浪漫故事」，講述一個發生在上海的「豔遇」故事，故事時間僅有幾天。大學生葉彭年無意中落入黑團夥騙局，被神秘女子梅解救。他爲梅的美豔和神秘所誘惑，對其又愛又疑，試圖破解其身份秘密，終於追蹤到她所住的亭子間。梅的身份之謎被揭開：她是一個被妓女收養的孤兒，爲了解救只見過一面的彭年，已委身於黑團夥老大。彭年與梅相約逃出上海，但彭年在火車站沒有等到她，從此再也找不到她了。這篇小說的奇遇情節和氛圍描寫是浪漫傳奇式的，與同時代徐訏小說中的上海浪漫傳奇故事有相似之處。與徐訏的浪漫主義敘述不同的是，楊絳的這篇小說更接近對浪漫故事的諷刺性模仿。在楊絳筆下，「浪漫故事」和來無影去無蹤的神秘女子「梅」一樣，成爲一個虛幻的誘惑形象。故事主人公對「浪漫故事」的態度是矛盾的，一邊受其誘惑，一邊表示懷疑和諷刺：「彭年不願意告訴她（女友令儀），免得她再笑他『浪漫故事調兒』」，「彭年覺得人生愈來愈像浪漫故事了」。小說的結尾是主人公返回現實：「電話總是令儀打來的：『彭年麼？別忘了，老時候——』」〔註44〕似眞似幻的都市浪漫傳奇，以返回現實生活結束，顯示其虛幻的性質，如同南柯一夢。梅的命運和主人公夢幻的破滅，本來具有悲劇因素，但小說的結局卻是典型喜劇式的：主人公對「非浪漫的」現實的回歸。

《鬼》同樣是對「浪漫故事」的滑稽模仿和諷刺。這是一個以聊齋式「鬼故事」開頭的「假鬼故事」。小說以自稱「遇見過一個眞的鬼」的男性人物的

〔註41〕楊絳：《有什麼好？——讀奧斯丁的〈傲慢與偏見〉》，《楊絳文集》第4卷（戲劇·文論卷），第336頁。

〔註42〕《ROMANESQUE》意爲「浪漫故事」，發表於《文藝復興》月刊1946年第1卷第1期創刊號，收入《楊絳文集》小說卷。

〔註43〕《鬼》寫於1979年，發表於《收穫》雜誌1981年第4期，收入《倒影集》、《楊絳文集》小說卷。

〔註44〕楊絳：《ROMANESQUE》，《楊絳文集》第1卷（小說卷），北京：人民文學出版社，2004年，第24頁，35頁，36頁。

講述開始：胡彥大學畢業後，到江南一個沒落官宦家庭王家當教書先生，某夜遇「女鬼」登門。「他就像《聊齋》裏的書生一樣，把鬼擁入帳中」〔註45〕，一夜歡愛之後，他感到後怕，辭職離開。之後，轉入作者敘述，「鬼故事」的眞面目得以揭開。王家少爺婚後無子息，爲續香火，買少女「貞姑娘」爲妾。少爺與少奶奶感情歡洽，貞地位低下，在孤獨處境中，產生了尋找愛情的浪漫幻想，便冒險夜會「先生」（胡彥），因此懷孕。太太、少奶奶知情後，安排她替少奶奶生子（少奶奶假懷孕）。少奶奶不久病死，貞守著兒子當「姨娘」，地位上升。《鬼》以反諷的形式，將聊齋式的「鬼故事」還原爲人的故事，是楊絳「反浪漫」立場和風格的又一體現。這是一個具有悲劇因素的故事（舊家庭的妾如「鬼」一般的存在），但楊絳通過諷刺喜劇的手法，淡化了悲劇色彩。這種喜劇手法，體現在整個故事以雙關語爲基礎：「鬼胎」。「貞姑娘懷著鬼胎的時候，對肚裏的孩子毫無情分。」〔註46〕正如什克洛夫斯基在對小說結構的研究中所發現的：「構成一部小說不僅需要作用，而且需要反作用，即某種不一致的東西。這一點與帶有比喻和雙關語的『細節』相似。……許多故事都是雙關語的擴展。」〔註47〕「鬼胎」這一雙關語的運用，使得小說帶有民間故事色彩，並造成喜劇和幽默效果。「懷著鬼胎」既指「懷胎」，也指貞對自己「過錯」的感受，如同結尾的心理描寫：「她只有感激慚愧，不知是她成全了少爺母子，還是少爺母子成全了她母子。」〔註48〕「過錯」是這個故事的題旨之一。貞的「過錯」，是以太太、少爺少奶奶爲代表的封建制度之「過錯」的結果，因而是作者同情憐憫的對象；後者的「過錯」，則是小說諷刺的對象：「少奶奶裝產婦裝得太像，竟害『產褥熱』去世」，「許多算計，都像肥皂泡似的吹出來又破滅了」。〔註49〕但作者沒有將貞塑造成一個激烈反抗封建壓迫的烈女形象（其「私會失貞」可視爲一種有限反抗），也沒有將這個

〔註45〕　楊絳：《鬼》，《楊絳文集》第 1 卷（小說卷），北京：人民文學出版社，2004年，第 135 頁。

〔註46〕　楊絳：《鬼》，《楊絳文集》第 1 卷（小說卷），北京：人民文學出版社，2004年，第 163 頁。

〔註47〕　〔俄〕什克洛夫斯基：《故事和小說的結構》，《俄國形式主義文論選》，方珊等譯，北京：三聯書店，1989 年，第 13 頁。

〔註48〕　楊絳：《鬼》，《楊絳文集》第 1 卷（小說卷），北京：人民文學出版社，2004年，第 165 頁。

〔註49〕　楊絳：《鬼》，《楊絳文集》第 1 卷（小說卷），北京：人民文學出版社，2004年，第 161 頁，165 頁。

故事變成一齣悲劇，而是以諷刺喜劇的筆法，描摹未超越所處環境的「凡人」的行為和心理。

接下來討論楊絳小說的悲劇型諷刺。喜劇與悲劇型諷刺的本質區別，可以從以下兩個角度來界定。一是亞里士多德對喜劇的定義：「喜劇是對比較壞的人的摹仿，然而，『壞』不是指一切惡而言，而是指醜而言，其中一種是滑稽。滑稽的事物是某種錯誤或醜陋，不致引起痛苦或傷害。」〔註50〕二是前文所引巴赫金的定義：喜劇型諷刺，是將否定現象描繪成可笑之物而加以嘲諷；悲劇型諷刺，則將否定對象描繪成「令人反感和憤怒的東西」，屬於「嚴肅性諷刺」。將這兩個定義結合起來看，可以發現，否定對象引起「痛苦或傷害」（恐懼）的程度，以及作者對否定對象的情感態度（可笑與可惡），是喜劇型和悲劇型敘事的區分方式之一。從這一角度來看，楊絳的悲劇型諷刺敘事，首推長篇小說《洗澡》（見本章下一節對於《洗澡》的專門分析），短篇小說中則以篇幅最長的《「大笑話」》〔註51〕為代表。在對於人性與世態的諷刺批判上，可以將《「大笑話」》視為《洗澡》的「前奏」。

《「大笑話」》以「笑話」為題，講述一個關於報復、圈套和「捉姦」的故事，以表面的「可笑」與深層的「可悲」之對照，呈現「笑」的背後人性的殘酷。小說開頭以講故事的口吻（「從前，北京西南郊有個……」），介紹民國時期京郊「溫家園」（高等學術機構「平旦學社」所在地），描繪其世外桃源般的優裕生活圖景，接著引出「大笑話」的本事：「有件小事，當時的園中人至今還偶而談起。愛嚼舌的，只當做笑話講。認真的人，當做一個謎，從各方推測。也有的人，心上留下了很深的刻痕。」〔註52〕寥寥數語，勾勒出不同的人對事件的不同看法：「笑話」、「謎」、「刻痕」（即給事件主人公造成的心靈傷痕），而小說敘事就是將這三個角度統攝起來，使其在對照中顯現本相。正文就是敘述這件被稱為「大笑話」的「小事」。正文敘述以太太們「嚼舌」的熱鬧場面描繪開始：一位已故社員的寡婦陳倩，從上海來北京「溫家

〔註50〕〔古希臘〕亞里士多德：《詩學》第五章，羅念生譯，《羅念生全集》第一卷，上海人民出版社，2004年，第33頁。

〔註51〕《「大笑話」》是楊絳在「文革」結束後創作的第一篇小說，寫於1977年（據《楊絳生平與創作大事記》，《楊絳文集》第8卷），收入1982年出版的《倒影集》，以及《楊絳文集》。《「大笑話」》約3萬多字，按當代小說體裁通行的字數標準，可稱為中篇小說。

〔註52〕楊絳：《「大笑話」》，《楊絳文集》第1卷（小說卷），北京：人民文學出版社，2004年，第59頁。

園」處理丈夫留下的後事，園中的太太們互相刺探，議論「有好戲看了吧？」
在她們的蜚短流長中，陳倩到來的幕後眞相被揭穿：學者林子瑜的太太周逸
群，爲了「對付」情敵朱麗（副社長夫人、留過洋的官小姐），爲陳倩和自己
的老情人（醫生趙守恒）做媒。在這個「精心設計的大好事」中，遭遇人生
不幸的寡婦陳倩，成了爭風吃醋的情敵之間互相報復的工具。但事情的發展，
卻是對精於算計的周逸群的嘲諷。在人群中孤立無援的陳倩，得到林子瑜（周
逸群丈夫）的同情和關心，二人心靈相通，產生了眞摯愛意。朱麗發現了這
一秘密，爲了報復周逸群，她設下圈套引陳倩到周逸群家，製造了陳倩與林
子瑜共處臥室的場面，被目擊者傳爲醜聞：「大笑話！要搶人家的情人，給偷
掉了自己的丈夫！」議論內容都是以無主句呈現的，體現了群體「輿論」中
個人脫卸責任的看客文化。小說以陳倩受到精神傷害後，黯然離去的心理描
寫結束：「全列火車的輪子，有節奏地齊聲說：『大笑話！大笑話！大笑話！』」
〔註53〕「笑話」背後的殘酷性，就此得到充分揭示。

　　作者的諷刺筆法，體現在對心理隱秘（乃至潛意識）的抉幽發微上。例
如，寫周逸群對趙子恒的精神控制與自欺欺人：「逸群拒絕了他的身體，卻霸
佔了他的心。」「逸群不僅失去了霸佔多年的心，她自謂『純潔的友誼』也給
朱麗拉到污泥裏去。」對看客心理之冷酷的呈現：「大家七嘴八舌，關切地問
那孩子是怎麼病的，怎麼死的，全不理會這也許是陳倩悲痛不忍提的事情。
她們在關懷的幌子下，無恥地好奇，無禮地盤問。」〔註54〕小說的高潮，是
對做媒「盛宴」的熱鬧場面下爭鬥心理的描寫。太太們在表面一團和氣下的
爭風吃醋、勾心鬥角，通過細節和對話語言的描寫，展現得淋漓盡致。繁華
熱鬧的表象與人性陰暗的對比，襯托出稠人廣坐之中的孤獨。「世外桃源」般
的知識分子生活環境中，這些「有教養」且不乏聰明才智的女性，卻由於自
私虛榮而勾心鬥角，由於精神空虛而搬弄是非，爲了滿足虛榮心而不惜對他
人造成精神傷害。楊絳以諷刺與悲憫交融的筆法，呈示了中國式「一團和氣」
的日常生活表象下，人際關係的爭鬥與人性的陰暗心理，以及「看客」式人
群對於個體的傷害。魯迅所批判的作爲民族劣根性的「看客」心理，在楊絳
筆下，是作爲人性世態的「常態」畫面而進行呈現的。揭示常態下的變態，

〔註53〕楊絳：《「大笑話」》，《楊絳文集》第1卷（小說卷），北京：人民文學出版社，
　　　　2004年，第105頁，106頁。
〔註54〕楊絳：《「大笑話」》，《楊絳文集》第1卷（小說卷），北京：人民文學出版社，
　　　　2004年，第75頁，68頁。

笑臉下的傷害，「笑話」中的悲劇，正是《「大笑話」》人性批判與文化批判的意義所在。

長篇小說《洗澡》中，也有兩處「大笑話」。一是圖書管理員方芳被丈夫「捉姦」事件，被眾人傳爲笑談，與《「大笑話」》情節相似；二是朱千里在「洗澡」政治運動中當眾檢討，因精神恐懼導致表達「誇張」，「五年十年以後，不論誰提起朱千里這個有名的檢討，還當做笑話講。」〔註55〕《洗澡》描寫的是政治環境下的人性心理，人與外部現實的衝突，以及個體的內心衝突，表現得更爲激烈。《「大笑話」》中所描寫的知識分子生活、個人與群體文化的衝突，以及主人公的隱秘愛情，在《洗澡》中得到了進一步展開。因此，可以將《「大笑話」》視爲《洗澡》的前奏，將《洗澡》視爲《「大笑話」》的發展結果。

第三節　史與詩的衝突：長篇小說《洗澡》

20世紀80年代接近尾聲之際，楊絳以三十多年前所親歷的第一場政治運動爲題材，創作了近18萬字的長篇小說《洗澡》（1988），這也是她唯一的一部長篇小說，爲其小說創作生涯的總結之書。這部取材於現代中國社會歷史事件的長篇小說，以其歷史/人性敘事的深刻意蘊與獨特藝術風格，標誌著楊絳思想和藝術創作的巔峰。

通過對楊絳此前作品的研究可以發現，作爲一位終生守持人文主義與理性主義思想立場的作家，楊絳對於人的價值與尊嚴的肯定、對於人的生活和心靈情感的觀察與思考，始終是在社會現實情境與更深遠的歷史文化視野中進行的。對於自我與外部世界、人與群體、人性與社會歷史之多重關係的思考，在其早期創作（1940年代）關注「世態人情」的社會取向中已露端倪。在《洗澡》之前問世的歷史記傳性散文作品《幹校六記》（1981）、《將飲茶》（1987）中，楊絳以歷史記憶中的個人經驗爲基礎，以察微知著的感受力與理性精神，展現具有恒定性和普遍性的人性，與強力「改造」人性的社會歷史運動的衝突，凸顯人的心靈情感與精神世界之價值內涵。在長篇小說《洗澡》中，楊絳終生關注的關於人性本質及其價值內涵的思想命題，得到了更爲全面深刻的藝術表現。

〔註55〕楊絳：《洗澡》，《楊絳文集》小說卷，北京：人民文學出版社，2004年版，第398頁。

　　《洗澡》通過描繪反常化的社會歷史運動中人性所經受的嚴酷考驗，表現人性之「變」與「常」、眞與假、善與惡、美與醜的矛盾衝突；通過描繪個人在外部世界與自我的雙重考驗之中自我認識、自我完善的歷程，揭示了人性在局限性之中所蘊含的超越性。

一、歷史與人性的察幾式觀照

　　楊絳這樣描述《洗澡》的題材背景和創作主旨〔註56〕（著重號爲本文所加）：

> 　　「這部小說寫解放後知識分子第一次經受的思想改造——當時俗稱『三反』，又稱『脫褲子，割尾巴』。這些知識分子耳朵嬌嫩，聽不慣『脫褲子』的說法，因此改稱『洗澡』，相當於西洋人所謂『洗腦筋』。
>
> 　　寫知識分子改造，就得寫出他們改造以前的面貌，否則從何改起呢？憑什麼要改呢？改了沒有呢？……假如尾巴只生在知識上或思想上，經過漂洗，該是能夠清除的。假如生在人身尾部，那就連著背脊和皮肉呢。洗澡即使用釅釅的城水，能把尾巴洗掉嗎？當眾洗澡當然得當眾脫衣，尾巴卻未必有目共睹。洗掉與否，究竟誰有誰無，都不得而知。」〔註57〕

　　這段表述不僅有「存歷史語彙」〔註58〕之意義，而且具有中國傳統歷史修辭「微言大義」的表意風格，作者觀點與評價隱藏在字面下的深層語義之中。在第一個句子中，「改造」動作的主語（發動政治運動的主體）被隱去，動詞「經受」突出客體（知識分子）被動承受的性質，之後的相關動詞序列

〔註56〕楊絳先後爲《洗澡》撰寫過兩篇「前言」，一是初版「前言」（1987年寫），二是「新版前言」（2003年增補）。初版「前言」主要介紹「洗澡」取材的歷史背景，「新版前言」主要圍繞小說的主角和結構問題進行補充說明，重點是提出：「《洗澡》不是由一個主角貫連全部的小說，而是借一個政治運動作背景，寫那個時期形形色色的知識分子。所以是個橫斷面；既沒有史詩性的結構，也沒有主角。」

〔註57〕楊絳：《洗澡・前言》，《楊絳文集》第1卷（小說卷），北京：人民文學出版社，2004年版，第212頁。

〔註58〕金克木認爲：「《洗澡》重提『脫褲子，割尾巴』，不失爲存歷史語彙。那時還有種種新詞沒有載入。所列檢討格式也陳舊簡單，只見一斑。小說究竟不是詞典或百科全書，也不能『有聞必錄』。」見金克木：《百無一用是書生——〈洗澡〉書後》，北京：《讀書》雜誌，1989年第5期。

（「漂洗」、「清除」、「當眾洗澡」、「當眾脫衣」）則進一步描述和暗示了「經受」過程的精神恐懼和痛苦。對於經受者的反應，只有一句看似輕描淡寫的反諷語：「這些知識分子耳朵嬌嫩」，反襯出政治運動之粗暴。思想改造運動的本義為「洗腦」，改稱「洗澡」，用熟悉的日常生活詞彙，掩蓋了「洗腦」的意識形態專制和暴力性質，並產生了與其殘酷性截然相反的輕鬆戲謔的修辭效果。這段「詞源考古」式的簡潔陳述，不動聲色地揭示出政治話語修辭中表象與實質分離的虛假性與荒謬性，也為作者敘述的反諷性奠定基調。接下來的一系列疑問句，可以理解為這部小說的發生學基礎——結合小說本文可以發現，《洗澡》的創作主旨和敘事線索，正是這一系列疑問的展開和解答。楊絳將政治修辭中「尾巴」的比喻，還原為其本義，從而使之成為無法「割除」的人性最後一絲隱秘的象徵。由身體意象所代表的人性常態經驗之於反常化歷史暴力的疑問，不僅是對反人性的社會政治邏輯的反詰，更是被歷史暴力所窒息的生命經驗的「起死回生」。楊絳的歷史與人性思考的深刻性在於，對於成為小說敘事驅動力這一系列疑問，她並未給出確定的回答，而是以「不得而知」暗示人性之謎的不可解性，從而反襯了外在強力「改造人性」的虛妄性。從肯定人性內涵的豐富性和複雜性出發，而對人性與歷史之關係展開反思，正是《洗澡》區別於同時代一般性「反思」敘事的獨特價值所在。

　　《洗澡》的故事時間為新舊時代交替之際（「解放前夕」）到「洗澡」運動結束，空間集中在北京一家新成立的文化單位（「文學研究社」）內部，人物為新政權從不同地方「不拘一格採集」的知識分子。作為歷史敘事，「寫解放後知識分子第一次經受的思想改造」，這裡出現了對於特定歷史時間及其含義的強調：「解放後」、「第一次」。「解放後」為新時代之始，「第一次」為新經驗之始。這正是決定《洗澡》取材的歷史時間意識。值得注意的是，在對當代中國歷史記憶的敘事中，楊絳注重選擇「第一次」出現的歷史現象，或某個歷史事件的開端，例如：《洗澡》寫「第一次經受的思想改造」，《幹校六記》寫「文革」中知識分子第一次下鄉勞動改造，《丙午丁未年紀事》寫「文革」開始的第一年（丙午丁未年即 1966 年）。對於歷史時代與集體經驗「開端」徵兆的注意，體現了楊絳「察幾知變」的歷史眼光與智慧。錢鍾書這樣申說「知幾」的義理：「幾者，已動而似未動，故曰『動之微』……『知幾』非無巴鼻之猜度，乃有朕兆而推斷，特其朕兆尚微而未著，常情遂忽而不睹；

能察事象之微，識尋常所忽，斯所以爲『神』。」〔註59〕錢鍾書對「幾」之含義的分析，精確入微。我認爲，「察幾」，就是通過初萌而易忽的徵兆（「離無入有」），迅速洞悉事物之運動變化及其趨向規律的非凡智慧（「知幾其神乎」）。〔註60〕楊絳的「察幾」，包含「察」外（社會歷史）與「察」內（人性人心）的雙重智慧。她對於社會歷史的觀照，是從變化之「開端」和「先兆」開始的，此即選擇「第一次思想改造運動」爲歷史敘事材料的深意所在。

《洗澡》的「察幾」敘事，不僅體現在從「第一次運動」的徵象中洞察社會歷史之變化走向，更在於對「運動」開始之前世態人心「動之微」、「有初之微」徵兆的捕捉與洞察——將敘事重心放在「運動」之前，即玄機之所伏也。「運動」之前，「新時代」政治文化之征象已顯，只不過「已動而似未動」，易爲常人之眼所忽視。以楊絳對文學研究社「成立大會」場景與心理的描繪爲例（第一部第四章）。「開會」是新時代政治文化的重要表徵，第一次「開會」，則是日後政治運動場面的預演。對於「第一次」開會場景與人物心理的描繪，是通過余楠（積極觀察風向的精明世故者），丁寶桂（對於新事物不明其意的守舊者）兩人的視角進行展現的，在這兩種視角對於不同信號的捕捉和反應中，新政治文化的話語方式、人物關係背後的權力格局、不同人物的性格面貌、面對新政治的心理，於徵兆初顯之際，即得到了「察幾」式的觀照與表現。「開端」是時間與空間的臨界狀態，是離無入有的「動之微」、變之始，對於歷史時代「開端」外部世界與人心內部初萌徵象的精微觀照與表現，體現了《洗澡》的歷史眼光與敘事智慧。

在對人性與人心的觀照與表現中，楊絳不是在善與惡的重大表現之中，而是在其微末細節中，甚至是在尚未形諸於外的種子階段，去探尋和察知。例如，在余楠爲羅織「批判材料」而扣留姚宓文稿的情節中，對其隱秘心理動因的刻畫，已深入潛意識層面：「余楠沒忘記丁寶桂的話：『最標致的還數姚小姐。』他常偷眼端詳。……余楠往往白陪著笑臉，她正眼也不瞧，分明目中無人。余楠有點恨她，總想找個機會挫辱她一下。」〔註61〕對於人物外

〔註59〕 錢鍾書：《管錐編》第一冊，北京：中華書局，1979 年版，第 44～45 頁。

〔註60〕 〔唐〕孔穎達：「幾者，離無入有，是有初之微」（見〔魏〕王弼注，〔唐〕孔穎達疏：《周易正義》，北京大學出版社，2000 年版，第 336 頁）。《繫辭下》：「子曰：知幾其神乎？幾者，動之微，吉之先見者也」（《周易正義》，北京大學出版社，2000 年版，第 362～363 頁。）

〔註61〕 楊絳：《洗澡》，《楊絳文集》第 1 卷（小說卷），第 351～352 頁。

在表現掩蓋下的隱秘心理動因，乃至潛意識的洞察，也是對於人性中「惡」的種子的察幾式鑒照。對於余楠、施妮娜、姜敏等人物身上「惡」的細微徵兆的捕捉，既是人性刻畫的要素，也是作為集體文化與政治運動的人性「內因」而得到表現的。在《洗澡》所呈現的政治文化中，這種個人隱秘「私心」與堂而皇之的政治話語的結合，由此可以「即小見大，由一知十」矣。歷史批判與人性批判，因此在宏觀與微觀層面得以「互攝」，獲得高度的整一性。

楊絳在此前作品中所呈現的對於歷史、社會、文化與人性內涵的思考，在《洗澡》中得到了最為完整系統的體現。而這部以社會歷史事件為題材的長篇小說，以其「精微知幾」、「察微知著」、一多互攝的觀照表現方式，與傳統「批判現實主義」的宏大敘事模式形成了本質區別。近現代「批判現實主義」話語模式，建立在歷史「進步論」與現實「可理解性」的基礎之上，對於歷史進步的「規律」以及人把握「現實」的能力沒有疑問。而在《洗澡》中，對於社會歷史的反諷式敘述，指向集體的歷史運動的虛妄性與荒謬性，進而指向社會歷史批判和文化批判；意義的構建，體現在個體生命的自我完善歷程，而非個體生命意義與集體的「歷史進步」邏輯的合一。與宏大敘事模式相反，《洗澡》將敘述中心建立在與社會歷史抽象邏輯相對立的「微觀」層面（個人）與「隱蔽」層面（心靈內部），使得「宏觀」對於「微觀」的影響，以及「微觀」對於「宏觀」的反動，互文見義，從而達到微觀與宏觀、內與外「互攝」的境界，即《軟紅塵裏‧楔子》裏女媧所謂「即小見大，由一知十」的「一多互攝法」。這種將歷史、社會、文化與人的生命信息融於一體的全息式觀照，使得歷史文化批判與人性觀照達到了「互攝」（而非割裂）的效果。這種一多互攝、察幾知變的思維與藝術表現形式，正是《洗澡》區別於同時代主流歷史反思敘事的獨特性之所在。

二、內在世界與外在世界的衝突

在情節結構上，《洗澡》由兩條敘事線索構成：（一）集體的、歷史事件的線索，主要敘述「文學研究社」知識分子們集體捲入的「洗澡」政治運動的前奏和過程，描繪不同類型人物的性格面貌，在敘事中側重展現新的集體和人際關係的形成和變化，以及政治意識形態對人物心理與人際關係的滲透和改寫。（二）個體的、愛情事件的線索，即男女主人公許彥成、姚宓的愛情在集體文化與政治背景下的隱秘發生、發展與結束（分離）。這一愛情事件，

是作爲「集體」文化與政治運動中的意外事件、心靈事件而得到描繪的。

　　作爲違反政治與道德秩序的危險行爲，這一愛情事件受到現實與自我的雙重「監視」，轉變爲一起無法訴諸行動的心靈事件，自始至終是隱秘進行的，在集體秩序中處於「隱身」狀態。而在小說敘事中，這一主觀層面的心靈事件、現實生活中「隱而不見」的部分，卻成爲貫穿始終的敘事主線，成爲作者觀照和敘述的中心。作爲集體政治邊緣人物的姚宓、許彥成，也因此佔據小說主人公的位置〔註62〕，成爲結構性的力量，對政治運動與集體文化的性質的揭示、對其它人物的面貌性格的描繪，都是在與他們的對照中得以定型的。施蟄存用「半部《儒林外史》加上半部《紅樓夢》」來評價《洗澡》，認爲「《紅樓夢》的精神表現在全書的對話中……《洗澡》的作者，運用對話，與曹雪芹有異曲同工之妙。每一個人物的思想、感情、性格都在對話裏表現出來，一段也不能刪掉」，「《儒林外史》的精神，不用解釋，因爲《洗澡》中的人物，也都是『儒林』中人。」〔註63〕誠爲對於《洗澡》藝術精神的精準概括。在此基礎上我們還可以進一步發現，「半部《紅樓夢》」不僅體現在對話的藝術性上，更體現在愛情（精神戀）主題與敘事結構上。

　　兩條敘事線索所對應的主題分別爲：集體～社會歷史主題，個體～愛情（心靈情感）主題。前者是對後者的限制和監視，後者是對前者的反抗和「逃離」。從這兩個主題的對立爭鬥中，可以發現小說題旨「洗澡」的雙重語義：（一）表層意義——「清洗」，即政治對於人性的「清洗」運動。小說從人的本性和個體生命的觀照角度出發，既展現這一政治歷史運動的暴力性和殘酷性（客觀層面的悲劇性），又以反諷話語揭示其內在的荒謬性（主觀層面的喜劇性），實現了歷史和文化批判。（二）深層意義——「淨化」，即個體靈魂超越肉體局限的淨化和昇華，這一主題在小說中是通過姚宓、許彥成「精神戀」的描寫及人物形象塑造得以呈現的。如果說「清洗」主題表現的是人與外部世界的衝突，「淨化」主題則是表現人與自我的衝突，即情感與理智、肉體與

〔註62〕關於《洗澡》思想主旨與小說主人公的關係問題，楊絳在《〈洗澡〉新版前言》中補充交代說：「假如說，人是有靈性、有良知的動物，那麼人生一世，無非是認識自己，洗練自己，自覺自願地改造自己，除非甘心與禽獸無異，但是這又談何容易呢。這部小說裏，只有一兩人自覺自願地試圖超拔自己。讀者出於喜愛，往往把他們看作主角。」見《楊絳文集》第1卷（小說卷），人民文學出版社，2004年版（2013年第2次印刷），第211頁。

〔註63〕施蟄存：《讀楊絳〈洗澡〉》，《文藝百話》，上海：華東師範大學出版社，1994年版，第355～356頁。

靈魂的衝突。這也是楊絳關於人性本質和生命意義思考的中心命題。其晚期
作品《走到人生邊上——自問自答》對於生命意義的終極思考，就是圍繞人
的「雙重本性」——靈魂與肉體之矛盾衝突而展開的。楊絳認爲，在「雙重
本性」的爭鬥之中，人的自我認識、自我完善的意義，即蘊藏在通過「鍛鍊」
肉體來「鍛鍊」靈魂的艱難過程之中。「鍛鍊靈魂」，亦即《洗澡》中「淨化」
主題的意蘊所在。

　　《洗澡》情節結構中的兩大力量衝突：集體的「史」的運動法則，與個
體生命「詩」的精神體驗的衝突，亦即黑格爾所說的具有內在必然性與統一
性的「心之詩」，與離散的、非詩的外部世界（「散文世界」）的衝突：「近代
意義的小說要以已安排成爲具有散文性質現實世界爲先行條件……小說在事
跡生動性方面和人物及其命運方面，力圖恢復詩已喪失的權利。所以小說最
常用的而且也適合於它的一種衝突就是心的詩和對立的外在情況和偶然事故
的散文之間的衝突。」〔註 64〕《洗澡》中「心之詩」的發生與秘密完成，意
味著「詩」之精神對「史」之法則的超越。而《洗澡》「心之詩」的獨特意涵
在於，它不僅意味著個體心靈超越外部束縛的精神自由，更代表著人戰勝自
我局限而尋求自我認識和自我完善的意義歷程。

　　以「洗澡」這一創傷性歷史事件爲書名，並在小說敘事時間和情節結構
上，完整呈現了這一歷史事件的產生、發展及結果，體現了楊絳以小說敘事
呈現歷史眞實的「史」的意識。在藝術修辭層面，楊絳則以「詩」的精神來
對抗「史」的邏輯。《洗澡》的「詩筆」，首先體現在故事意義的總體性解釋
層面。楊絳以「詩」的隱喻話語，將創傷性的、單一語義的「史」的經驗，
轉化爲超時間的、多義性的心理象徵。小說篇章分爲三「部」（下分若干「章」），
以《詩經》和《楚辭》詩句爲每部命名，分別爲「采莃采菲」、「如匪澣衣」、
「滄浪之水清兮」，以暗示手法訴諸於讀者對詩句上下文語義以及古詩語境的
聯想〔註 65〕，使得故事意義的顯現和讀解，超越了時代現象的偶然性範疇，

〔註64〕〔德〕黑格爾：《美學》第三卷下冊，朱光潛譯，北京：商務印書館，1991
　　　　年版，第 167 頁。
〔註65〕第一部題目「採莃採菲」，出自《詩經·邶風·谷風》，原句爲「采莃采菲，
　　　　無以下體」，在《洗澡》第一部中比喻「新中國」不拘一格採集人才，「莃菲」
　　　　喻舊社會過來的知識分子，是《洗澡》所描繪的思想改造運動的主要對象。
　　　　第二部題目「如匪澣衣」，出自《詩經·邶風·柏舟》，原句爲「心之憂矣，
　　　　如匪澣衣」，在《洗澡》第二部中對應人們等待「洗澡」的心理狀態。第三部
　　　　題目「滄浪之水清兮」，出自《楚辭·漁父》（亦見《孟子》），原文爲「滄浪

而指向人生境遇與人性情感之永恒性，從而獲得了普遍的象徵意義。在敘事的意義結構層面，《洗澡》的「詩筆」，則是通過愛情主題的獨特表達形式，以及具有審美自足性的藝術形象塑造來完成的。《洗澡》中的愛情主題，是作爲個體的心靈與情感眞實的載體而顯現的，與政治歷史主題構成了結構上的對位關係。在扭曲人性的「史」的進程之中，在人性眞實瀕臨崩潰的邊緣，男女主人公的愛情，是作爲與集體文化相對立的心靈事件而得到描繪的。這一個性化的心靈事件，作爲與外部現實邏輯相對立的人性情感及靈魂力量的象徵，被賦予了「詩」的內在必然性與精神完滿性。

　　胡河清認爲「《洗澡》是中國文學中少有的一部以精神戀愛爲題旨的小説」，「在中國文學史上，自從《紅樓夢》以後，很少有人像楊絳先生這樣凝練地寫出過這種具有東方神秘主義色彩的心靈經驗。」〔註 66〕姚宓、許彥成的愛情，的確與寶黛之愛有著精神上的因緣：同樣在主觀層面抵達心靈契合、精神完滿之境，但在外部現實中受阻，無法實現靈魂與肉體合一，只能轉化爲精神戀，結局都是「愛別離」。楊絳曾專從「藝術與克服困難」的角度，論述《紅樓夢》中寶黛愛情的藝術塑造方式。她認爲，中國古代小説戲劇寫才子佳人戀愛，往往是「速成或現成的」，而曹雪芹「寫兒女之情，旨在別開生面，不落俗套」，《紅樓夢》愛情塑造的藝術性是通過「克服困難」而達到的：寶黛初見雖有夙緣之感，但敘述「不由速成」，而是「小兒女心心相印、逐步滋生的」，在外部和自我的約束下發展爲「心病」，歷盡艱難曲折之後，「他們中間那段不敢明説的癡情，末了還是用誤解結束」。楊絳認爲：「因爲深刻而眞摯的思想情感，原來不易表達。現成的方式，不能把作者獨自經驗到的生活感受表達得盡致，表達得妥帖。創作過程中遇到阻礙和約束，正可以逼使作者去搜索、去建造一個適合於自己的方式。……這樣他就把自己最深刻、最眞摯的思想情感很完美地表達出來，成爲偉大的藝術品。」〔註 67〕同樣是「深刻而眞摯的思想情感」，《紅樓夢》中的愛情是在封建禮教文化中受阻，《洗

之水清兮，可以濯我纓。滄浪之水濁兮，可以濯我足」，在《洗澡》中，這一意象既是對於政治運動的「滄浪之水」的反諷，又是對男女主人公精神上自我淨化的肯定。

〔註66〕胡河清：《楊絳論》，《靈地的緬想》，上海：學林出版社，1994 年版，第 74 頁。

〔註67〕楊絳：《藝術與克服困難——讀〈紅樓夢〉偶記》，《楊絳文集》第 4 卷（戲劇·文論卷），北京：人民文學出版社，2004 年版。

澡》中愛情敘事的阻力則是現代社會政治文化，愛情形象的塑造同樣是經由
「克服困難」而產生藝術效果。作爲個人心靈秘密的愛情，是人性最隱秘的
「尾巴」，是集體秩序所監視的對象。在姚宓、許彥成所處的政治性集體文化
中，「婚外戀」事件屬於犯禁行爲，面臨的是傳統道德與政治鬥爭的雙重壓力，
其處境之兇險，在「遊山風波」所帶來的影響中充分表現出來，這一情節也
因此成爲個人秘密與集體政治文化相衝突的高潮（敘述篇幅達五章）。個人的
心靈秘密在「集體」的現實空間中無處容身，可見一斑。

　　精神戀是愛情與欲望分離、靈魂與肉體分離的產物，是愛欲的昇華形式。
在楊絳筆下，愛情不是作爲「浪漫」關係，而是作爲主人公經歷外部與內部
雙重考驗的艱難歷程而得到塑造的，承載著人的自我認識與自我完善的精神
任務。這一愛情關係，是在與精神個性和心靈體驗相激發的過程中獲得眞實
性與完滿性的。與之相對照的，則是其它類型的兩性關係中的虛假性因素：
作爲小說開篇的余楠充滿自私算計的婚外戀，以欲望形式表現的方芳「私通」
事件，以及最爲常態的婚姻家庭關係——以許彥成與杜麗琳的婚姻爲重點塑
造對象，展現其「美滿」外表下精神隔膜的內在「殘缺」（余楠與宛英、朱
千里與妻子的婚姻更是常見）。在內的完滿與外在的「完整」無法合一的時
候，姚宓和許彥成選擇了前者，代價是身體的分離、內心的傷痛。這既是人
物在具體情境中所做的符合自身個性的選擇，也表達了作者對於人的「靈魂」
價值及其超越性的肯定。這種靈魂的「自我淨化」所蘊含的內在眞實性，不
僅反襯出外在的「政治清洗」的表面性和荒謬性，也反襯出現實中合乎常規
的生活形式的內在殘缺性。

　　關於姚宓、許彥成愛情關係的處理，施蟄存認爲是《洗澡》「最好的一段」，
同時又提出一個值得探討的問題：「是不是作者的理想主義？是不是可以說，
還有『發乎情，止於禮義的儒家倫理觀念？」〔註68〕對此楊絳的解釋是：他
們「在當時的形勢下，只能這麼做。不過這並不是最後結局，最後怎樣，我
也不知道。……這是一個運動的橫斷面，沒有結尾。」〔註69〕從「未終結」
的角度來看，這一暫時終結意味著新的考驗的開始。從情感形象塑造的藝術
效果來看，「愛別離」的境遇則指向楊絳所理解的人生與人性的「普遍眞實」。

〔註68〕施蟄存：《讀楊絳〈洗澡〉》，《文藝百話》，上海：華東師範大學出版社，1994
　　　　年版，第 356 頁。
〔註69〕吳學昭：《聽楊絳談往事》，北京：三聯書店，2008 年版，第 358 頁。

在論述「虛構的故事是要表達普遍的眞理」時，楊絳以元稹《會眞記》結局的處理爲例進行闡發：「元稹這個始亂終棄的故事，分明不是旨在宣揚什麼『忍情』的大道理，而是要寫出這一段綿綿無期的哀怨惆悵。這不僅是張生和鶯鶯兩人的不如意事，也是人世間未能盡如人意的常事；並且也體現了人類理智和情感的矛盾。理智認識到是不可彌補的缺陷，情感卻不肯馴服，不能甘休，卻又無可奈何。此類情感是人生普遍的經驗。這就證明了西方文論家所謂：『一件虛構的事能表達普遍的眞理』。」〔註70〕《洗澡》中愛情形象的塑造方式及其產生的藝術效果，正同此理。

蘊藏「心之詩」的個人在「非詩」世界尋求自我認識和生命意義的隱秘歷程，構成了這部長篇小說的內部形式。正如盧卡奇對小說「內部形式」的闡釋：「小說內部形式被理解爲成問題的個人走向自我的旅途，那條路從純粹現存現實──一個本質上是異質的、對個人又是無意義的現實──之陰暗的囚禁中延伸出來，朝著那明確的自我認識走去。在達到這樣的自我認識之後，……應有和實有之間的衝突仍舊沒有得到消除，……能夠達到只是一個最大限度的接近……小說形式所要求的意義的內在性，通過他的這種體驗得以實現，即，他對意義的驚鴻一瞥就是生活所能提供的最高體驗。」〔註71〕《洗澡》中追求心靈眞實與生命意義的男女主人公，在一個本質上是異己的世界中，通過愛情歷險而達到的自我認識與精神體驗，呈現的正是「成問題的世界中個人走向自我的旅途」，小說的「內部形式」也因此得以完成。

三、敘事時間結構與空間結構

《洗澡》在敘述時間上屬於「事後追述」，採用作者敘述方式，第三人稱全知視角。這種傳統現實主義的敘述方式，與「一多互攝」式觀照歷史與人性的創作任務是相契合的。小說由三部分組成（每「部」下分十餘章）。前兩部敘述「洗澡之前」，時間爲「解放前夕」到「洗澡」運動前夕。第一部《采葑采菲》主要敘述由「解放前」的民間學社改造而成的國有「文學研究社」之變化，不同背景和性格的知識分子在「新時代」政治文化中形成新的集體，呈現主要人物的性格面貌。第二部《如匪澣衣》以姚宓、許彥成的愛情發展

〔註70〕 楊絳：《事實──故事──眞實》，《楊絳文集》第 4 卷（戲劇・文論卷），北京：人民文學出版社，2004 年版，第 304 頁。

〔註71〕 〔匈〕盧卡奇：《小說理論》，《盧卡奇早期文選》，張亮、吳勇立譯，南京大學出版社，2004 年版，第 54 頁。

爲敘述主線和結構重心，以日益緊張的政治氛圍與人際關係的描繪，作爲背景襯托和形象對照。第三部《滄浪之水清兮》正面描繪「洗澡」運動的場景，一一展現主要人物的言行和心理；「尾聲」以運動的影響和男女主人公的離別爲結局。三部中，篇幅最長的是第二部《如匪澣衣》（共 102 頁；第一部 68 頁，第三部 62 頁），即主人公的心靈事件（精神戀）與政治集體文化的對照和衝突。

由篇幅的分配可以發現，在《洗澡》的布局結構上，敘事重心是楊絳在小說前言中所稱的「洗澡前的面貌」，而非「洗澡」過程本身的正面敘述。關於小說的結構安排，值得注意的是施蟄存先生所提出的一個問題。在讚賞《洗澡》「語文純潔」、對話及愛情描寫之藝術性的同時，他提出對於布局結構的疑問：「《洗澡》全書分三部分，第三部分是主體，第一、二部分是爲第三部分作鋪墊的。可是，我覺得第三部分寫得太簡單，特別是第一章，像一塊壓縮餅乾，水分都擠幹了。連許彥成的檢討頁只有三行文字表過，這使我大出意外。」〔註 72〕從這一表述中可以發現，這一疑問的產生，源於以正面敘述「洗澡」運動爲小說「主體」的閱讀預設。這一預設，或是源於對歷史題材作品的社會歷史認識功能（作爲「歷史創傷的證言」〔註 73〕）的心理期待，或是將小說題目識讀爲作品主旨的「誤讀」。在我看來，《洗澡》打破常規性閱讀預設的小說結構形式，是爲小說深層意義結構和思想主題服務的，恰恰是作家藝術構思獨創性的體現。以描述個人與集體「洗澡前的面貌」爲小說敘事重心，具有雙重意義。（一）在思想主題上的意義在於，作爲小說題目的「洗澡」不僅僅指涉政治事件，而是具有雙重語義：一是「清洗」的政治主題，即政治對於人性的「清洗」運動；二是「淨化」的個人主題，即個體靈魂超越自我局限的淨化和昇華，這一主題是通過男女主人公的「精神戀」描寫得以呈現的。小說的敘事結構，就是建立在兩條線索的對立爭鬥之上。（二）在結構上的作用和意義在於：以政治運動之前的人性本來面目與個體心理情感爲敘事重心，目的在於充分展現和揭示人性之「常態」、「本相」與內在眞實，爲觀照「反常化」歷史運動及人性表現提供對比依據。楊絳的人性心理

〔註72〕施蟄存：《讀楊絳〈洗澡〉》，《文藝百話》，上海：華東師範大學出版社，1994年版，第 356 頁。

〔註73〕洪子誠先生在述評八十年代文學時，將楊絳散文《幹校六記》、《將飲茶》和小說《洗澡》，放在《歷史創傷的證言》一章中進行描述。參見洪子誠：《中國當代文學概說》第九章，北京大學出版社，2010 年，第 104 頁。

與社會歷史「透視法」，是以小識大、以「常」觀「變」、以「內」觀「外」、以「靜」觀「動」，透視政治現實中人性表現形態的眞實與虛假，進而揭示政治強力「淨化」人性的虛妄性和荒謬性（這一觀照與表現方式，在《幹校六記》、《丙午丁未年紀事》中已得以鮮明顯現）。至此可以發現，《洗澡》前言所云：「寫知識分子改造，就得寫出他們改造以前的面貌……假如尾巴……生在人身尾部，那就連著背脊和皮肉呢。洗澡即使用釅釅的城水，能把尾巴洗掉嗎？」其意義就體現在小說的結構安排上。

前兩部的敘述，正是對作爲人性隱秘之象徵的「尾巴」的捕捉與透視。這一心靈透視法貫穿小說始終。在小說第三部對主要人物「洗澡」過程的正面敘述中，每個人物外在的、公開的表現，都與其個性心理（內在實質）出現了本質性的斷裂和衝突（精神創傷的產生根源），由此產生了悲劇與喜劇的雙重效果（朱千里「洗澡」的場面和心理描繪即爲典型）。作爲人之隱秘本性的象徵，與人血肉相連因而無法徹底「割除」的「尾巴」，正是人的外表與內在、公開表現與隱秘實質之衝突的根源，這也正是《洗澡》人性主題的深刻內涵。在第三部中，這一衝突的心理緊張程度，打斷了物理時間的延續性，使「日常時間」範疇中的一切因素都在心理上接受考驗，故可稱爲「考驗時間」。

通過以上結構分析可以發現，在《洗澡》的時間結構裏，基礎時間範疇是常態生活的「日常時間」，政治運動事件則是作爲「考驗時間」而進入時間結構的。與「日常時間」相對應的空間是「家庭」，與「考驗時間」相對應的空間是「集體」。接下來討論作品的空間結構。

「個人」在現實中所處的兩種空間：「家庭」與「集體」（辦公室、會議室），既是兩條敘事線索展開時所對應的物理空間，又是承擔思想主題功能的敘事空間，由此形成了《洗澡》的二元空間結構。家庭是日常生活和親情的空間，是個人的庇護所，也是個人在受到外部世界威脅時的最後避難所。而在 20 世紀中國從傳統向現代的轉型過程中，作爲新生事物的現代「家庭」，就像歷史風浪中的小船，一直處於顛簸不定的狀態。傳統的「家族」崩潰解體後，出現了現代「家庭」的雛形，但以現代價值爲基礎的「家庭」文化尚未發育成熟，便遭到「革命」文化的衝擊。「革命」文化試圖建立一個集團化的「新家」——「集體」，用烏托邦性質的「大家」來替代現實中的「小家」。在代表更高價值的「大家」的意識形態敘事中，作爲現實空間的「小家」（現

代家庭）的合法性始終存在疑問。《洗澡》描繪了「家庭」承受「集體」文化衝擊的政治化時代的先兆和開端，小說從開頭到結尾，呈現的正是「家庭」日益被「集體」文化所滲透和改寫的過程。

敘事從歷史轉折時期的家庭生活畫面開始（余楠、姚宓兩家之變），隨後便在「家」與「集體」（辦公室、會議室）兩個空間之中展開，這兩種空間、兩種文化的矛盾爭鬥，成為情節發展的動力。在楊絳筆下，「家」的形象是作為個人的庇護所（「狗窩」）、自然人性情感的空間而構建起來的，在「集體」的政治文化和「蛇阱」〔註74〕般人際關係文化的擠壓下，人性的本真面目與自然情感只有在家中才能充分顯示。女主人公姚宓的家，便是這樣一個代表本真人性與親密情感的家庭。在母女相依為命的小家中，雖然男性/父親形象缺席（故事開始前父親已病故，留下的「遺產」是傳統書香門第的人格精神），在現實中是殘缺的家庭，在精神上卻有著完滿自足性，家庭生活充滿愛與生機樂趣（聊天、「玩福爾摩斯」、讀書聽音樂）。姚宓在「集體」中他人眼中的形象是穿著灰衣服坐在角落裏（「老成持重」，「像個三十歲的人」），但這一外在形象只是她的隱身術，「一回家就減掉了十歲年紀」〔註75〕，回歸真身。

「家庭」是個人的棲身之地、自然人性情感的庇護所，當「集體」對於「個人」本性構成壓抑的時候，「家庭」成為「個人」在「集體」中所受壓抑的釋放空間，其自然屬性及其意義更加得以凸顯。但當「家庭」的封閉性和自足性被「集體」文化打破，「個人」失去最後一個藏身之地時，個人的心靈情感秘密便只能轉移到一個新的空間：「密室」。《洗澡》中的空間關係，是圍繞這一心靈事件而組織起來的。姚宓和許彥成的愛情，是在「密室」（姚宓父親遺留的「藏書室」，後又轉移到「小書房」）中孕育和發展的。作為個人心靈秘密象徵的「密室」，是從「家庭」和「集體」的二元關係中派生出的新的空間意象，是《洗澡》愛情敘事的關鍵心理空間。密室是按現代個人主義原

〔註74〕「蛇阱」是西方俗語中對於社會的比喻，楊絳用以表達她對爭權奪利的世態現象的看法。她在《隱身衣》中說：「英美人把社會比作蛇阱（snake pit）。阱裏壓壓擠擠的蛇，一條條都拼命鑽出腦袋，探出身子，把別的蛇排擠開，壓下去：一個個冒出又沒入的蛇頭，一條條拱起又壓下的蛇身，扭結成團、難分難解的蛇尾，你上我下，你死我活，不斷地掙扎鬥爭。」見楊絳：《隱身衣》，《楊絳文集》第 2 卷（散文卷‧上），北京：人民文學出版社，2004 年版，193 頁。

〔註75〕楊絳：《洗澡》，《楊絳文集》第 1 卷（小說卷），北京：人民文學出版社，2004 年版，第 247 頁。

則建構起來的空間意象。這種個人的自我意識原則，首先見於許彥成在婚姻家庭中為自己分離出的個人空間：「他們布置新家，彥成聽她使喚著收拾整理，十分賣力。可是他只把這個家看作麗琳的家。他要求麗琳給他一間『狗窩』——他個人的窩」〔註76〕，「狗窩」即個人從婚姻家庭中分離出的「密室」。

「密室」是個人從社會「集體」和最微觀的集體（家庭）中分離出來的產物，意味著對於「集體」原則的叛亂。而在集體原則主宰的現實環境中，作為個性原則及隱秘情感的最後避難所，「密室」也像「家」一樣，隨時可能被打破。當姚宓、許彥成在「密室」中達到精神戀之極致，即「密室」被打破之時：「（杜麗琳）她站在門口，凝成了一尊鐵像。許彥成和姚宓這時已重歸平靜。他們有迫切的話要談，無暇在癡迷中陶醉。不過他們覺得彼此間已有一千年的交情，他們倆已經相識了幾輩子。」〔註77〕「密室」被打破之時，個人和私情即喪失最後的棲身之地，只能始於精神戀又終於精神戀，與《紅樓夢》中寶黛以禪言情之偈「無立足境，是方乾淨」可謂殊途同歸。也就是說，從家庭——集體的二元空間結構中，分離出個人主義的「密室」，衍生出家庭——集體——密室的三元空間結構，最終又由三而二而一，私人空間、私人生活和情感被納入「集體」的一體化過程。

常態的「日常時間」與戲劇化的「考驗時間」相對立的二元時間結構，以及與這兩個時間範疇相對應的「家庭」與「集體」的二元空間結構，構成了《洗澡》敘事的時空關係。這一時空結構也決定了人物形象的構建方式。

四、形象塑造的對稱法與對照法

巴赫金在長篇小說歷史類型的研究中，「按主要人物形象的構建原則進行分類」，將長篇小說的歷史類型分為：漫遊小說，考驗主人公小說，傳記（自傳）小說，教育小說。巴赫金這樣定義考驗小說：「建立在對主要人物的一系列考驗上，考驗他們的忠誠、英勇、果敢、品德、情操、虔誠等等。……這種小說中的世界，是主人公鬥爭和接受考驗的舞臺；事件、險情是考驗主人公的試金石。主人公在這裡總是業已定型而不變化的。他的全部品格從一開始就已設定了的，在小說的進程中對他只是加以檢查和考驗而已。」巴赫金

〔註76〕　楊絳：《洗澡》，《楊絳文集》第 1 卷（小說卷），北京：人民文學出版社，2004年版，第 241 頁。

〔註77〕　楊絳：《洗澡》，《楊絳文集》第 1 卷（小說卷），北京：人民文學出版社，2004年版，第 372 頁。

認為，考驗小說發展到近代出現了一種新類型，即「以考驗主人公的思想為基礎而構建的小說類型」，其特徵是：「考驗思想所具有的布局力量，有助於深刻而有效地以主人公為中心組織起各種不同的素材，把緊張的驚險性及深刻的問題性以及複雜的心理感受結合在一起」，考驗思想又包括「對天賦、才華、穎慧的考驗」等。〔註78〕按照巴赫金的分類及定義，《洗澡》符合「考驗小說」的主要特徵，考驗對象是主人公的個性和靈魂。人在外部世界與自我內部所經受的「考驗」，即楊絳在《走到人生邊上——自問自答》中重點闡發的「鍛鍊」概念。她認為：「天地生人的目的，該是堪稱萬物之靈的人。人雖然渺小，人生雖然短促，但是人能學，人能修身，人能自我完善。人的可貴在人自身。」追求自我完善的「修身」即「鍛鍊自身」，人之所以需要「鍛鍊」，是因為「人有優良的品質，又有許多劣根性雜糅在一起」，鍛鍊的過程必然是艱難痛苦的：「好比一塊頑鐵得火裏燒，水裏淬，一而再，再而三，又燒又淬，再加千錘百鍊，才能把頑鐵練成可鑄寶劍的鋼材」，「肉體與靈魂在同受鍛鍊的時候，是靈魂憑藉肉體受鍛鍊，受鍛鍊的其實是靈魂，肉體不過是一個中介。」〔註79〕從以上表述可以發現，楊絳是在肯定人的價值和人的主體性的前提下，賦予「鍛鍊靈魂」以超越性價值的。從這一角度來看，《洗澡》中的外部現實與反常化歷史事件構成了「考驗」情節模式，人物面對「考驗」的不同表現和選擇，就成為構建形象的基礎。而小說主人公所承受的，則是雙重考驗：外部現實的嚴酷考驗，以及自我內部的考驗——情感與理智、肉體與靈魂的爭鬥。

社會政治（外力）與人的本性（內力）這兩種力量之間的爭鬥，構成了《洗澡》「考驗」敘事的基礎。這兩種力量以對立和割裂的方式存在於所有主要人物身上，迫使他們作出外在和內在的反應。這些經歷社會歷史轉折的現代知識分子，在新時代政治文化中經受著前所未有的「考驗」。作為「思想改造」政治運動的對象和承受者，知識分子群體在這一歷史事件中的共同遭遇和精神創傷，是《洗澡》歷史敘事的基本動力。而作為個體的人，他們的思想性格，以及面對考驗時的不同反應和選擇，則成為作者進行人性審視的對

〔註78〕〔俄〕米哈伊爾・巴赫金：《教育小說及其在現實主義歷史中的意義》，《小說理論》，石家莊：河北教育出版社，1998年版，第215頁，第217頁，第223～224頁。

〔註79〕楊絳：《走到人生邊上——自問自答》，北京：商務印書館，2007年版，第79頁，第82～83頁，92頁。

象，以及歷史與人性反思的起點。洪子誠認爲：「楊絳的作品，一方面解剖了強加在知識分子身上的政治壓力；另一方面，也試圖消除、摧毀中國知識分子過多的「英雄」幻覺。她重新提出胡適等在五四時期所主張的「個人主義」的命題。」〔註80〕這是對於楊絳的人生觀與人性觀，及其與五四「人的文學」傳統之關係的準確概括。

　　同樣以現代中國知識分子爲塑造對象，《洗澡》與《圍城》的精神關聯值得關注。有學者認爲，這種關聯不僅是年代順序上的銜接，作爲小說更是精神相通〔註81〕。錢鍾書在《圍城》序言中說：「我想寫現代中國某一部分社會、某一類人物。寫這類人，我沒忘記他們是人類，只是人類，具有無毛兩足動物的基本根性。」〔註82〕《圍城》將知識分子還原爲凡人中的「一類」，表現凡人的「基本根性」，是《圍城》進行人性觀照的立足點。《洗澡》同樣如此，重在揭示作爲凡人的知識分子的「根性」。「根性」以植物之「根」隱喻人固有的本性與習性，佛教則認爲「氣力之本曰根，善惡之習慣曰性」，「能生爲根，數習爲性」〔註83〕。「根性」是對客觀存在的人的本性與習性的事實判斷，與魯迅所批判的國民性之「劣根性」存在概念上的差異，「劣根性」是對「根性」中負面因素的否定與貶低，爲價值判斷。從表現「根性」的角度來看，《洗澡》承繼了《圍城》對於人性本質「追根究底」的審視立場。不同的是，《圍城》是在存在境遇層面觀照人的「根性」及其所帶來的存在困境，《洗澡》則是在社會歷史層面，觀照人的「本性」與試圖改造「本性」的歷史暴力的矛盾衝突。本性是人性共同性的體現，積極意義與局限性並存，需要自我審視和自我完善。個性是在本性的基礎上，個體生命自由意志的體現。政治「運動」試圖消除人的個性以建立同一性，最終只能是幻象和謊言。個性的本質及其意義，就成爲作品的審美價值中心。在「考驗」情節結構之中，主人公形象的構建方式，不是個性來龍去脈的成長，而是個性經受考驗和危

〔註80〕洪子誠：《中國當代文學概說》，北京大學出版社，2010年版，第116頁。
〔註81〕最具代表性的是金克木在《百無一用是書生——〈洗澡〉書後》所提出的觀點：「作者在《前言》中說要寫到『洗澡』即『思想改造』以前的面貌。這也就是《圍城》中所寫的。一寫解放之前，一寫解放之初，正好接上。說《洗澡》是《圍城》的續篇似無不可。還不僅此也，作爲小說也是兩本相通的，有彼不可無此。所以兩書並讀始見其妙。」參見金克木：《百無一用是書生——〈洗澡〉書後》，北京：《讀書》雜誌，1989年第5期。
〔註82〕錢鍾書：《圍城》，北京：人民文學出版社，1980年版，第4頁。
〔註83〕見丁福保編：《佛學大辭典》（下），上海：上海書店，1991年版，第1809頁。

機，保持本眞乃至完善自身的能力。

具有獨特個性與精神內涵的姚宓，是體現作者審美理想的女主人公形象，其它主要人物形象是在與她的對偶（許彥成）或對照（杜麗琳、余楠等）中構建起來的。這一形象的獨特意義及其精神文化淵源，已有學者進行過闡發。〔註84〕我認爲，姚宓形象的本質特徵，亦即作者構建形象的個性化原則，是與社會政治邏輯相對立的人性力量與人格精神：未受污染的自然本眞的人性，與追求自我完善的人格理想的結合。姚宓的個性和精神內涵主要表現爲：在險惡污濁的現實環境中潔身自尊保持獨立人格，在外部自由受到束縛時守護個人的內心自由，以理性內省精神追求自我認識與自我完善。本眞情感、獨立人格與自我完善的精神意志，使得這一形象，成爲人性眞實性與精神超越性的統一體。對於這一藝術形象來說，外部的威脅與內在的危機，都表現爲對於自我內在生命的考驗。在險象環生的政治與人際關係環境中，面對自我與外部的衝突，姚宓的智慧法門是披上「隱身衣」，在外部自由無法實現時，艱難地守護內心的自由。這種「隱身術」的精神內涵，恰如楊絳在《隱身衣》中的描述：「消失於眾人之中，如水珠包孕於海水之內，如細小的野花隱藏在草叢裏」，目的是「保其天眞，成其自然，潛心一志完成自己能做的事。」〔註85〕「天眞」「自然」是與「蛇阱」中虛僞失眞的人性異化狀態相對立的人格理想，保住天然眞實的秉性，是對人性本眞與理想自我的保護性行爲。

姚宓的眞實形象是在許彥成的視野中逐步顯露出來的。許彥成對她的認識，首先是發現其與眾不同的才智與精神氣質，繼而發現其內在之眞：「姚宓先還忍住不笑，可是她實在忍不住了，跨進她父親的藏書室，打開了窗子，竟不客氣地兩手抱住肚子大笑起來。在這一刹那，彥成彷彿眼前撥開了一層

〔註84〕胡河清從藝術形象與文化傳統關聯的角度，將姚宓的精神氣質形容爲：「像是中國舊式書香門庭中常見的唐梅宋柏的殘根上生的一朵靈芝，有一股風霜寒露中熬出來的清氣」，認爲其具有「佛道文化素質」與人生智慧。（參見胡河清：《楊絳論》，《靈地的緬想》，上海：學林出版社，1994年版，第70頁，第75頁）金克木則在現代文學的女性形象史中，發現姚宓形象的獨特性：「作者以溫柔敦厚之筆寫幽嫻貞靜之人，玉潔冰清，蕙心紈質，使鬚眉濁物蒙羞，更何況其餘巧言令色之徒？新文學中，自冰心、盧隱而後，丁玲出世以來，少見或竟未見這樣的淑女。」（參見金克木：《百無一用是書生——〈洗澡〉書後》，北京：《讀書》雜誌，1989年第5期）

〔註85〕楊絳：《隱身衣》，見《楊絳文集》第2卷（散文卷・上），北京：人民文學出版社，2004年版，第194～195頁。

翳，也彷彿籠罩著姚宓的一重迷霧忽然消散，他看清了姚宓。」〔註86〕。只有對於人心具有高度的感應體察能力，才能透過「迷霧」看清他人的內在真實，並以同樣的本真性靈與之相呼應和對話。作為姚宓的對偶形象，許彥成與姚宓精神相通，達到心有靈犀之境。二人在精神層面的第一次「相遇」，正是在「失真」的社會環境之中，以「真」的契合開始的：開會發言時，許彥成因說不出套話和假話，「結結巴巴吐出幾句怪話來」〔註87〕，唯有姚宓能夠意會。與余楠、杜麗琳等迅速習得政治文化「正確的話」不同，許彥成的內在真實，首先體現在「結巴」和「怪話」之中。「結巴」是真話受阻的結果，「怪話」是不合常規的「真話」。不合於俗常為「怪」，怪人是「內在的人」的外顯形式。在私人生活中，許彥成也忠於內心真實，由於「不能失去『她』——我的那一半」，決心與杜麗琳離婚，「掙脫一切束縛，要求這個殘缺的我成為完整」〔註88〕，此即守真之「勇」。而在高度政治化的社會現實中，這種「真」與「勇」將帶來的生存風險，及其人生命運的未完成性，在「尾聲」的悲劇氛圍中已埋下伏筆。心靈真實與獨立人格，是許彥成與姚宓的共同之處，也是他們區別於杜麗琳和余楠等人的本質特徵。

作為小說主人公，姚宓和許彥成不是社會歷史意義上的「英雄」，而是生命哲學意義上的「真人」。許彥成認為「人世間的缺陷無法彌補，可以修補的是人」，姚宓同樣認為：「我們當然不是只有一個腦袋、一對翅膀的天使，我們只不過是凡人。不過凡人也有癡愚的糊塗人，也有聰明智慧的人。全看我們怎麼做人。」〔註89〕前面已經論述過，楊絳對於社會歷史層面的「英雄主義」持懷疑批判態度，在她筆下，激進的英雄主義往往以人的失真為代價，造成災難性的社會歷史後果。〔註90〕與脫離凡人的「英雄」相比，不離自然本真的「真人」，是楊絳的人格理想與審美理想。在莊子那裡，人分為七種類型：天人、神人、真人、聖人、君子、百官、民。〔註91〕其分類的標準，是

〔註86〕楊絳：《洗澡》，《楊絳文集》第 1 卷（小說卷），北京：人民文學出版社，2004
　　　　年版（2013 年第 2 次印刷），第 258 頁。
〔註87〕楊絳：《洗澡》，《楊絳文集》第 1 卷（小說卷），北京：人民文學出版社，2004
　　　　年版（2013 年第 2 次印刷），第 233 頁。
〔註88〕同上，第 358 頁。
〔註89〕同上，第 361 頁，第 380 頁。
〔註90〕見第一章第三節中對於悲劇《風絮》「反英雄」主題的論述，第二章第一、二
　　　　節關於楊絳小說「凡人」主題的論述。
〔註91〕《莊子‧天下篇》：「不離於宗，謂之天人。不離於精，謂之神人。不離於真，

人的心性與「自然」「道」「一」之關係。前面三種即天人、神人、眞人，與「自然」「道」「一」不分離，但他們經常隱而不露，隱身於「凡人」之中（「陸沉」）。而中間兩種人，即聖人和君子，就是那些揚言要實行「道」的人，他們喜歡拋頭露面，在言實分離時，難免造假。假是惡的一種形式，所謂「假聖人」「僞君子」「鄉愿」者是也，《洗澡》中那些冒充「正確」、投機鑽營、謊話連篇、「出乖露醜」的「知識分子」，就屬於外表與實質分離、自欺欺人的「失眞者」。

主人公的審美意義，是在與其它人物形象的對照中呈現出來的。與之構成正面對照的形象是杜麗琳和余楠，形成側面襯托的則是施妮娜和姜敏等次要人物形象。

與姚宓形成直接對照的形象是杜麗琳。這一形象的本質特徵，是個性力量與精神內涵的貧乏。「標準美人」不僅是她在別人眼中的形象，也是她心中的理想自我。她始終活在外部世界的「標準」和成規之中，活在自我在外部世界的映像之中。作爲個人，她以外部世界的「標準」和成規來替代自我感知，缺乏眞正的自我意識和個性。作爲受過現代教育的知識分子，在對於社會現實不合理因素的認識判斷上，她同樣以外部「標準」來替代自己的理性思考，缺乏獨立人格與理性精神。在社會生活中，她善於揣摩順應外部標準和現實邏輯，能夠安然化解外在危機。在私人生活中，她同樣無意直面內心，卻突然成爲個人危機的主人公。因此，這一人物所承受的最大考驗不是來源於政治運動，而是個人生活的危機。婚姻危機本來爲自我蘇醒提供了契機，但她卻以求助於外力（他人乃至政治壓力）的慣性反應機制，扼殺了剛剛蘇醒的自我與個性化情感。

形象的對照，不僅體現在「已顯之相」，也滲透在「有無之際」的心理細節之中。以姚宓和杜麗琳「流淚」的細節爲例進行比較。流淚本應是內心痛苦的生理反應，是人性眞實性的外顯形式。杜麗琳有兩次流淚。一是發現丈夫和姚宓的戀情後，「麗琳留心只用手絹擦去頰上的淚，不擦眼睛，免得紅腫。她不願意外人知道。她是愛面子的。不過彥成如要鬧離婚，那麼，瞧

謂之至人。以天爲宗，以德爲本，以道爲門，兆於變化，謂之聖人。以仁爲恩，以義爲理，以禮爲行，以樂爲和，薰然慈仁，謂之君子。以法爲分，以名爲表，以參爲驗，以稽爲決，其數一二三四是也，百官以此相齒。以事爲常，以衣食爲主，蕃息畜藏，老弱孤寡爲意，皆有以養，民之理也。」參見郭慶藩：《莊子集釋》（第四冊），北京：中華書局，1961 年版，第 1066 頁。

著吧，她絕不便宜他。」這是一次符合情感眞實的流淚，但外界評價（「面子」）和自衛的考慮迅速佔據身心，取代了自我的反應。第二次是「洗澡」大會上當眾流淚，「她說著流下眼淚——眞實的痛淚。這給大家一個很好的印象。她是捨不得割斷，卻下了決心，要求站穩立場。」〔註92〕與第一次流淚「不願意外人知道」相反，這是迎合政治要求的、表演性質的流淚，「眞實的痛淚」是反諷語。連流淚都失眞，人性眞實性的危機、個性力量的匱乏可見一斑。與之相對照的是，姚宓也有兩次流淚。第一次是「遊山之約」中，當彥成告訴她不能去了，「姚宓刷的一下滿臉通紅，強笑說：『不相干，我也有別的事呢。』可是她臉上的肌肉不聽使喚，不肯笑，而眼裏的瑩瑩淚珠差點兒滾出來。」這是失望和自尊心受傷瞬間的眞實反應。第二次是結尾處與許彥成的離別場景：「她低垂的睫毛裏，流下兩道細淚，背著昏暗的燈光隱約可見」，「她不過以爲背著燈光，不會給他看見；以爲緊緊抿住嘴，就能把眼淚抿住。」〔註93〕內心的痛苦與自我節制之間的爭鬥，呈現出人物的情感深度。

眞實與虛假的對照，在楊絳筆下，成爲善與惡、美與醜的對照。對於那些自欺欺人、投機鑽營、謊話連篇的「知識分子」，作者是從人性「失眞」的角度進行表現的，從而以人性反思超越了簡單的道德審判。作爲小說開篇人物的余楠，雖然不是作品主人公，但在小說結構中具有重要作用。在精神平庸、世故精明、缺乏獨立人格方面，余楠是混世者的典型形象，其順應時勢、見風使舵的生存能力，是以自欺欺人爲前提的，即「失眞」與「欺騙」的合一。楊絳40年代的短篇小說《小陽春》中在私生活中自私怯懦的喜劇性形象俞斌，即爲余楠形象的前身；錢鍾書《圍城》中的李梅亭、汪處厚等形象，同樣是余楠的前身。余楠是俞斌、李梅亭、汪處厚們在「新時代」的化身，是人性之劣根性與政治文化共同作用的產物。無論是在私人生活（開篇的「婚外戀」事件），還是社會生活中（集體　　政治），功利原則支配著他的身心，排斥了內心生活與自省。在對外部世界「標準」和現實秩序的配合上，余楠與杜麗琳構成了對偶形象（後者是順應，前者則是積極迎合）。在人格與精神內涵上，余楠與許彥成構成了對照形象。但余楠的性格與形象，在楊絳筆下

〔註92〕楊絳：《洗澡》，《楊絳文集》第1卷（小說卷），北京：人民文學出版社，2004年版（2013年第2次印刷），第383頁，第410頁。
〔註93〕同上，第324頁，第445頁。

不是以反常的、極端的面目出現，而是作為世態人情的「常態」而呈現的，因此，這一形象的本質不是「惡」，而是「濁」。「濁」是失去本眞（「清」）的結果，也是「惡」的土壤。但楊絳善於在人物「非眞」狀態中，窺見其「眞相」，因而不失同情與憐憫，最具代表性的是對「洗澡」結束後余楠心理的描寫：「余楠覺得自己像一塊經烈火燒煉的黃金……只是還沒有凝冷，渾身還覺得軟」，「他並不像尚未凝固的黃金，只像打傷的癩皮狗，趴在屋簷底下舔傷口。」〔註94〕在揭示人性弱點的同時，楊絳並不從道德理想主義的角度進行簡單的道德審判，而是通過具有普遍性的人性局限性的呈示，將人性批判與歷史批判有機結合在一起。

在儒林群像的塑造中，楊絳運用多層次的「對照法」與「對稱法」，從不同角度展現人性的相似性與差異性。在女性形象系列中，作為僞知識分子的典型形象，不學無術、熱衷爭奪權力並排斥異己的施妮娜，與充滿嫉妒與陰暗心理的姜敏，在「醜」的性質上構成了對稱，並與姚宓形象形成了對照。在男性形象系列中，作為「舊社會過來的」不明時勢的舊知識分子的典型，朱千里與丁寶桂在形象的喜劇性上構成了對稱，他們具有一定的人格獨立性和個性，與余楠的積極鑽營、見風使舵形成了對照；他們在面臨危險時暴露軟弱本色，外表的獨立性與內在的軟弱性之間的反差，顯示出知識分子的精神軟弱性以及人格的分裂，與許彥成的人格統一性構成了對照。

在上述知識分子形象譜系之外，還有一個具有更高層次對照意義的形象，即足不出戶卻洞悉世事人心的姚太太。這是一個顯示楊絳「隱身衣」精神眞諦的智者形象。胡河清發現了這一易爲人忽視的形象的重要性，並從「知人論世」的角度進行闡發，認爲姚太太形象具有智慧與悲憫的雙重特徵，因而代表著「東方智慧」的化境，與姚宓形象的關聯性在於「預示著將來步入晚年後的姚宓」，與作者形象的關聯性在於「是晚年楊絳的寫照」〔註95〕。從這一視點出發，我們可以進一步發現，散文《幹校六記》和《我們仨》中的楊絳形象，在智慧與悲憫的精神內涵上，與《洗澡》中的姚太太形象有異曲同工之處。

〔註94〕同上，第 440 頁。
〔註95〕胡河清：《楊絳論》，《靈地的緬想》，上海：學林出版社，1994 年版，第 78 頁。

本章小結

　　楊絳的小說創作，集中體現了其「觀世與察幾」的智慧。貫穿其小說創作的總體精神，是以察幾知微的方式，表現具有普遍性的人情與世態。既呈示人與世界的不完美，又蘊藏深刻的悲憫，是楊絳觀世精神的本質特徵。

　　首先，我通過對「觀世寓言」《軟紅塵裏‧楔子》的文本解讀，以及對楊絳小說觀念的研究，分析支配其小說創作的價值觀念與審美理想。《軟紅塵裏‧楔子》是楊絳觀世視角與寫作姿態的隱喻，我將其中體現的觀世視角與方法，歸納為「察幾知微」與「一多互攝」（一中有多，多中見一）的全息觀照方式。研究楊絳小說理念的另一個角度，是她對於西方小說的譯介，以及對於中西經典小說作品的闡釋。作為翻譯家，楊絳對於歐洲近代現實主義經典小說的譯介，深刻影響了其文學觀念和趣味。作為學者，她在小說研究論文中，表達了對近代現實主義精神的理解，並闡明了小說「以虛構表達普遍真實」的意義和途徑。這種文學觀與小說觀，在其小說創作實踐中得到印證。

　　第二部分討論楊絳的短篇小說。我認為，她的短篇總體上屬於諷刺風格的世態人情小說，主要表現凡人（而非英雄）身上所體現的帶有普遍性的人性心理。其藝術風格不是沉重的批判解剖，而是輕盈的幽默諷刺，以喜劇性諷刺為主；諷刺與悲憫兩種意向的爭鬥與調和，又表現為喜劇與悲劇因素的交融。根據情節模式和敘述風格的差異，我將她的短篇小說分為兩大類型：喜劇型諷刺與悲劇型諷刺。通過主要文本（《小陽春》、《鬼》、《「玉人」》、《大笑話》等）的細讀，討論其喜劇與悲劇型諷刺，在精神內涵與審美形式方面的異同。在我看來，其諷刺藝術的重要特徵，是喜劇和悲劇意識相結合，觀人觀心的「察幾」與觀世合一。

　　第三部分是對長篇小說《洗澡》的論析。以新時代「第一次知識分子思想改造運動」為題材的《洗澡》，體現了楊絳對於中國社會歷史與人性的深刻洞察。我認為，《洗澡》所描繪的社會政治與人性情感、外部現實與精神世界的衝突，可歸納為「史與詩的衝突」。選擇「第一次思想改造運動」為歷史敘事材料，體現了楊絳的「察幾」智慧，即通過容易被忽視的「開端」與「先兆」，洞悉事物運動變化之趨向規律的智慧。楊絳對歷史與人性的察幾式觀照，體現在「察外」（社會歷史）與「察內」（人性人心）的合一，這也使得歷史批判與人性批判得以內外互攝。通過對情節線索與主題的分析，我歸納了「洗澡」的雙重語義：（一）表層意義為「清洗」，即政治強力對於人性的

「清洗」;（二）深層意義爲「淨化」，即個體靈魂超越現實局限的淨化和昇華。情節結構中的兩大力量衝突，可歸納爲：個體生命「詩」的精神體驗，與集體的「史」的法則的衝突，即內在世界與外在世界的衝突。敘事時間結構爲二元結構，即常態生活的「日常時間」，與政治運動的「考驗時間」。敘事空間結構與時間結構緊密相關：與「日常時間」相對應的空間是「家庭」，與「考驗時間」相對應的空間是「集體」。作爲愛情事件與個人秘密的空間，從家庭──集體的二元空間結構中，分離出個人主義的「密室」，衍生出家庭──集體──密室的三元空間結構，「密室」是個人從集體與家庭中分離出來的最後庇護所。不同面目的知識分子形象的塑造，是《洗澡》的重要藝術成就之一。在政治對於人性的「考驗」中，呈現個性的本質及其意義，是《洗澡》的審美價值中心。個性與人性的「眞」與「失眞」，是《洗澡》構建藝術形象的原則。我分析了作品的主要人物形象，認爲主人公形象不是社會歷史意義上的「英雄」，而是生命哲學意義上的「眞人」。與主人公構成對照的「醜」與「滑稽」的形象，則是從人性「失眞」的角度進行表現的，因而以人性反思超越了簡單的道德審判。楊絳塑造形象的手法，是運用多層次的「對照法」與「對稱法」，從不同角度展現人性的相似性與差異性。

第三章　記憶與夢境：楊絳的散文

第一節　審美價值與歷史意義

　　散文是楊絳創作最豐、影響最廣的體裁領域。在現代漢語散文史上，楊絳不但是卓有建樹的文章家，還是獨闢蹊徑而自成一體的文體家。從精神內涵、文體拓新與語言藝術三個方面來衡量，楊絳散文都取得了標誌性的成就，在中國現代散文的精神演變史與文體變遷史上，具有獨特的價值和意義。

　　就精神內涵而言，楊絳的散文寫作立足於近現代自由主義價值理念，而融通古今中西人文思想精髓。她在嚴峻而不乏荒誕色彩的歷史境遇中思索人的價值與命運（《幹校六記》《丙午丁未年紀事》），在「人生邊上」追問人的存在意義（《我們仨》《走到人生邊上──自問自答》）。其散文融個體生命經驗、集體歷史記憶與終極思考於一體，包藏之廣，意蘊之深，在現代漢語散文史上並不多見。

　　就文體拓新而言，以《幹校六記》在「文革」後「新時期」的誕生為標誌，楊絳的自敘體散文，以察微知著的個體經驗表達，構成對於社會歷史宏大敘事話語傳統的反動。作為當代散文的新篇章，這種立足於個體經驗真實的現代敘事美學，一洗「前二十七年」文學中政治化抒情散文話語模式之流弊〔註1〕，體現了明代公安派主將袁宏道所總結的文體變遷史規律：「法因於

〔註 1〕有論者這樣評價楊絳在當代散文文體上的貢獻：「由《幹校六記》重新開始的楊絳散文創作有一個共同的特點，就是無拘長短，差不多都可歸屬於記敘散文這一類。白話散文的這個領域說來是荒蕪已久，大概從魯迅《朝花夕拾》

弊而成於過者」〔註2〕。楊絳的文體拓新，是在立足現代自由主義價值立場的基礎上，對於中斷的「五四」文學與古典文學語言傳統的繼承與重新激活。從這一意義上來說，在現代漢語散文的文體演變史上，楊絳具有承前啓後的意義。

　　就語言藝術成就而言，楊絳立足於對現代中國生活語言的藝術提煉，同時從語言的歷史傳統和民間傳統中汲取養分，其語體融貫古典與現代、雅言與俗語，達到文質和諧、雅俗相生之境，實現了語言的歷史連續性與創新性、普遍性與個人風格的統一。在此意義上，楊絳以其獨特的語言藝術成就，成爲現代白話文學語言演變史中的一個重要現象。作爲與文言傳統斷裂的產物，現代白話語言的「駁雜不純」，五四以來一直被視爲新文學的語言難題（或從「語言不成熟」的角度，或從「大眾接受」的角度）〔註3〕，四十年代以來革命意識形態的工具論語言觀，又進一步削弱了語言本身的豐富性和審美屬性，並以暴力話語傷害了語言表達的倫理。在這樣的歷史語境中，楊絳以溝通文學語言之「源」（民間生活及其文化傳統）與「流」（文學自身的歷史）的語言意識，以融通古典與現代的寫作實踐，體現了現代白話文學語言的審美價值，在當代漢語寫作中具有啓示意義。

以後就不再有人像楊絳寫得那樣集中，那樣有分量，取得那麼大的成果。楊絳是通過她的創作實績發展、完善了白話記敘散文這一形式。」「是對此前三四十年間泛濫成災的那種抒情散文的一個有力的反撥」，「在散文美學上起了開一代之先的巨大作用。」參見止菴：《楊絳散文選集‧序言》，天津：百花文藝出版社，1995 年，第 2～3 頁。

〔註 2〕根據袁宏道的觀點，一種文體發展到出現流弊，終將被矯正此弊的新文體取代，是爲文體變遷的歷史規律：「矯六朝駢儷飣餖之習者，以流麗勝，飣餖者固流麗之因也，然其過在輕纖。盛唐諸人，以闊大矯之。已闊矣，又因闊而生莽。是故續盛唐者，以情實矯之。已實矣，又因實而生俚。是故續中唐者，以奇僻矯之。」見袁宏道：《雪濤閣集序》，《袁宏道集箋校‧卷十八》，上海古籍出版社，1981 年版，第 710 頁。

〔註 3〕關於白話文語言問題的反思和討論，發端於五四時期，經過三十年代「文藝大眾化問題的討論」，一直延續到延安時期。五四時期主要是從白話文不成熟的角度進行反思。三十年代「文藝大眾化」的討論，主要圍繞大眾接受的問題，提出對於白話文語言的批評反思，並討論「大眾化」的實現途徑，其中較具代表性的是共產黨理論家瞿秋白的觀點。瞿秋白認爲，五四白話文語言是文言文與歐化語言結合的「新式文言」，是「非驢非馬的『騾子話』」，他提倡用現代人的普通話來寫，即「無產階級的普通話」。參見瞿秋白：《普洛大眾文藝的現實問題》（署名史鐵兒，載一九三二年四月二十五日《文學》第一卷第一期），文振庭編：《文藝大眾化問題討論資料》，上海教育出版社，1987 年。

　　周作人認爲「現代的散文在新文學中受外國的影響最少，這與其說是文學革命的還不如說是文藝復興的產物」〔註4〕，之後又補充道：「中國新散文的源流我看是公安派與英國的小品文兩者所合成。」〔註5〕周作人此說雖爲籠統的總體概括，但從傳統淵源與外來影響的角度來看，楊絳散文正好符合這一判斷。楊絳在繼承古典文字傳統（修辭立其誠）與五四新散文精神（寫人生與寫實）的基礎上，吸收了歐洲近現代散文，尤其是有著深厚傳統的英國散文（ESSAY）藝術的精髓。據她的回憶，包括小說、詩歌、散文、戲劇在內的英國文學作品，對於她的小說和散文創作都有較大影響。她的早年散文創作始於30年代清華讀書時期〔註6〕，成熟於留學英國牛津時期。留英時期她系統閱讀了英國中世紀至20世紀的文學作品，在回憶中提及閱讀對於創作的啓發：「英國文學作品讀得最多，也最熟」，「認眞閱讀和用心感悟，也大大啓發了阿季的創作靈感。她在牛津寫的第一篇散文《陰》，就是在讀了彌爾頓（John Milton）的兩篇輕鬆的小詩 II Penseroso（《沉思頌》）和 L'Allegro（《歡樂頌》）後，有所感而寫的。」〔註7〕40年代，楊絳翻譯了關於英國現代散文的文學批評論著《一九三九年以來英國散文作品》〔註8〕，加深了對於英國現代散文精神的認識。從楊絳散文的自由主義人文思想內涵，以及幽默詼諧的文風中，不難看到英國乃至西歐近現代散文傳統影響的影子。

　　楊絳的散文創作始於20世紀30年代，可分爲早期（20世紀三四十年代）和後期兩個階段（80年代至今）。早期散文察物取象，活潑輕逸；晚年辭章憂

〔註4〕周作人《澤瀉集·陶庵夢憶序》，石家莊：河北教育出版社，2002年版，第13頁。此文寫於1926年。周作人所說的「文藝復興」，指現代白話散文對於古文優秀傳統的繼承，他尤其強調明代公安派「性靈」傳統對於現代散文的影響。

〔註5〕周作人：《永日集·〈燕知草〉跋》，石家莊：河北教育出版社，2002年版，第80頁。此文寫於1928年。

〔註6〕《收腳印》爲楊絳第一篇公開發表的散文，創作於1933年（清華大學讀書時期），發表於《大公報·文藝副刊》第29期，1933年12月30日，署名楊季康。

〔註7〕參見吳學昭：《聽楊絳談往事》，第106～110頁。楊絳向吳學昭介紹了自己留學時期的閱讀經歷，重點提及的英國文學閱讀對象有：喬叟、狄更斯、薩克雷、詹姆斯·巴里、簡·奧斯汀、喬治·艾略特、薩繆爾·約翰遜等，以及偵探小說。

〔註8〕〔英〕John Hayward（約翰·黑瓦德）著，爲英國文化委員會策劃、商務印書館出版的《英國文化叢書》十二種之一，1948年9月出版。

世傷生，意遠筆約。早期為「小品文」體，重在狀物寫意，以象徵與隱喻手法刻畫意象，代表作有《陰》、《風》、《流浪兒》等。後期散文以敘事體為主，重在呈現歷史中的個人經驗，80年代的《幹校六記》《將飲茶》，90年代的《雜憶與雜寫》，直至近年的《我們仨》《走到人生邊上——自問自答》，總體上呈現出從生命記憶進入終極思考的書寫軌跡。

在楊絳創作所涉及的文體中（戲劇、小說與散文），散文創作的數量最多，持續時間最長，一直持續到「走到人生邊上」的百齡高年。如同「庾信文章老更成」「暮年詩賦動江關」〔註9〕，從歷史與人生憂患中孕育出的智慧，在晚期寫作中達到創造的高峰，成為當代文學史上的獨特創作現象。從文體選擇的角度來看，這既符合晚年寫作的自然規律，也與散文文體的靈活性有關。作為一種歷史悠久而生生不息的文體，散文文體的包容性和開放性，在楊絳筆下得到了充分釋放。楊絳散文涵納文學與歷史、敘事與抒情、寫實與虛構，打破不同文體之間的界限，而創造出有機的審美結構。尤其是在拓展現代散文的敘事功能方面，楊絳作出了獨特的貢獻，代表了現代散文敘事藝術成就的一個高度。

楊絳對於現代散文敘事功能的拓展，集中體現於80年代至今的「記憶書寫」之中。80年代的《幹校六記》《將飲茶》，90年代的《雜憶與雜寫》，新世紀的《我們仨》，融個人經驗與歷史記憶於一體，並創造了獨特的審美表達形式，在當代語境中樹立起「記憶書寫者」的歷史形象。作為時間與歷史產物的「記憶」，成為貫穿楊絳散文創作的主題。流逝不復返的個人生命時間，與一個世紀充滿憂患的集體的歷史時間，在楊絳的記憶書寫中，不可分割地交織在一起。

楊絳的散文主要包括以下幾個方面的內容。（一）從個人的角度對集體的歷史事件進行回憶和記錄，以書寫「文革」記憶的《幹校六記》、《丙午丁未年紀事》為代表，呈現為冷雋節制的理性風格。（二）對親人、家庭生活和童年往事的追憶，以《回憶我的父親》、《回憶我的姑母》、《我們仨》、《我在啟明上學》等為代表，呈現為深情蘊藉的情感風格。（三）民間人物與親朋故交的描寫刻畫，主要見於散文集《雜憶與雜寫》，語體風格幽默諧趣，而蘊藏對於人生與世態的悲憫情感。（四）關於生死與生命意義的終極思考，即《走到人生邊上——自問自答》，融理性思辨與經驗情感於一體。無論是對個人的還

〔註9〕分見杜甫《戲為六絕句》、《詠懷古跡》。

是集體的歷史，無論是對自己的往事還是對他人的回憶，都是寫作者從現時的角度，對過去的回憶、記載和重新編碼。

記憶，是文學的基本功能之一。書寫記憶，是寫作者抵禦遺忘和死亡焦慮的途徑。柏拉圖的「靈感說」認爲，詩是詩人的靈感的產物，而「不朽的靈魂從生前帶來的回憶」是靈感的來源之一，通常理解爲「詩是靈魂的回憶」，〔註 10〕這是一種源於「理式說」的超驗主義的回憶觀。中國文學有著悠久的回憶傳統，這種回憶往往來自時間經驗，即往事和歷史，「在中國古典文學裏，到處都可以看到同往事的千絲萬縷的聯繫」，「《尚書》和《詩經》是中國最早的文學作品，在它們之中就可以發現朝後回顧的目光。」〔註 11〕與古典時代記憶書寫的統一性相比，五四文學的記憶書寫，呈現出內在的斷裂性。以魯迅《朝花夕拾》爲代表，回憶主題與「歷史進步」主題的內在衝突，個人與歷史記憶的斷裂意圖，使得魯迅的回憶呈現出矛盾的意緒：「一個人做到只剩了回憶的時候，生涯大概總要算是無聊了罷，但有時竟會連回憶也沒有。」〔註 12〕爲記憶誘惑而又懷疑記憶，在記憶與遺忘之間搖擺，決定了魯迅記憶書寫的內在衝突。而楊絳的記憶書寫，則擺脫了這種「斷裂史觀」所帶來的精神衝突，而重返古典散文的記憶傳統，即對於記憶的個人意義及歷史意義的肯定性信念。

楊絳以記憶爲主題的寫作，出現在「文革」劫難後的歷史反思語境中，作爲「歷史創傷的證言」〔註 13〕而產生了客觀的社會歷史意義。然而，集體的歷史記憶，往往以宏大敘事的話語機制，而遮蔽乃至刪除了個體的經驗和記憶。與反思文學中常見的宏大敘事和道德審判話語模式不同，楊絳記憶寫作的獨特性在於，她以具體而微的個人經驗和記憶爲材料，如「精衛銜微木，將以填滄海」（陶淵明《讀山海經》），填補集體歷史記憶中個人經驗的空白和殘缺；在表達方式上，以個人的、文學的、審美的語言形式，彌補社會歷史

〔註 10〕 參見柏拉圖：《文藝對話集·斐德若篇》，朱光潛譯，北京：人民文學出版社，1963 年第 1 版；朱光潛：《西方美學史》，北京：人民文學出版社，1979 年第 2 版，第 56～58 頁。

〔註 11〕 〔美〕斯蒂芬·歐文：《追憶——中國古典文學中的往事再現》，鄭學勤譯，上海古籍出版社，1990 年版，第 1 頁，第 10 頁。

〔註 12〕 魯迅：《朝花夕拾·小引》，北京：人民文學出版社，1973 年，第 1 頁。

〔註 13〕 洪子誠在總結八十年代文學時，將楊絳散文《幹校六記》《將飲茶》和小說《洗澡》，放在《歷史創傷的證言》一章中進行描述。參見洪子誠：《中國當代文學概說》第九章，北京大學出版社，2010 年，第 104 頁。

話語模式之不足。

「百年世事不勝悲」（杜甫《秋興八首・其四》），中國知識分子素有「憂世傷生」的傳統。作爲經歷了一個世紀歷史變遷與人生憂患的知識分子，「憂世傷生」也是楊絳和錢鍾書寫作的深層情感動因﹝註14﹞。面對社會歷史黑暗的「憂世」，與面對個體生命局限的「傷生」，在心靈情感中總是並存相依，既是記憶的動力，又是記憶的重負。記憶的衝動與遺忘的衝動，是一體的兩面。楊絳的《孟婆茶》，就是一個以夢的形式呈現出來的關於記憶和遺忘的寓言。在夢中，「我」隨著一群人上了一條自動化傳送帶，不知去往何方，途徑「孟婆店」喝「孟婆茶」（民間傳說中死後所喝的具有遺忘功能的茶），「夾帶著私貨（即記憶）過不了關」﹝註15﹞。楊絳自稱「夾帶私貨者」，也就是記憶尚存者，她表示樂意遺忘，但「夢醒」後，她首先要將記憶的內容「及早清理」。清理，既是清除也是整理，即對蕪雜的記憶內容進行梳理和選擇，通過意識所主導的書寫，對無形式的經驗和記憶進行重新編碼。書寫，即「清理記憶」，使之形式化的過程。

「記憶」，不僅是楊絳晚年散文創作的動力和中心主題，也是她散文創作之始的原型意象。她發表於 1930 年代的第一篇散文《收腳印》，意象來自中國民俗傳說：人死之後，靈魂要把生前的腳印都收回去。在楊絳筆下，「收腳印」的過程，呈現爲靈魂離開肉體而喚起記憶的過程。晚年散文《孟婆茶》，在主題與意象上與「收腳印」一脈相通，是一則關於記憶與遺忘的寓言。「收腳印」、「孟婆茶」的意象，是作者通過死者的視角對於生前的記憶與反觀，因此既是經驗，又是想像，既是回憶，又是夢境。在書寫記憶時，楊絳在形象創造和結構設置上的獨特手法，是將「記憶」與「夢」並置在一起，消弭二者之間的界限，融合爲一個完整的統一體。自敘體散文《我們仨》的結構

﹝註14﹞ 錢鍾書常以「憂世傷生」形容隱藏在自己寫作背後的歷史與人生情感，如謂《談藝錄》是「憂患之書」（參見錢鍾書：《談藝錄》，北京：中華書局，1984年版，第 1 頁），《圍城》寫作「兩年裏憂世傷生，屢想中止」（參見錢鍾書：《圍城・序》，北京：人民文學出版社，1980 年版）。楊絳則說《槐聚詩存》是「憂世傷生」之作（參見楊絳：《記錢鍾書與〈圍城〉》，《楊絳文集》第 2卷（散文卷・上），北京：人民文學出版社，2004 年版，第 158 頁）。楊絳不直接用「憂世傷生」來形容自己的寫作，符合她含而不露的情感風格，但《幹校六記》《將飲茶》《我們仨》《走到人生邊上——自問自答》均爲標準的「憂世傷生」之作。

﹝註15﹞ 楊絳：《孟婆茶》，《楊絳文集》第 2 卷（散文卷・上），第 58 頁。

最為典型地體現了這一點。這個以夢開篇、被楊絳稱為「萬里長夢」的長篇記憶文本，由「入夢」、「夢」、「夢覺」三部構成，以「夢」來結構全篇，消除了記憶與夢、經驗與想像的界限，使「夢」與「真」成為一個不可分割的統一體。

記憶與夢之間不可分割的關係，決定了楊絳散文的主題、意象和形式結構。「我們邊夢想，邊回憶；邊回憶又邊夢想。」〔註16〕記憶，是時間與歷史中的生命經驗的產物，是經驗與意識共同作用的領域，在寫作活動中屬於「再現」的對象。夢，屬於非理性的心理經驗範疇，它既是經驗與記憶在潛意識中留下的痕跡，具有被動承受的性質，又是對於時間和歷史重負的逃逸，在寫作活動中承擔著「想像」和「表現」的任務，是藝術創造功能的體現。在這一意義上，記憶與夢境，在楊絳的文本中構成了鏡像關係。本章將從這一鏡像關係出發，探查楊絳散文的主題、文體形式與精神現象之間的內在關聯。

第二節　記憶書寫：記・紀・憶

值得注意的是，在為不同的記憶內容命名時，楊絳所選擇的詞語符號具有差異性，分為「記」「紀」「憶」三類。以「記」命名的有：《幹校六記》、《記錢鍾書與〈圍城〉》、《記楊必》、《記似夢非夢》、《記我的翻譯》等。以「紀」命名的僅有一篇：《丙午丁未年紀事》。以「憶」命名的，以《回憶我的父親》等對親人和家庭往事的回憶為主，以及見於散文集《雜憶與雜寫》中的「雜憶」部分。「精約者，核字省句，剖析毫釐者也」〔註17〕，楊絳的文字風格即「核字省句」以達精準，用字上的差異，是理性選擇的結果。記憶書寫的命名差異，源於記憶對象與內容的不同，以及記憶主體的情感態度、意識狀態的差異。

哲學、美學與精神分析學對於記憶的研究，揭示了記憶與經驗、想像、意識、潛意識之間互相作用的複雜關係。柏格森在記憶理論的代表性著作《材料與記憶》中，將記憶結構作為經驗研究的決定性因素，認為「純粹記憶」的作用在於將知覺帶入時間的「綿延」之中；普魯斯特則在柏格森理論的基礎上，將記憶分為「非意願記憶」與「意願記憶」，前者對應於柏格森的「純

〔註16〕〔法〕加斯東・巴什拉：《夢想的詩學》，劉自強譯，北京：三聯書店，1996
　　　　年，第 127 頁。
〔註17〕見劉勰：《文心雕龍・體性》

粹記憶」（體現在普魯斯特《追憶逝水年華》的寫作中），後者則是爲理智服務的記憶範疇。〔註 18〕弗洛伊德在論證意識（對應於潛意識）與記憶的關係時，提出「意識代替記憶痕跡而產生」的觀點。〔註 19〕這些研究都表明了記憶與經驗、意識的複雜關係。在楊絳的記憶性文本中，不同性質的「記憶痕跡」的呈現形式，既有著表達風格上的共同性，在主題和結構形式上又形成了差異。

「記」，從言己聲，本義是「記住」，與「遺忘」相對；引申爲「記載」、「記號」。「紀」，從系己聲，本義爲「紮絲束的線頭」（《說文解字》：紀，別絲也），與「混亂」相對；引申爲「治理」、「法則」、「記載」。〔註 20〕「記」與「紀」在「記載」這一意義上相通，意義與用法上的差別在於：「記」泛指「記載」，作爲文體的遊記、雜記等只作「記」，如《桃花源記》；而「紀」偏重指經過整理的記載，在文體上指「將分散的資料整理在一起，特指將資料貫通在一起的一種歷史體裁」，如《史記・秦始皇本紀》〔註21〕「憶」，指「思念」、「回憶」、「記住」。〔註 22〕也就是說，記、紀、憶，三者都包含了回憶和記載的意義，但又有著內在的差異。「憶」的重心在於往事從腦海或內心湧現的連綿狀態，個人難以忘懷的生命經驗及情感的湧現，彷彿有些難以控制，它本身是渾然一體、不可分割、氣息貫通的，在表意上追求生動具體地「再現」。「記」的重心在於記錄往事的眞實性與準確性，動力在於以「記住」、「記載」來對抗「遺忘」，態度與風格更爲冷靜客觀。「紀」的重心則在重新梳理以建構記憶秩序，將那些「亂絲」般雜亂纏繞的歷史與往事理出頭緒，動力是通過重建記憶的秩序，來對抗歷史的混亂，態度與風格接近於「記」的冷靜客觀，但在體例與意義結構上，更強調「記憶秩序」的建構與賦形。在楊

〔註18〕參見本雅明對於柏格森與普魯斯特記憶觀念的比較和闡釋，見本雅明：《論波德萊爾的幾個主題》，《發達資本主義時代的抒情詩人》，張旭東、魏文生譯，北京：三聯書店，1989 年，第 126～129 頁。關於「純粹記憶」，參見柏格森《材料與記憶》，蕭聿譯，南京：譯林出版社，2011 年版。
〔註19〕〔奧〕西格蒙德・弗洛伊德：《超越唯樂原則》，《弗洛伊德後期著作選》，林塵等譯，上海譯文出版社，1986 年版，第 26 頁。
〔註20〕「記」的解釋，參見：〔漢〕許慎撰，〔清〕段玉裁注：《說文解字注》，上海古籍出版社，1981 年版，第 95 頁。「紀」的解釋，同上書，第 645 頁。
〔註21〕王力主編：《王力古漢語詞典》，北京：中華書局，2000 年版，第 1262 頁，第 910 頁。
〔註22〕同上書，第 334 頁。《說文解字》無「憶」字。

絳的記憶書寫中，「記」「紀」「憶」的內在差異在形式上的顯現，構成了三種記憶文本的範型。

一、記：歷史中的微觀經驗

楊絳的「記」，以《幹校六記》為代表文本。「記」的對象是歷史事件中的個人經歷，既蘊藏了「記住」、「記載」的歷史涵義，又具有古典文學中「雜記」、「筆記」類文體自由靈活的形式特徵。在楊絳的歷史記憶書寫中，作為創傷經驗的「文革」記憶佔據中心位置，反映了寫作行為之於精神創傷的「治療」作用。寫於 80 年代的《幹校六記》《丙午丁未年紀事》，以及寫於 90 年代末的《從「摻沙子」到「流亡」》，共同構成楊絳「文革記憶三書」。〔註23〕從創傷經驗的層面來看，「丙午」篇與「流亡」篇敘述的是自我所經受的政治暴力的直接衝擊，「幹校」篇則重在呈現人性情感所承受的深層壓抑。《幹校六記》以「文革」期間知識分子下放「幹校」勞動改造的歷史事件為背景，以自己和丈夫在「幹校」兩年多的經歷體驗為記述內容，寫作時間與事件發生時間相距約十年〔註24〕。「回京已八年。瑣事歷歷，猶如在目前。這一段生活是難得的經驗，因作此六記。」〔註 25〕與「丙午」、「流亡」篇的內在緊張感相比，在敘述語調上，「幹校」篇顯得更為平靜從容。這種心理間距也反映在文體形式的選擇上，對於古代文人「筆記」傳統的摹仿與改寫，既賦予殘酷歷史記憶以人性情感內容和「詩意」，又通過形式與經驗內容的錯位，形成了結構性的反諷。

在命名與結構體例上，《幹校六記》以中國文學史上第一部長篇自傳散

〔註23〕《幹校六記》創作於 1980 年，發表出版於 1981 年。《丙午丁未年紀事》創作發表於 1986 年，後收入散文集《將飲茶》，出版於 1987 年。《從「摻沙子」到「流亡」》，創作發表於 1999 年，後收入《從「丙午」到「流亡」》一書，2000 年出版。《從「丙午」到「流亡」》由三篇作品組成，其編排方法值得注意，不是按作品的創作發表時間順序，而是按記述內容的歷史時間順序編排，依次為：《丙午丁未年紀事》《幹校六記》《從「丙午」到「流亡」》，分別代表「文革」初期、中期與後期的個人經歷與記憶。這種編排結構，反映出楊絳的歷史意識。

〔註24〕據《幹校六記》，並參照楊絳撰寫的《楊絳生平與創作大事記》，《幹校六記》所記歷史時間始於 1969 年 11 月「下放記別」，以 1972 年 3 月離開「幹校」回北京結尾，共計兩年四個月。寫作時間為 1980 年，為離開「幹校」八年之後；發表及出版時間為 1981 年（先在香港，後在北京）。

〔註25〕楊絳：《幹校六記》，《楊絳文集》第 2 卷（散文卷‧上），北京：人民文學出版社，2004 年版，第 51 頁。

文——清代沈復《浮生六記》〔註26〕為摹仿的母本，即將個人經驗中不可分割的記憶內容，按照經驗和情感類型分為不同主題，進行分門別類的編碼：記別、記勞、記閒、記情、記幸、記妄。這種對於記憶內容的分類，採用的是舉隅法，即以部分（片段）象徵個人經歷的總體，又以個人經歷象徵歷史經驗的總體。《幹校六記》對於母本《浮生六記》的改寫，主要體現在以下方面。在時間長度上，《浮生六記》是對自己總體人生經歷的回憶，時間長度是一生；《幹校六記》則是對自己人生中某一段特殊經歷的回憶，時間長度是兩年。這是現代時間經驗對於古典時間經驗的改寫。在意象上，「浮生」作為源於道家傳統的時間意象〔註27〕，象徵著人生的「浮游」狀態，以及主體從自我生命重負中超脫出來的理想；「幹校」作為空間意象，代表特定的政治歷史涵義，標誌著無法「超脫」的客觀歷史存在。作為現代政治符碼的「幹校」與古典意象「六記」的詞語組合，產生了荒誕與反諷的修辭效果，這是現代敘事話語與歷史理性的批判話語，對於古典文本統一的抒情話語的改寫。

同一時期出現的書寫「文革」記憶的散文，巴金《隨想錄》與《幹校六記》代表了兩種記憶書寫的範型，前者為主觀型，後者為客觀型。《隨想錄》側重於道德主體在歷史反思時所產生的思想感受（「隨想」），客觀記憶內容只是思想的材料。《幹校六記》則立意於客觀敘述呈現個人經歷的「記」，在主觀思想情感的表達上採用古典美學的「留白法」，在客觀經驗內容的呈現上採取「省略法」，即省略已知（作為共同知識的社會歷史背景），而致力呈現未知（歷史與人心中隱而不顯的部分），具有海明威所謂的「冰山風格」〔註28〕。

〔註26〕沈復的《浮生六記》為長篇自傳散文，六記依次為《閨房記樂》、《閒情記趣》、《坎坷記愁》、《浪遊記快》、《中山記歷》和《養生記道》，今存前四記。文學史家鄭振鐸在對中國文學的分類中，將「自敘傳」列入「個人文學」的類別，他指出，中國文學史上只有很短的自敘傳，如《五柳先生傳》，卻不曾有過可獨立為一冊的著作。（參見鄭振鐸：《研究中國文學的新途徑》，《鄭振鐸全集》第5卷，石家莊：花山文藝出版社，1998年版，第306頁）。因此，研究界普遍認為《浮生六記》在中國自傳文學史上具有特殊意義。

〔註27〕「浮生」典出《莊子·刻意》「其生若浮，其死若休」，形容聖人對待生與死的超然態度。

〔註28〕美國作家海明威是文學創作中「冰山理論」的提出者，他認為：「如果一位散文作家對於他想寫的東西心裏有數，那麼他可以省略他所知道的東西，讀者呢，只要作者寫的真實，會強烈地感覺到他所省略的地方，好像作者已經寫出來似的。冰山在海裏移動很莊嚴宏偉，這是因為它只有八分之一露在水面

就歷史事實的記載功能而言，「文革」的政治運動、社會現實與人的狀況，見於《幹校六記》的就有：知識分子勞動改造、政治運動、開會、整人、自殺、死亡、家庭破碎、親人離別、管制監視、團聚之阻，以及在鄉村所見的物質匱乏、農民的飢餓……人的精神情感上的壓抑、恐懼、痛苦與創傷，亦俱在「銘記」之中。但楊絳選擇了文學形象的濃縮法、經驗情感的省略法與暗示法來表達，達到了藝術表達效果與歷史批判效果的統一。

「記這，記那，都不過是這個大背景的小點綴，大故事的小穿插」〔註29〕，在表達「大」與「小」的關繫上，採取的是楊絳所擅長的「即小見大，由一知十」〔註30〕的察幾方法。以「大」為目標的社會歷史宏大敘事話語，以「大」的社會政治史為關注對象，其表現形態是主題之大、篇幅之大（多）、話語之大（啟蒙/革命話語）。而楊絳反其道而行之，以宏大敘事所易於忽視的個體經歷之「小」事為題材，這不是對沉重歷史的逃避（其保存「文革」記憶的寫作行為本身就體現出一種歷史責任），而是選擇了以文學的方式來呈現歷史以及歷史中的人生經驗，而非一般意義上的社會學歷史學方式。察幾知微，以小見大，以形象的方式表達經驗和思想，這種方法符合文學的本質規律，同時也是中國文學的傳統。中國文字傳統的主脈，一為「史」（史傳）的傳統，一為「詩」（文學）的傳統，楊絳直承以《詩經》為代表的「詩」的傳統〔註31〕，以兼具「興觀群怨」功能的詩筆，以文學的形象方式來呈現個人經驗、社會觀察與歷史記憶，而「史」亦盡藏於「詩」矣。

上。」（見海明威：《午後之死》，殷德悅譯，鄭州：河南文藝出版社，2012年）「冰山風格」作為一種現代敘事藝術風格，「冰山理論」作為一種現代美學，在 20 世紀以來的現代文學中產生了世界性的影響。

〔註29〕　錢鍾書：《幹校六記小引》，《楊絳文集》第 2 卷（散文卷・上），第 3 頁。

〔註30〕　見楊絳：《軟紅塵裏・楔子》，《楊絳文集》第 2 卷（散文卷・上），北京：人民文學出版社，2004 年版，第 333 頁。

〔註31〕　楊絳對於《詩經》及「詩騷傳統」的喜愛，最為集中地體現在小說《洗澡》的意象和修辭方式上：小說分為三「部」，以《詩經》和《楚辭》詩句為每部命名，分別為「采葑采菲」、「如匪澣衣」（《詩經》）、「滄浪之水清兮」（《楚辭》）。在《幹校六記》中，《詩經》意境與筆法已達化用之境，最典型的是「冒險記幸」篇所詳細描述的「涉水相會」部分，深契《詩經・秦風・蒹葭》的意境。值得注意的是，《幹校六記》問世之初，即有論者以「纏綿悱惻，哀而不傷，怨而不怒，句句真話」來概括其總體藝術特點（參見敏澤：《〈幹校六記〉讀後》，北京：《讀書》雜誌 1981 年第 9 期），反映出閱讀接受中傳統審美價值觀的作用。

二、紀：創傷混亂記憶的賦形

　　與《幹校六記》「記」的姿態不同，《丙午丁未年紀事》的「紀」，重在書寫過程中對於混亂破碎的經驗內容，以及頭緒蕪雜的歷史記憶的「整理」，重建記憶的秩序以對抗「混亂」。如果說「記」的事件可大可小、重在眞實，「紀」則一般用於集體歷史大事的客觀記載，更強調其客觀的歷史意義。楊絳以「紀」來命名的記憶書寫，僅見於記述「文革」開端的《丙午丁未年紀事》。前面已論及「記」與「紀」在楊絳記憶命名中的差異。「紀」之本義爲「別絲」（紮絲束的線頭），引申爲「治理」、「法則」等義，其本質在於與「混亂」相對。整理的方法是：「別絲者，一絲必有其首，別之是爲紀。眾絲皆得其首，是爲統。」〔註32〕面對噩夢（楊絳稱爲「艾麗思夢遊奇境」）般陌生而荒誕的現實景象與個人遭遇，楊絳以「整理亂絲」的姿態，通過理性的回溯與整理來建構記憶的秩序，以對抗歷史與心理經驗的混亂。整理的結果，濃縮地體現在主題「丙午丁未年紀事」之後所加的副題：「烏雲與金邊」。副題是對於主題的補充，楊絳在爲文章命名時，很少加副題。〔註33〕主題「丙午丁未年紀事」爲歷史紀傳語式，強調「記載」的客觀性；副題「烏雲與金邊」，爲作者對於記載內容的主觀理解，這一蘊含辯證關係的意象，如同「亂絲之首」，串起一團亂麻般的經驗內容和意識內容。「烏雲蔽天的歲月是不堪回首的，可是停留在我記憶裏不易磨滅的，倒是那一道含蘊著光和熱的金邊」〔註34〕，主體對於記憶內容的理性解釋，進行形象化呈現，並統攝著整個文本的結構形式和意象系統。

　　在楊絳的歷史記憶書寫中，作爲創傷經驗的「文革」記憶佔據中心位置，反映了記憶書寫行爲對於精神創傷的「治療」作用。寫於80年代的《幹校六記》《丙午丁未年紀事》，以及寫於90年代末的《從「摻沙子」到「流亡」》，共同構成楊絳「文革記憶三書」。〔註35〕《丙午丁未年紀事》記敘「文革」開

〔註32〕〔漢〕許愼撰，〔清〕段玉裁注：《說文解字注》，上海古籍出版社，1981年版，第645頁。

〔註33〕《楊絳文集》中以主副題組合的方式命名的文章，計有4篇：《丙午丁未年紀事（烏雲與金邊）》，收入《將飲茶》的《孟婆茶（胡思亂想，代序）》、《隱身衣（廢話），代後記》，以及《走到人生邊上——自問自答》。

〔註34〕楊絳：《丙午丁未年紀事》，《楊絳文集》第2卷（散文卷·上），北京：人民文學出版社，2004年版，第191頁。

〔註35〕《幹校六記》創作於1980年，發表出版於1981年。《丙午丁未年紀事》創作發表於1986年，後收入散文集《將飲茶》，出版於1987年。《從「摻沙子」

端，《幹校六記》與《從「摻沙子」到「流亡」》則是「丙午」的結果。《丙午丁未年紀事》呈現「文革」開端的混亂和「顛倒」的社會畫面與人性景觀，以及個人所經歷的衝擊和直接傷害。她在引言中寫道：「丙午丁未年的大事是『史無前例的文化大革命』。……這裡所記的是一個『陪鬥者』的經歷，僅僅是這場『大革命』裏的小小一個側面。」〔註36〕第一個句子對於「大事」（「史無前例的文化大革命」）的強調，突出歷史事件的嚴重意味，並賦予文本以「紀傳」的歷史涵義。

　　如同前文所論及的楊絳「察幾式」歷史觀照法（見第二章第三節關於《洗澡》的論述），在歷史記憶書寫中，楊絳注重選擇「第一次」出現的歷史現象（或歷史事件的開端），善於捕捉表現「開端」徵象及體驗，體現了中國歷史哲學中「察幾知變」的精神。寫「文革」開端景象及心理體驗的《丙午丁未年紀事》，正是如此。「史無前例」的現代政治歷史事件的開端，以其難以理解的陌生性，引發了「震驚」的心理體驗。正如精神分析學與現代批評理論所發現的，位於現代經驗中心範疇的「震驚經驗」，源於客體之於主體的強烈刺激，具有猝不及防的特性，由於主體「缺乏任何準備」，而表現爲經驗與意識、意識與無意識的分離狀態〔註37〕。楊絳在描述「文革」開始時自己和丈夫被「揪出來」、自製罪名牌掛在胸前後，這樣表達自己的震驚體驗：「我們都好像艾麗思夢遊奇境，不禁引用艾麗思的名言：『curiouser and curiouser!』，「事情眞是愈出愈奇」，「我不能像莎士比亞《暴風雨》裏的米蘭達，驚呼『人類多美呀。啊，美麗的新世界……！』我卻見到了好個新奇的世界」。〔註38〕用「新奇」來描述意識與現實斷裂的荒誕感，產生了強烈的反諷效果。對於

到「流亡」》，創作發表於 1999 年，後收入《從「丙午」到「流亡」》（北京：中國青年出版社，2000 年）。《從「丙午」到「流亡」》由三篇作品組成，其編排方法值得注意，不是按作品的創作發表時間順序，而是按記述內容的歷史時間順序編排，依次爲：《丙午丁未年紀事》《幹校六記》《從「丙午」到「流亡」》，分別代表「文革」初期、中期與後期的個人經歷與記憶。這種編排結構，反映出楊絳的歷史意識。

〔註36〕 楊絳：《丙午丁未年紀事》，《楊絳文集》第 2 卷（散文卷・上），北京：人民文學出版社，2004 年版，第 163 頁。

〔註37〕 對於現代性「震驚經驗」及其表達方式的闡釋，參見本雅明《論波德萊爾的幾個主題》，《發達資本主義時代的抒情詩人》，張旭東、魏文生譯，北京：三聯書店，1989 年，第 131～133 頁。

〔註38〕 楊絳：《丙午丁未年紀事》，《楊絳文集》第 2 卷（散文卷・上），北京：人民文學出版社，2004 年版，第 165 頁，171 頁。

不斷發生的震驚體驗與荒誕感的記憶（被「揪出來」、示眾、挨打、剃「陰陽頭」、罰掃廁所等一連串事件），構成了《丙午丁未年紀事》的敘述內容；而記憶主體對於創傷經驗的反觀和敘述方式，則體現了理性對於創傷的「防禦」和超越功能。楊絳所描述的瞬間身心分離的「出元神」法，反映了自我在防範刺激時的應急保護機制：「我暫時充當了《小癩子》裏『叫喊消息的報子』；不同的是，我既是罪人，又自報消息。當時雖然沒人照相攝入鏡頭，我卻能學孫悟空讓『元神』跳在半空中，觀看自己那副怪模樣。」〔註39〕震驚經驗中應對刺激的「出元神」法，正如本雅明對於「防範震驚」的意識機制的揭示：「震驚的因素在特殊印象中所佔成分愈大，意識也就越堅定不移地成爲防備刺激的擋板」，因此「防範震驚」是「理智的最高成就」，主體憑藉理智的擋板「把時間轉化爲一個曾經體驗過的瞬間」，「代價則是喪失意識的完整性」。〔註40〕《丙午丁未年紀事》的經驗內容與形式結構，顯示了「意識」與「記憶」之間相互作用的運作規律。

在楊絳「文革記憶三書」中，《丙午丁未年紀事》與《從「摻沙子」到「流亡」》），所述經驗在性質上屬於自我與外部的直接衝突，在衝突與創傷的程度上，比《幹校六記》更爲嚴重。雖然《丙午丁未年紀事》在表達方式上保持了楊絳一貫的冷雋詼諧風格，但創傷經驗在程度上的差異，決定了記憶主體與客體之間心理間距的不同，進而導致記憶賦形方式的內在差異：代表理性解釋意圖的「烏雲與金邊」的象徵形象統攝全篇，而《幹校六記》則以「碎片」的並置與連綴方式（分散爲「六記」），隱藏了「意義總體性」的建構意圖。

「烏雲與金邊」的意象，蘊含著楊絳對於歷史辯證法與人性辯證法的理解，爲其「喜智與悲智」（本文第一章已論及）情感辯證法的又一體現。「按西方成語：『每一朵烏雲都有一道銀邊』……烏雲愈是厚密，銀色會變成金色。」〔註41〕這種從黑暗中察覺光熱、自絕望中反觀救贖的辯證法智慧，可追溯到以老子爲代表的，以「反者道之動」（《老子‧四十章》）爲其要本的道家辯證

〔註39〕楊絳：《丙午丁未年紀事》，《楊絳文集》第 2 卷（散文卷‧上），北京：人民文學出版社，2004 年版，第 183 頁。

〔註40〕〔德〕本雅明：《論波德萊爾的幾個主題》，《發達資本主義時代的抒情詩人》，張旭東、魏文生譯，北京：三聯書店，1989 年，第 133 頁。

〔註41〕楊絳：《丙午丁未年紀事》，《楊絳文集》第 2 卷（散文卷‧上），北京：人民文學出版社，2004 年版，第 191 頁。

法。「烏雲」與「金邊」的相反相成，既體現在《丙午丁未年紀事》的整體結構形式上，也滲透在敘事情節與細節的關係之中。在結構形式上，全篇七章，可分爲兩大部分：「烏雲」部分與「金邊」部分。（一）「烏雲」部分（前四章）敘述「顛倒」的歷史景象與荒誕的心理體驗，以「蔽天烏雲」的現實場景與個人遭遇的創傷事件爲主體，但「金邊」的意象已含藏其中。（二）「金邊」部分（後三章）正面表現「烏雲中的光和熱」，冷酷環境中未泯的人性情感，在現實中只能以隱蔽的方式顯現出來，在文本中卻形成「反像」：從寒冷中感受「爐子」的溫暖，透過表象和假面看到人性本相（「披著狼皮的羊」）。楊絳的敘事藝術體現在，「烏雲」與「金邊」並非界限分明地對峙，而是以同時並存的方式，交織在文本的情節與細節之中。例如，在前四章以「烏雲」爲主體的敘述中，「金邊」意象不時以細節的形式顯現，使得意義不斷逆轉，由此構成了對於場景與情節的「反動」。以《顛倒過來》爲例予以說明。這一「廁所觀世」篇，敘述「我」成爲「牛鬼蛇神」之後接受懲罰的「掃廁所故事」，以「我」打掃廁所的經歷體驗爲主線，人性的觀照滲透其中。對於人性現象的呈現，又分略寫和詳寫。「革命群眾」與自己「劃清界限」的姿態，以略寫和留白的方式表現；詳寫以隱蔽方式傳遞人性情感的動作和表情，其中描述了一個讓「我」難以忘懷的細節：有個年輕人「對我做了個富有同情的鬼臉」。「鬼臉」意象的象徵性在於，它是「人臉」對於現實壓抑的反動：人以瞬間的表情自由，對歷史「做鬼臉」，瓦解了歷史的非人面目。在敘事的情節線索中，這種「自由細節」就像「鬼臉」一樣不時閃現，從而改變了創傷敘事的單一意義指向，並最終在「烏雲與金邊」的復合意象中，獲得普遍的象徵意義。通過「烏雲與金邊」的意義總體性建構及其表達語法，楊絳完成了對於一團亂麻般的創傷性歷史記憶的整理和賦形。

三、憶：復現往事的情感邏輯

楊絳的「憶」，由與個人生命相關的人與事的「回憶」構成，主要表現爲對親人和家庭往事的追憶，以《回憶我的父親》爲代表性文本。「憶」的對象，是隨著時間的消逝而失去的東西。如果說「記」和「紀」側重集體的歷史意義，表達上偏於理性風格，「憶」則根植於個體生命的意義，表現風格更具情感色彩。憶，從心也。與個人心靈和情感的親密感，使得「憶」具有「銘記在心」的情感特徵。往事從內心湧現，打開了記憶的閘門，追憶的思緒總是

伴隨著「再現」的衝動；而「言」與「實」（回憶對象）之間的永恒鴻溝，又使得往事的回憶總是伴隨著深沉的「傷生」與悵惘之感。

《回憶我的父親》文本的產生，是由歷史的、客觀的「記」的要求出發（應邀提供作爲歷史人物的父親的「簡歷資料」），而發展爲個人的、情感性的「憶」的結果。楊絳在「前言」中說：「近年來追憶思索，頗多感觸，所以想盡我的理解，寫一份可供參閱的資料。」〔註42〕在外因的觸發下，內因產生了決定性作用，其結果是「資料」的不斷擴展，成爲長達三萬餘字的記傳體散文，與作爲文革歷史記憶的《幹校六記》篇幅相當。由「記」變成「憶」，原因與結果的差異，反映了主觀因素在「憶」的寫作中所起的重要作用。如同楊絳的表述，支配回憶的主觀因素包括「追憶」（情感）和「思索」兩個方面，表明「憶」的書寫是二者合力的結果。作爲「歷史資料」而言，「父親」楊蔭杭的生平只是研究「清末革命團體會員情況」的材料；而作爲情感性「回憶」的對象來說，父親、親人之愛、家庭往事，與個體生命歷程中失去的珍貴事物緊密聯繫在一起，訴諸以語言來復現的書寫衝動。

「追憶」與復現的意圖相關。追憶者總是試圖將經驗的碎片恢復爲一個完整的整體，並藉此將現在和過去連結起來，從而恢復自身生命的完整性。〔註43〕復現的過程，呈現爲兩條線索的交叉：歷史傳記意義上的父親的生平經歷，以及個人生命意義上的「我」對父親及家庭往事的回憶。前者爲理性主導的記憶，呈現爲歷史時間和個體生命時間的直線發展，最終走向死亡和離別；後者爲情感主導的回憶，不斷阻止和中斷死亡和離別的線性時間，改變理性記憶的走向，耽擱在「生」的中途，讓父親、親人、往事和消逝的生命時光一起復活，延長「團聚」的時間。兩條線索的爭鬥和交叉，使得回憶在生與死之間搖擺不定。例如，第六節以父親去世安葬結束，「但願我的父母隱藏在靈巖山谷裏早日化土，從此和山岩樹木一起，安靜地隨著地球運轉」〔註44〕，在表達對待死亡的達觀態度後，接下來的第七節，卻又返回到對父親生前全家團聚的歡樂時刻的描繪（「末一遭的『放焰口』」），說明「情感追

〔註42〕楊絳：《回憶我的父親》，《楊絳文集》第 2 卷（散文卷・上），北京：人民文學出版社，2004 年版，第 59 頁。

〔註43〕關於「追憶」與「復現」關聯的論述，參見〔美〕斯蒂芬・歐文：《追憶・導論》，鄭學勤譯，上海古籍出版社，1990 年，第 3 頁。

〔註44〕楊絳：《回憶我的父親》，《楊絳文集》第 2 卷（散文卷・上），北京：人民文學出版社，2004 年版，第 103 頁。

憶」邏輯對於「理性記憶」邏輯的反動，是如何影響記憶結構及文本形式的。

父親的形象，在朱自清筆下是作為「背影」而出現，楊絳則選擇了正面描繪。父親形象的呈現，首先是出自直觀的、感性的、情感的邏輯。父親外表「凝重有威」，而實質上慈愛幽默，與代表壓抑的傳統「嚴父」形象不同，楊絳筆下的父親，在家庭生活中以人格平等意識對待妻子和子女，是具有現代人格的知識分子形象。在社會生活中，作為追求司法獨立的法官，父親以「瘋騎士」精神捍衛司法獨立，而與中國官場政治發生衝突，父親的遭際和命運，是具有獨立人格精神的知識分子在社會歷史中的性格和命運的縮影。楊絳在塑造父親形象時，既遵循心靈情感邏輯，還採用了主客觀視角的「對照法」：孩童視角的印象描繪，與客觀史料的對照。在引述不同史料對父親「停職審查」事件的記載後，她描繪了自己兒時隨父親回南的印象：「火車站上為我父親送行的人有一大堆人——不是一堆，是一大片人，誰也沒有那麼多人送行，我覺得自己的父親與眾不同，很有自豪感。」〔註45〕童年視角的「追憶」與成年後理性「思索」的對照法，使得個人化之情「情」與普遍性之「理」互相印證，賦予父親形象以更深刻的文化涵義。這種情與理的互證法，作為楊絳思維的重要特徵，在她的散文中隨處可見，在《走到人生邊上——自問自答》中發展為文本的整體結構形式：「理」為「正文」部分的終極追問，而又源於情；「情」則是「注釋」部分的個人經驗情感，而又歸於普遍性之理。「情」與「理」的互現，使得父親形象既具有個人記憶的意義，又超越了單一的私人記憶範疇，而成為一個具有典型意義的近代知識分子形象。人物形象的完整性，是通過首尾對照法（楊絳筆法的一個重要特徵）而最終完成的。文章開頭以「不理解」的外人視角評價父親「他在辛亥革命後做了民國的官，成了衛護『民主法治』的『瘋騎士』」〔註46〕；結尾部分，作者由堂吉訶德臨終時的話，而想像父親對自己一生的自我評價：「我曾代替父親說：『我不是堂吉訶德，我只是《詩騷體韻》的作者。』我如今只能替我父親說：『我不是堂吉訶德，我只是你們的爸爸。』」〔註47〕由回憶到想像，完成了與父親及其一生的對話。

至此可以發現，在楊絳的記傳體散文中，「力求客觀」記錄人物生平經歷的記傳意識，與表現人物性格心理的藝術手法，是互為羽翼的。這也正是楊

〔註45〕同上，第 76 頁。
〔註46〕同上，第 61 頁。
〔註47〕同上，第 107 頁。

絳記傳體散文的文學價值與歷史意義所在。作為《回憶我的父親》的「兄妹篇」,《回憶我的姑母》同樣是從歷史「記傳」要求出發,而發展為對人的性格與命運的藝術展現。「認識她的人愈來愈少了。也許正因為我和她感情冷漠,我對她的瞭解倒比較客觀。我且盡力追憶,試圖為她留下一點比較真實的形象。」〔註48〕寫作的動機,是還原被誤解(作為革命話語邏輯的犧牲品)的近代史人物以本來面目。與《回憶我的父親》不同,與記述對象之間的心理間距,使得寫作意圖建立在追求「瞭解的客觀」與「形象的真實」上。楊絳對於姑母生平、性格形象與命運的呈現,是從「不理解」的視角出發,而逐步走向「同情的理解」。楊絳筆下的姑母楊蔭榆,既是傳統家族文化中的「畸零人」,又是「娜拉出走以後」以悲劇結束的現代知識女性。孩子「不理解」視角中的姑母的乖僻言行,與寬厚的母親對於姑母的同情的理解,互為對照;傳統家族文化中作為「畸零人」的姑母,與作為「圓滿人」(大家庭主婦)的母親,兩個女性形象又構成深層的對照。在多重對照中,姑母的形象與命運得到了深刻的觀照。在文章結尾,楊絳這樣表達自己對於姑母的人生歷程及其性格命運的理解:「她跳出家庭,就一心投身社會,指望有所作為。可是她多年在國外埋頭苦讀,沒看見國內的革命潮流;她不能理解當時的時勢,她也沒看清自己所處的地位。如今她已作古人:提及她而罵她的人還不少,記得她而知道她的人已不多了。」〔註49〕作為女性,楊絳對於姑母這一新舊交替時代「新女性」的「畸零」一生的理解,構成了對於「五四」著名命題「娜拉出走以後會怎樣」的一種回應。這一理解和評價,與開頭部分的「不理解」視角構成呼應。從「不理解」到蘊含同情的「理解」,是在人生命運與社會歷史邏輯的反觀之中完成的。

在家庭往事的追憶中,滲透著「盛衰交替」的人生與歷史感悟。從「盛衰交替」的情境中感悟人生與歷史的本質,是中國文化心理的重要特徵之一,《紅樓夢》對於封建家族盛衰交替命運的描寫,最為典型地體現了這一點。楊絳對於「盛衰交替」的觀照與思考,並不沉溺於悲觀與虛無的情感,而是指向更高層面上的人生與歷史的覺悟。她寫抗戰時期回到「劫後的家」:「我們卻從主人變成了客人,恍然如在夢中」;由父親喪事時纏結白布,聯想到自

〔註48〕楊絳:《回憶我的姑母》,《楊絳文集》第 2 卷(散文卷・上),北京:人民文學出版社,2004 年版,第 116 頁。

〔註49〕同上,第 133 頁。

己結婚時纏結綵綢的情景，感喟「盛衰的交替，也就是那麼一剎那間，我算是親眼看見了」；在上海珠寶店櫥窗裏看見父親的玩物，「隔著櫥窗裏陳設的珠鑽看不眞切，很有『是耶非耶』之感」〔註 50〕。在感悟「夢幻泡影」的瞬間，往事與夢、實在與虛幻的界限消失了，使得「盛衰交替」轉化爲一個濃縮了人生與歷史本質的啓示性形象。

魯迅以「朝花夕拾」的意象，表達書寫與回憶、經驗之間的永恒距離：「帶露折花，色香自然要好很多，但是我不能夠」，因爲「便是現在心目中的離奇和蕪雜，我也還不能使他即刻幻化，轉成離奇和蕪雜的文章」〔註 51〕，書寫主體與客體之間的距離，表現爲言與實之間的距離。書寫當下瞬間爲「帶露折花」，回憶往事則是「朝花夕拾」。楊絳的往事追憶屬於「朝花夕拾」的範疇，但她在「朝花夕拾」時，常追溯到「帶露折花」的初始體驗境界，例如，回憶幾十年前的戰亂中回到家園，在描繪庭院草木凋零的情景後，她進入回憶中的回憶：「記得有一年，三棵大芭蕉各開一朵『甘露花』。據說吃了『甘露』可以長壽。我們幾個孩子每天清早爬上『香梯』去摘那一葉含有『甘露』的花瓣，『獻』給母親進補——因爲母親肯『應酬』我們，父親卻不屑吃那一滴甜汁。」〔註 52〕對於童年往事的回憶，是以兒童視角表現出來的，即在夢想中回歸「帶露折花」的初始體驗。回憶童年往事的散文《我在啓明上學》《大王廟》，以及寫於百齡高年的《憶孩時（五則)》〔註 53〕，都是如此。楊絳以再現「新奇」的童年視角，通過「奇特化」〔註 54〕的藝術手法，復現「如同第一次看見」的感覺印象和細節：「我的新世界什麼都新奇，用的語言更是奇怪。……只聽得一片聲的『望望姆姆』」〔註 55〕，「一個最大的男生站在前面

〔註 50〕 楊絳：《回憶我的父親》，《楊絳文集》第 2 卷（散文卷・上），北京：人民文學出版社，2004 年版，，第 104 頁，105 頁。

〔註 51〕 魯迅：《朝花夕拾・小引》，北京：人民文學出版社，1973 年，第 1 頁。

〔註 52〕 同上，第 101 頁。

〔註 53〕 發表於 2013 年 10 月 15 日《文匯報・筆會》，爲楊絳近期發表的散文。

〔註 54〕 「奇特化」（又譯爲「反常化」）概念源於俄國形式主義理論，具體表述爲：「爲了恢復對生活的感覺，爲了感覺到事物，爲了使石頭成爲石頭，存在著一種名爲藝術的東西。藝術的目的是提供作爲視覺而不是作爲識別的事物的感覺；藝術的手法就是使事物奇特化的手法，是……增加感覺的困難和時間的手法。」參見：〔俄〕維・什克洛夫斯基《藝術作爲手法》，《俄蘇形式主義文論選》，北京：中國社會科學出版社，蔡鴻濱譯，1989 年，第 65 頁。

〔註 55〕 楊絳：《我在啓明上學》，《楊絳文集》第 3 卷（散文卷・下），北京：人民文學出版社，2004 年版，第 74 頁。

喊口令，喊的不知什麼話，彎著舌頭，每個字都帶個『兒』」。〔註56〕訴諸感覺而非觀念的審美直觀方式，將回憶書寫引入詩性境界。正如哲學家和批評家巴什拉對「想往童年的夢想」的解釋：「夢想中的人穿過了人所有的年紀，從童年至老年，都沒有衰老。這就是為什麼在生命的暮年，當人們努力使童年的夢想再現時，會感到夢想的重疊。」〔註57〕楊絳「返老還童」的童年記憶書寫方式，體現了記憶與夢想的重疊所創造的精神完滿境界。

通過以上分析可以發現，在楊絳的記憶書寫中，「記」、「紀」、「憶」具有不同的涵義，並表現為文體形式、文本結構以及敘述邏輯上的差異，由此形成三種記憶文本的範型。然而，面對「將飲茶」（死亡與遺忘）的大限，一生的記憶又終將彙聚在一起，並通過記憶主體的重新組織，形成意義的總體性。散文集《將飲茶》的編排結構，便是以濃縮的形式，將一個世紀的「記」、「紀」、「憶」內容納入一個意義總體：其中有對親人和家庭往事的「憶」，有對丈夫錢鍾書行狀的「記」，還有對政治歷史中個體創傷經驗的「紀」，共同組成了一個 20 世紀中國知識分子的記憶結構。長篇自敘體散文《我們仨》，則在《將飲茶》的基礎上，進一步將「記」、「紀」、「憶」融彙到一起，通過個人、家庭與社會歷史記憶的互現，而形成了一個具有意義總體性的記憶結構。

第三節　核心主題：家・離別・死亡

「家」是貫穿楊絳各個時期創作的重要主題，「家」的情結，是對楊絳創作產生決定性影響的心理情結。女性與家庭之間不可分割的關係，使得家庭成為女性最為熟悉的日常生活與情感空間，對於作為女性、妻子和母親的楊絳來說，也是如此。與啟蒙／革命敘事中「離家出走」的「新青年」「新女性」（發展為「革命女性」）的形象不同，作為現代女性的楊絳的人生與寫作，呈現為「安家」「回家」的總體形象。對「家」的愛戀情感，源於個人的成長背景（《回憶我的父親》）與婚姻家庭的情感體驗（《幹校六記》《我們仨》）。在楊絳心目中，「家」作為溫暖幸福的象徵，具有確定的情感與心理涵義。〔註58〕在她的

〔註56〕楊絳：《大王廟》，《楊絳文集》第 2 卷（散文卷・上），北京：人民文學出版社，2004 年版，第 220 頁。

〔註57〕〔法〕加斯東・巴什拉：《夢想的詩學》，劉自強譯，北京：三聯書店，1996年，第 127 頁。

〔註58〕參見楊絳對法國學者劉梅竹提問的問答：劉梅竹：「您一生中，如果家庭與事

作品中，與人性主題緊密關聯的「家」的主題和形象，既蘊藏了豐富的社會歷史信息，又是作為「社會」的對照物出現的。

　　楊絳筆下的家，既非「五四」啓蒙敘事中作為黑暗象徵和反叛對象的「封建家族」（以巴金的《家》為代表），又區別於獨立於社會歷史之外的「烏托邦」（以冰心作品為代表）。在楊絳作品中，家的自然屬性與人性情感涵義，與社會歷史屬性及其涵義是不可分割的。對於個人與家庭、家庭與社會之間關係的思索，對於社會歷史衝擊下的家庭與人性情感的正面描繪，成為楊絳80 年代以來創作中最為重要的主題。通過對家庭往事的回憶和思考，通過「家」的審美形象與歷史形象的塑造，楊絳深入呈示了「家」之於「個人」、「家」的情感之於人性和人生的意義。楊絳筆下「家」的意象具有多重涵義：既是私人生活的物理空間、親密情感的心理空間，也是象徵意義上的精神「家園」。

　　楊絳對於家庭世界的關注，在40 年代的喜劇創作中已露端倪。《稱心如意》《弄眞成假》對於新舊交替時期的家庭（家族）及其人倫關係的描繪，顯示了楊絳對中國傳統家庭世界及其心理的瞭解程度。在80 年代以來的散文創作中，以《幹校六記》與《我們仨》為代表，楊絳以自己的家庭和情感為表現對象，展現一個現代知識分子家庭在社會歷史中的悲歡離合，「家」的敘述，成為她後期寫作的核心主題。在楊絳筆下，「家」（現代家庭）是作為與「個人」血肉相連、與「社會歷史」對立統一的概念而存在的。《幹校六記》以「文革」政治運動中「下放記別」為開端，逐步呈現了「家」被政治強力所拆散的情景，無家可歸的個體的孤獨與心理創傷，以及作者對於「家」與愛的執著追尋。《幹校六記》中離別與「失家」的階段性體驗，在《我們仨》中成為無法更改的客觀現實。面對親人的死亡、家庭的破碎，楊絳以「失家」的心理體驗和家庭往事的記憶為書寫對象，「我只能把我們一同生活的歲月，重溫一遍，和他們再聚聚」〔註59〕，通過追憶的復現過程，實現與家人「團聚」的想像。《我們仨》以「家的追憶」為主題，不僅是記載經驗事實的家庭記傳，還是一個將記憶與夢、經驗與想像融為一體的獨特藝術結構，展現了個人在記憶與現實之間的夢幻、想

業之間發生矛盾（一個女人很可能遇到這類問題），您會為事業犧牲家庭嗎？為什麼？」楊絳：「有幸生長在一個和愛的父母家，又成立了一個和愛的小家庭，從未想到背叛。家庭和事業從未有過矛盾。」見《楊絳先生與劉梅竹的通信兩封》，《中國文學研究》，2006 年第 1 期。

〔註59〕楊絳：《我們仨》，《楊絳文集》散文卷（下），北京：人民文學出版社，2004年版，第 175 頁。

像與沉思，是楊絳關於「家」的敘述與思考的總結之書。

家庭（家族），作爲位於個人與社會之間的單元，是中國社會文化結構的最小因子（由於「個人」缺乏地位），具有特殊的歷史文化涵義。「修身齊家治國平天下」的儒家理想，指向「家國合一」的完滿性。在農耕文明血緣宗法制基礎上形成的「家國結構」〔註60〕，成爲中國社會延續兩三千年的「超穩定結構」的基礎。〔註61〕。在傳統向現代轉型的歷史過程中，隨著與「家國結構」的崩潰與傳統家族的解體，現代「家庭」取代傳統「家族」，成爲社會文化的最小因子。然而，在一個世紀以來的社會歷史中，以個體愛情婚姻爲基礎的現代「家庭」，遭遇來自傳統文化心理與革命政治邏輯的雙重阻力，其意義建構始終處於未完成狀態，導致其合法性和自足性一直存在疑問。個體愛情家庭的「小團圓」，在「大團圓」心理範式的社會文化中，一直是一個「夢」。張愛玲的《小團圓》，就是書寫現代個體「小團圓之夢」的代表性文本。張愛玲以女性的視角，書寫個人苦苦追尋「小團圓」而不得的悲劇，呈現了現代意義上的愛情婚姻的「小團圓」，在根深蒂固的「大團圓」文化之中的遭遇。「小團圓之夢」的破碎，以及「夢醒」的心理，在張愛玲筆下獲得了深刻的象徵意味。〔註62〕

作爲楊絳核心主題的「家」，是現代意義上的家庭。楊絳這樣描寫家庭生活的自足和快樂：「我們這個家，很樸素；我們三個人，很單純。我們與世無求，與人無爭，只求相聚在一起，相守在一起，各自做力所能及的事。」〔註63〕同爲女性，小團圓對於張愛玲來說只是一個「夢」，對於楊絳來說，則是在夢實現之後（愛情與家庭的合一），再度成爲一個夢。在革命政治運動和集體文化的背景下，個體愛情與家庭的「小團圓」，不斷遭遇革命邏輯的衝擊和威

〔註60〕關於「家國」同構關係的解釋，參見馮友蘭：《新事論·説家國》，《新事論·原忠孝》，《貞元六書》（上），華東師範大學出版社，1996年。

〔註61〕關於「超穩定結構」的論述，參見金觀濤、劉青峰：《興盛與危機——論中國社會超穩定結構》，香港中文大學出版社，1992年，第45頁。

〔註62〕《小團圓》結尾對於女主人公的「小團圓之夢」，以及「夢醒」心理的描寫，具有象徵意味：「（九莉夢見）有好幾個小孩在松林中出沒，都是她的。之雍出現了，微笑著把她往木屋裏拉。非常可笑，她忽然羞澀起來，兩人的手臂拉成一條直線，就在這時候醒了。……她醒來快樂了很久很久。」參見張愛玲：《小團圓》，北京十月文藝出版社，2009年版，第283頁。

〔註63〕楊絳：《我們仨》，《楊絳文集》散文卷（下），北京：人民文學出版社，2004年第1版，第175頁。

脅。在「犧牲小我爲大我」、「犧牲小家爲大家」的革命話語邏輯下，「個人」
與「家庭」始終處於風雨飄搖之中，無法得到安頓。楊絳對於「家」的主題
的表達，不但揭示了家庭對於個人以及人性情感的意義，同時呈現了它在社
會歷史之中的遭遇和命運。「家」成爲殘缺的形象，而女性的形象，則體現在
「收拾家的殘局」的身姿中：「小小一張床分拆了幾部，就好比兵荒馬亂中的
一家人，只怕一出門就彼此失散，再聚不到一處去。」「阿圓送我上了火車……
閉上了眼睛，越發能看到她在我們那破殘凌亂的家裏，獨自收拾整理，忙又
睜開眼。」〔註64〕《幹校六記》集中表現了「家」的離散與破碎，以及「我」
以「冒險」精神（觸犯紀律和身體冒險的雙重冒險），對於「家」的執著追尋
（體現在《冒險記幸》中對於「涉水相會」冒險動作的詳細敘述描寫）。「跋
涉尋家」的心理體驗，延續到《我們仁》之中：「我們好像跋涉長途之後，終
於有了一個家，我們可以安頓下來了。」在描寫家庭生活的自足和快樂後，
面對個體生命的大限，楊絳感歎：「人間沒有單純的快樂。快樂總夾帶著煩惱
和憂患。人間也沒有永遠，我們一生坎坷，暮年才有一個可以安頓的居處。
但老病相催，我們在人生道路上已走到盡頭了。」〔註65〕在社會現實之中，
個人和家的「安頓」是艱難的；在生命時間之中，這種「安頓」又是短暫的。

　　團圓與離別，家的意義與失家的威脅，是楊絳「家的記憶」的一體兩面。
團聚的歡欣，始終與離別的陰影相伴隨。離別，作爲普遍性的人生經驗與心
理體驗，是自然生命時間和社會歷史時間的縮影。戰亂年代親人的離散死亡
（《回憶我的父親》），政治運動時代家庭的拆散以及團聚的受阻（《我們仁》），
共同構成了楊絳的離別記憶。她將親人的離別稱爲「失散」。《我們仁》第二
部《我們仁失散了》，是從夢中的歡聚與離別開始的：開頭是「已經是晚飯之
後，他們父女兩個玩得正酣」，在描寫一家三口的歡樂情景後，出現了離別的
陰影：「三個人都在笑。客廳裏電話鈴響了幾聲，我們才聽到。……沒聽清是
誰打來的，只聽到對方找錢鍾書去開會。」〔註66〕歡聚之「笑」，被外部現實
的侵入所打斷，無名者的「電話」和「開會」的意象，是現實政治文化在夢

〔註64〕楊絳《幹校六記》，《楊絳文集》第2卷（散文卷・上），北京：人民文學出版
　　　　社，2004年第1版，第8頁，第11頁。
〔註65〕楊絳：《我們仁》，《楊絳文集》散文卷（下），北京：人民文學出版社，2004
　　　　年版，第258頁， 261頁。
〔註66〕楊絳：《我們仁》，《楊絳文集》散文卷（下），北京：人民文學出版社，2004
　　　　年版，第131～132頁。

中的投影。夢中的離別由此開始。「我」經歷了離別之後的等待和不安，終於「踏上古驛道」尋找，發展爲一個尋找失散親人的「萬里長夢」。離別與死亡的意象，在這個「萬里長夢」中消失了界限。在與丈夫最終離別之後，「我只變成了一片黃葉，風一吹，就從亂石間飄落下去。……我撫摸著一步步走過的驛道，一路上都是離情。」離別，成爲死亡的隱喻；死亡，成爲離別的凝固。由「一腳一腳走在古驛道」上，到變成「古驛道上的黃葉」，意味著「我」的實體性的喪失，是經歷離別（死亡）之後的自我心理狀態的象徵。

現實的家破碎之後，家以「記憶痕跡」的形式，存在於失家者的心理之中。對於這種難以言傳的心理經驗，楊絳的表達方式，是「外視」與「內視」的合一。在《記比鄰雙鵲》中，楊絳通過自己兩年多對窗外鵲巢的觀察（外視），描繪了鵲鳥一家的悲歡離合過程：雙鵲辛苦築巢、守巢抱蛋、雛鵲出生、群鵲慶賀、驟雨雛死、父鵲母鵲悲啼守望，最後拆掉舊巢。對於鵲鳥一家的觀察和記錄，具有日記體的風格：「四月三日，鵲巢完工」，「五月二十八日，小鵲已死了半個月了。小鵲是五月十二日生，十三、十四日死的。」對於自然生命細緻入微的觀察和描寫，成爲作者心理的鏡像：「（雛鵲死後）午後四時，母鵲在巢邊前前後後叫，父鵲大約在近旁陪著，叫得我也傷心不已。下一天，五月十九日，是我女兒生忌。」結尾寫道：「窗前的鵲巢已了無痕跡。過去的悲歡、希望、憂傷，恍如一夢，都成了過去。」〔註67〕在物與心、自然與人、外視與內視的合一中，「鵲巢」成爲「家」的縮微鏡像和隱喻。值得注意的是，這篇文章不是孤立成篇的，而是在《走到人生邊上——自問自答》的整體篇章結構中，作爲「注釋」部分的一篇而出現的（關於《走到人生邊上——自問自答》的整體結構分析，將在下文涉及）。也就是說，楊絳對於家、離別與死亡的描述與思考，不是在孤立的個人生活的框架中進行的，而是在個別性與普遍性的關聯之中進行的。這一思考準則，成爲她在《走到人生邊上——自問自答》中進行終極沉思的基礎。

在《我們仨》的結尾，楊絳說：「我清醒地看到以前當作『我們家』的寓所，只是旅途上的客棧而已。家在哪裏，我不知道。我還在尋覓歸途。」〔註68〕在以「夢」的方式表現死亡和離別的難以言傳的傷痛之後，作者進入「夢覺」的

〔註67〕楊絳：《走到人生邊上——自問自答》，北京：商務印書館，2007年版，第121頁，123頁，125頁，126頁。

〔註68〕楊絳：《我們仨》，《楊絳文集》散文卷（下），北京：人民文學出版社，2004年版，第261頁。

境界。對於自己的「清醒」狀態的強調，意味著夢覺的徹底性。在這種「清醒」的狀態下，「家」「寓所」與「客棧」，「旅途」與「歸途」之間的關聯和差異，才得以清晰地呈現出來。作為「歸途」的「家」，即擺脫肉體生命的局限性，而返歸靈魂的家園。作為靈魂歸宿的「家」，是被時間摧毀的「家」的昇華。「歸途」，意味著靈魂對於本源的回歸之途。寫於四年之後的《走到人生邊上──自問自答》，就是楊絳「尋覓歸途」的結果。

　　楊絳面對死亡的終極思考和表達，經歷了一個醞釀的過程。女兒和丈夫相繼去世之後，「為了投入全部心神而忘掉自己」〔註69〕，她翻譯了柏拉圖的《斐多》。記載蘇格拉底臨終前對話的《斐多》，是西方思想文化史上的名篇，「因信念而選擇死亡，歷史上這是第一宗，被稱為僅次於基督之死。」〔註70〕楊絳將其概述為：「本篇對話是蘇格拉底（Socrates）就義那天，在雅典（Athens）監獄裏和一夥朋友的對話；談的是生與死的問題，主要談靈魂。」〔註71〕《走到人生邊上──自問自答》，同樣是面對死亡討論生死與靈魂問題，因此可稱為楊絳的「斐多篇」。哲學學者周國平認為：「她的敏銳和勇敢令人敬佩。由於中國兩千多年傳統文化的實用品格，加上幾十年的唯物論宣傳和教育，人們對於看不見、摸不著的東西往往不肯相信，甚至毫不關心。」〔註72〕擺脫時代語境中唯物論和功利主義的束縛，而獨立思考終極價值問題，這正是《走到人生邊上──自問自答》的思想文化意義所在。

　　「人生邊上」的意象，源於錢鍾書1940年代的散文集《寫在人生邊上》。同樣是作為隱喻，楊絳與錢鍾書的「人生邊上」具有不同的涵義。錢鍾書將「人生」比喻為「一部大書」，將自己的文章比喻為這部「大書」邊上的「零星眉批」，感歎「就是寫過的邊上也還留下好多空白」。〔註73〕錢鍾書以「寫在人生邊上」比喻寫作與人生的關係。楊絳的「走到人生邊上」，則是比喻生命與死亡的關係。她在自序與前言中寫道：「躺在醫院病床上，我一直在思索

〔註69〕楊絳：《〈斐多〉譯後記》，《楊絳文集》第 8 卷，第 375 頁。

〔註70〕楊絳：《我們仨》，《楊絳文集》第 3 卷（散文卷‧下），北京：人民文學出版社，2004 年版，第 99 頁

〔註71〕楊絳：《〈斐多〉譯者前言》，《楊絳文集》第 8 卷，北京：人民文學出版社，2004 年版，第 374 頁。

〔註72〕周國平：《人生邊上的智慧──讀楊絳《走到人生邊上》，北京：《讀書》雜誌，2007 年 11 期。

〔註73〕錢鍾書《寫在人生邊上‧序》，《寫在人生邊上 人生邊上的邊上 石語》，北京：三聯書店，2002 年，第 7 頁。

一個題目：《走到人生邊上——自問自答》」，「我已經走到人生的邊緣邊緣上，再往前去，就是『走了』『去了』，『不在了』，『沒有了』。」〔註74〕她在生死邊緣的位置，面對死亡，思索「人生」的價值和意義。「走到人生邊上」，是「尋覓歸途」的動機，面對死亡尋找靈魂歸宿的需求，帶有普遍性。「自問自答」，是「尋覓歸途」的方式，這種方式，具有楊絳的獨特風格。與哲學家的抽象思辨方式不同，作爲文學家，楊絳選擇了自我對話的方式來展開終極追問。她這樣表述「自問自答」的目的和方式：

> 「我試圖擺脫一切成見，按照合理的邏輯，合乎邏輯的推理，依靠實際生活經驗，自己思考。我要從平時不在意的地方，發現問題，解答問題；能證實的予以肯定，不能證實的存疑。這樣一步一步自問自答，看能探索多遠。好在我是一個平平常常的人，無黨無派，也不是教徒，沒什麼條條框框干礙我思想的自由。而我所想的，只是淺顯的事，不是專門之學，普通人都明白。」〔註75〕

「自問自答」的前提是：擺脫既定「成見」（理論、教義以及人云亦云的俗見）的束縛，而進行自由獨立的思考。思考途徑是：作爲一個「普通人」，依靠「實際經驗」，進行合乎理性的邏輯推理。「自問」的方法，是「從平時不在意的地方，發現問題」；「自答」的目標，不是急於求成，而是盡力探索。從楊絳所陳述的思考準則中可以發現，她是以個體思考的獨立性爲前提，而對普遍性的價值問題進行探索的。這一思考原則，貫穿在提問、推論和解答的過程之中：在問題的展開過程中，邏輯與經驗、理性與情感、個別與普遍、已知與未知，構成了互相印證、互相補足的關係。例如，在討論靈肉鬥爭時，講述自己所見過的「天人交戰」的瞬間：一個鄉下小夥子在上海馬路上遇到妓女拉客，「我看到那小夥子在『天人交戰』，他忽也看見我在看他，臉上露出尷尬的似笑非笑。我……只看到那一瞥，不過我已拿定那小夥子的靈性良心是輸定了。」〔註76〕類似的例子處處可見。理性思考始終不脫離具體經驗，並訴諸於可感的形象，近乎釋家「設喻證道」、「就近取譬」、「名相推理」的

〔註74〕楊絳：《走到人生邊上——自問自答》，北京：商務印書館，2007年，第1頁，第3頁。

〔註75〕楊絳：《走到人生邊上——自問自答》，北京：商務印書館，2007年，第1頁，第15頁。

〔註76〕楊絳：《走到人生邊上——自問自答》，北京：商務印書館，2007年，第47～48頁。

證道方式。語體的平易生動，既是楊絳一貫語言風格的體現，又是理性選擇的結果，契合她對《斐多》「隨常談話」語體的認識。〔註77〕這種談話體的平易語言，又以語言表達的準確性為前提。對於「名」與「實」界限的混淆所帶來的謬誤（俗見的形成原因之一），楊絳有著清醒的認識：「名與實必須界說分明。老子所謂『名可名，非常名。』如果名與實的界說不明確，思想就混亂了。例如『我沒有靈魂』云云，是站不住的。人死了，靈魂是否存在是一個問題。活人有沒有靈魂，不是問題，只不過『靈魂』這個名稱沒有定規，可有不同的名稱。」對於名與實、象與道的關係的認識，使得她的思考和表達，既能清除俗見、創獲新義，又能破除名執，進入更徹底的悟道境界。

「自問自答」，主要是圍繞生與死、肉體與靈魂、人的存在價值問題而進行的。楊絳以追根究底的精神進行自我對話，一個問題得到「自答」後，並不意味著問題的終結，而是新的問題的開始，由此實現追問的徹底性。她的思考起點，是「肉體死後靈魂是否存在」的問題。從這一問題出發，先引出「神鬼」問題（肯定「神明的大自然」的存在），再進入對人的本性、靈肉關係問題的探討。她認為人的本性具有雙重性，即肉體欲望與「靈性良心」並存，靈肉之間的矛盾，決定了二者的「鬥爭和統一」。由人在靈肉爭鬥中的不由自主，轉入「命與天命」的探討。在承認天命和人生局限的基礎上，肯定人「為萬物之靈」，因為人能自我完善。因此她提出，人的存在意義是自我完善（修身即「鍛鍊靈魂」），「鍛鍊」的成績最終不留在肉體上（因為肉體最終要消亡），而是留在靈魂上。有了靈魂不滅的信仰，人生才有價值。在肯定「靈魂不滅」的信念之意義後，她說：「有關這些靈魂的問題，我能知道什麼？我只能胡思亂想罷了。我無從問起，也無從回答」，「『結束語』遠不是問答的結束」。〔註78〕自問自答的無法結束，最終指向終極思考與自我對話的無法終結，即「沉默」的最高意義，也就是維特根斯坦所說的：「對於不可說的東西我們必須保持沉默」〔註79〕。通過生死邊緣的終極思考，楊絳進入哲學意義上的「沉默」境界。

〔註77〕楊絳認為：「蘇格拉底和朋友們的談論，該是隨常的談話而不是哲學論文或哲學座談會上的講稿，所以我盡量避免哲學術語，努力把這篇盛稱語言有戲劇性的對話譯成如實的對話。」見楊絳：《〈斐多〉譯後記》，《楊絳文集》第 8 卷，第 375 頁。

〔註78〕楊絳：《走到人生邊上——自問自答》，北京：商務印書館，2007 年，，第 100 ～101 頁。

〔註79〕〔奧地利〕維特根斯坦：《邏輯哲學論》，賀紹甲譯，北京：商務印書館，2009 年，第 104 頁。

第四節　藝術結構：夢幻・鏡像・現實

前文已初步涉及「夢」在楊絳創作中的重要性。楊絳既長於寫「實」，也精於寫「夢」，「夢」與「實」共同構成其藝術創造的有機整體，具有互文見義的效果，不可割裂開來，分而論之。

楊絳筆下的「夢幻」，可分爲以下幾類。（一）一般意義上的夢境描寫，以《孟婆茶》爲代表（作者稱其爲「胡思亂想」）。（二）對於自己經歷的「似夢非夢」的神秘經驗的記錄，以《記似夢非夢》爲代表。（三）以「夢」來結構全篇乃至全書，即《我們仨》的「夢幻結構」，這也是本節將重點討論的對象。

在討論作爲總體藝術結構的「夢幻結構」之前，有必要先瞭解楊絳作品中前兩種「夢幻」意象的涵義。作爲散文集《將飲茶》「代序」的《孟婆茶》，講述了自己所做的一個「夢」。夢境的描述，呈現爲一個有連貫情節和豐富細節的「故事」，作者最後告訴讀者，自己剛才是做了一個夢，現在從夢裏返回現實，耳朵裏還能聽到夢裏的一個聲音。〔註80〕這個「夢」，實質上是一種「仿夢」的藝術手法，是作者在創作時的想像和創造，相當於弗洛伊德所說的「白日夢」（即「幻想的憑空創造」）〔註81〕。從《將飲茶》整部書的結構來看，以《孟婆茶》這一「夢境」寓言作爲全書的「代序」，既表明了以「記憶」對抗「遺忘」的寫作動機，又在經驗與「夢幻」之間建立了深層關聯。《記似夢非夢》，則是楊絳對於自身「夢幻」經驗的記錄：「這裡我根據身經的感覺，寫幾椿想不明白的事。記事務求確實，不容許分毫想像。」〔註82〕她記錄了自己在半夢半醒之間「隔門視人」的三次經歷，面對這種無法用邏輯解釋的神秘現象，她說：「時常捉摸自己的夢和醒的分界。我設想，大約我將醒未醒，將睡未睡的時候，感官不堅守崗位，而是在我的四周浮動。」類似的筆記體短文，還有《『遇仙』記》和《陳光甫的故事二則》，都是對自己或他人經歷的「靈異」事件的記錄。由此看來，這不是一般意義上的「做夢」，也不是純粹的「幻覺」，而是屬於帶有「第六感」性質的感官——心理經驗範疇。

〔註80〕參見楊絳：《孟婆茶》，《楊絳文集》第 2 卷（散文卷・上），北京：人民文學出版社，2004 年版。

〔註81〕參見弗洛伊德：《作家與白日夢》，見《論文學與藝術》（精神分析經典譯叢），北京：國際文化出版公司，2001 年版，第 104 頁。

〔註82〕楊絳：《記似夢非夢》，見《楊絳文集》第 3 卷（散文卷・下），北京：人民文學出版社，2004 年版，第 3 頁。

以上兩種「夢幻」意象，一為想像創造，一為經驗記錄，雖然性質不同，但都反映了楊絳對於與「現實」相對的「夢幻」經驗的特殊興趣。反映在她的創作中，就是現實與夢境、經驗與想像的互文見義。弗洛伊德在《作家與白日夢》中，把藝術家的想像和創造活動比喻為「白日夢」。從這一角度來看，抒情詩歌與虛構敘事的小說創作，可以是純粹的「夢」的結構；而在通常意義上的敘事體散文中，「夢」往往難以成為統攝全篇的結構，至多只是作為一種情節片段或意象而出現。《我們仨》以夢來統攝全篇，設置了一個與現實構成鏡像關係的夢幻結構，將記傳散文的寫實，與小說的虛構融為一體，打破了文體的界限，堪稱長篇敘事散文中的「異數」。

「我一個人思念我們仨」，面對親人的死亡和永訣，內心深處的巨大傷痛，悲欣交集的前塵往事，生命意義的終極沉思，都是難以言傳的內容。沉默經年之後〔註83〕，如何以言說打破沉默？為難以言傳之物尋找表達形式，即楊絳所說的「克服困難」的藝術創造精神。正如她在論述《紅樓夢》的文章《藝術與克服困難》中所云：「因為深刻而真摯的思想情感，原來不易表達。現成的方式，不能把作者獨自經驗到的生活感受表達得盡致，表達得妥帖。創作過程中遇到阻礙和約束，正可以逼使作者去搜索、去建造一個適合於自己的方式。⋯⋯這樣他就把自己最深刻、最真摯的思想情感很完美地表達出來，成為偉大的藝術品。」〔註84〕《我們仨》的獨特形式創造，就是「克服困難」的結果。僅就內容和主題而言，可以說《我們仨》是記述家庭往事的記傳文字，又是表達憂世傷生情感的抒情文字。但我認為，其獨特的審美價值與意義，還在於形式結構的創造性——它是一個建立在「夢幻結構」之上的長篇敘事文本。以「夢幻」作為全篇的結構基礎和總體象徵，其中，真與幻、實與虛、經驗與夢境、回憶與想像，融為一體，構成了一個諸要素之間互相映像，互文見義的審美結構。

「我們仨失散了，家就沒有了。剩下我一個，又是老人，就好比日暮途窮的羈旅倦客；顧望徘徊，能不感歎『人生如夢』、『如夢幻泡影』？」〔註85〕

〔註83〕楊絳之女錢瑗於 1997 年去世，丈夫錢鍾書次年去世。2002 年，楊絳寫作《我們仨》。（參見《楊絳生平與創作大事記》，《楊絳文集》第 8 卷，第 402 頁）

〔註84〕楊絳：《藝術與克服困難——讀〈紅樓夢〉偶記》，《楊絳文集》第 4 卷（戲劇・文論卷），北京：人民文學出版社，2004 年版，第 275 頁。

〔註85〕楊絳：《我們仨》，《楊絳文集》第 3 卷（散文卷・下），北京：人民文學出版社，2004 年版，第 175 頁。

這是統攝全篇的「夢幻結構」的思想感情基礎。「夢幻泡影」爲釋家醒世喻象，「人生如夢」是一個源遠流長的文學母題，《紅樓夢》即爲典型例證。在以記憶爲主題的古典散文中，以「夢」喻「憶」，具有代表性的是明代張岱《陶庵夢憶》。張岱這樣表達往事追憶時的夢幻感：「雞鳴枕上，夜氣方回，因想余生平，繁華靡麗，過眼皆空，五十年來，總成一夢」，「遙思往事，憶即書之……眞所謂癡人前不得說夢矣」，「余今大夢將寤，猶事雕蟲，又是一番夢囈。」〔註86〕以「夢」比喻人生，以「夢囈」比喻對記憶的書寫，「夢憶」合一，難分彼此。同爲記憶書寫，《我們仨》「人生如夢」「如夢幻泡影」的感喟，與之精神相通。但《陶庵夢憶》之「夢」，只是停留在象徵性的夢幻意象層面，尚未發展爲總體性的形式結構。由中國散文「記憶書寫」的演變脈絡觀之，《我們仨》在繼承傳統精髓的基礎上，以獨特的藝術形式表達現代經驗，具有創闢新路的意義。

全篇由三部分構成。第一部寫「入夢」，篇幅最短，可視爲「長夢」的引子。第二部寫「長夢」，爲作品夢幻結構的主體部分，篇幅約占正文的四分之一。第三部爲「夢覺」之後的寫實性回憶，篇幅約占正文的四分之三。以下一一論析。

第一部《我們倆老了》，僅六百餘字，描寫自己所做的一個「短夢」。開頭是：「有一晚，我做了一個夢。我和鍾書一同散步，說說笑笑，走到了不知什麼地方。太陽已經下山，黃昏薄暮，蒼蒼茫茫中，忽然鍾書不見了。我四顧尋找，不見他的影蹤。」這個關於「失散─尋找」的夢，可讀解爲分離（死亡）的焦慮在潛意識中的反映〔註87〕。夢醒後，「我」跟鍾書說夢，「埋怨他怎麼一聲不響地撇下我自顧自走了」，則相當於癡人說夢，把夢當作了眞，可見夢中焦慮的心理眞實性。結尾是：「鍾書大概是記著我的埋怨，叫我做了一個長達萬里的夢。」〔註88〕指向第二部所述的「長夢」。一個關於離別和尋找的「短夢」，發展成一個「萬里長夢」，意味著敘述時間和心理時間的延長，「離

〔註86〕〔明〕張岱：《陶庵夢憶‧自序》，《陶庵夢憶 西湖夢尋》，上海古籍出版社，2001年，第3頁。

〔註87〕根據弗洛伊德的觀點，夢是被壓抑的潛意識内容的反映：「潛意識的衝動乃是夢的眞正的創造者。」見弗洛伊德：《精神分析引論新編》，高覺敷譯，北京：商務印書館，1996年版，第12頁。

〔註88〕楊絳：《我們仨》，《楊絳文集》第3卷（散文卷‧下），北京：人民文學出版社，2004年版，第127～128頁。

別」的傷痛和「尋找」的艱難，因而成為綿延不絕的追憶。

　　第二部《我們仨失散了》，寫的是一個「萬里長夢」，為作品「夢幻結構」的主體部分。楊絳寫道：「這是一個『萬里長夢』。夢境歷歷如真，醒來還如在夢中。但夢畢竟是夢，徹頭徹尾完全是夢。」〔註89〕如果說第一部所寫的夢境是「我」曾做過的一個夢，第二部的「萬里長夢」，則是作者在創作時的想像和創造（像《孟婆茶》一樣，屬於弗洛伊德所說的「白日夢」），是對「夢境」和「夢的邏輯」的摹仿。「萬里長夢」的內容，是家人失散後的尋覓、相聚的歡欣與再度相失的傷痛。這個書寫所創造出的「夢境」，是現實經驗、歷史記憶和心理內容的壓縮變形。寫作者擺脫了現實邏輯的束縛，以夢的邏輯展開想像，以夢的語法進行表達。「長夢」的時間是混沌的，以自然時間意象標記：「晚飯以後」、「一天又一天」，以及季節變換的自然景象。空間是從「家」開始，轉移到古驛道上；團聚和分離的空間點，是古驛道邊的客棧與河中的小船。在家中離別後，「我」和女兒走上古驛道尋找鍾書。「古驛道」是離別與尋覓的孤獨行旅的象徵：「我在古驛道上，一腳一腳的，走了一年多。」河流上的「船」是「醫院」的隱喻，又是死亡和離別恐懼的心理象徵：「船很乾淨……雪白的床單，雪白的枕頭，簡直像在醫院裏，鍾書側身臥著」，最終的離別意象是「河裏飄蕩著一隻小船」。「客棧」是破碎的「家」的隱喻：「阿圓要回去，就剩我一人住客棧了。」〔註90〕楊絳這一虛構「長夢」的運行邏輯，吻合精神分析學說對夢的「凝縮」和「移置」的解釋；其中的象徵符號和編碼原則，是「夢的象徵」系統的顯現〔註91〕。

　　然而，楊絳的「萬里長夢」，並非生活中的「夢」的原始記錄，而是作家的創造和想像，是對生活材料和精神材料的藝術加工。作為藝術創造物的夢幻結構，是現實經驗的鏡像，也是記憶的幻化形式。其中，夢與實、真與幻交織為一個有機整體，難以分割。從「夢」與「實」的關係來看，「萬里長夢」的內部結構，主要由以下幾個要素構成。（一）夢中之實。因「通知開會」而

〔註89〕楊絳：《我們仨》，《楊絳文集》第 3 卷（散文卷・下），北京：人民文學出版社，2004 年版，第 131 頁。

〔註90〕楊絳：《我們仨》，《楊絳文集》第 3 卷（散文卷・下），北京：人民文學出版社，2004 年版，引文依次見：第 151 頁，149 頁，141 頁，161 頁，143 頁，156 頁。

〔註91〕〔奧〕弗洛伊德：《釋夢》，孫名之譯，北京：商務印書館，1996 年版。夢的「凝縮」參見第 278 頁，夢的「移置」參見第 305 頁，夢的「象徵」參見第 350 頁。

離別，客棧「辦手續」的場景，約束性的「警告」和「規則」，以及阿圓的工作和生病，都是現實經驗的反映。（二）夢中之憶：在夢中的船上，與鍾書「靜靜地回憶舊事：阿圓小時候一次兩次的病，過去的勞累，過去的憂慮，過去的希望」。（三）夢中之夢。在夢中的「客棧」夢見女兒：「我睡著就變成了一個夢，很輕靈」，「我每晚做夢，每晚都在阿圓的病房裏」，「我睜眼，身在客棧的床上」。女兒阿圓的死和告別場景，則被描述為夢中之「夢魘」和「噩夢」。「夢中夢」，是內心深處難以釋懷的巨大傷痛，在語言中「化重為輕」的幻化形式。（四）夢見他人之夢。夢中看見阿圓向人講自己的夢：「昨晚我做了一個夢，夢見媽媽偎著我的臉。我夢裏怕是假的。」〔註92〕上述要素之間的互相作用，構成了「長夢」的獨特結構形式。作為整部作品夢幻結構的中心，第二部通過對夢的邏輯的摹仿，將破碎的經驗與難以言傳的心理內容，在一個整體的結構之中進行符號編碼，從而將現實中生離死別的悲痛與醒悟，轉化為一個「萬里長夢」的夢幻象徵。

　　第三部《我一個人思念我們仨》，則是夢覺之後的回憶，由寫夢轉入寫實。如果說第二部是化實為虛，第三部就是化虛為實。在「人生如夢」、「如夢幻泡影」的感喟之後，楊絳接著寫道：「儘管這麼說，我卻覺得我這一生並不空虛；我活得很充實，也很有意思，因為有我們仨。……我只能把我們一同生活的歲月，重溫一遍，和他們再聚聚。」她沒有僅僅停留在「人生如夢」的悲歎上，以虛無消解生命的意義，而是肯定人生「並不空虛」，肯定生的「快樂」，雖然「快樂中總夾帶著煩惱和憂慮。」〔註93〕面對死亡，肯定生命的意義，面對離別之悲，肯定「快樂」的意義，此為楊絳「悲智」與「喜智」之心靈辯證法的最高體現。通過往事記憶的書寫，「我」與「我們仨」在精神上團聚；現實中破碎的家，在藝術（夢）的結構裏，實現完滿。

　　第三部的回憶從新婚留學時期開始，至女兒和丈夫去世結束，呈現一家三口快樂與憂患交織的生命歷程。「歡愉之辭難工，而窮苦之言易好」〔註94〕，韓愈這句話概括了中國文學傳統的一個重要現象。而楊絳卻反其道而行之，

〔註92〕楊絳：《我們仨》，《楊絳文集》第 3 卷（散文卷·下），北京：人民文學出版社，2004 年版，第 145 頁，146 頁，152 頁，156 頁。

〔註93〕楊絳：《我們仨》，《楊絳文集》第 3 卷（散文卷·下），北京：人民文學出版社，2004 年版，第 175 頁，261 頁。

〔註94〕〔唐〕韓愈：《荊潭唱和詩序》，《韓昌黎文集校注》，上海古籍出版社，1986年，第 262 頁。

在生離死別的「窮苦」心境中，譜寫「歡愉之辭」。這不僅僅是所謂「以樂景寫哀」的修辭筆法，其要義在於對生命意義的肯定。她以活潑詼諧之筆，詳細描繪「我們仨」相親相伴之歡欣自足（第三章共 16 節，前 8 節寫青年時代，主色調是「快樂」），例如：「我們每天都出門走走，我們愛說『探險』去」，「我們玩著學做飯，很開心。鍾書吃得飽了，也很開心。他用濃墨給我畫花臉，就是在這段時期，也是他開心的表現。」〔註 95〕以凝練之筆，濃縮刻畫現實人生的憂患與殘缺。這種計白當黑的筆法，在結尾處體現得最為明顯：寫丈夫和女兒住進醫院、一家三口走向離散，僅用了百餘字；之後便是「一九九七年早春，阿瑗去世。一九九八年年末，鍾書去世。我們三人就此失散了。」〔註 96〕至此可以發現，這「冰山風格」的寥寥數語所隱藏的情感信息，對應的正是整個第二部「萬里長夢」的內容。「實部」所隱者，「夢部」所顯也。夢幻與現實就這樣互文見義，構成了整部作品的鏡像結構。

以夢幻表達真實的藝術手法，源於楊絳對藝術創造本質規律的把握。關於文學創作中虛構、事實與真實的關係，她曾有過透闢的闡析：

> 元稹悼亡詩有一首《夢井》〔註97〕，說他夢中登上高原，看見一口深井。一隻落在井裏的弔桶在水上沉浮，井架上卻沒有繫住弔桶的繩索。他怕弔桶下沉，忙趕到村子裏去求助。但村上不見一人，只有猛犬。他回來繞井大哭，哽咽而醒。醒來正夜半，覺得那隻落入深井的弔桶，就是埋在深壙下的亡妻化身，便傷心痛哭，醒夢之間，彷彿見到了生和死的境界（「所傷覺夢間，便覺生死境」）。元稹這個夢有事實根據。他的亡妻埋在三丈深的墳壙裏。當然，深井不

〔註95〕 楊絳：《我們仨》，《楊絳文集》第 3 卷（散文卷‧下），北京：人民文學出版社，2004 年版，第 180 頁，186 頁。

〔註96〕 楊絳：《我們仨》，《楊絳文集》第 3 卷（散文卷‧下），北京：人民文學出版社，2004 年版，第 261 頁。

〔註97〕 〔唐〕元稹《夢井》：夢上高高原，原上有深井。登高意枯渴，願見深泉冷。徘徊繞井顧，自照泉中影。沉浮落井瓶，井上無懸綆。念此瓶欲沈，荒忙為求請。遍入原上村，村空犬仍猛。還來繞井哭，哭聲通復哽。哽噎夢忽驚，覺來房舍靜。燈焰碧朧朧，淚光凝同同。鐘聲夜方半，坐臥心難整。忽憶咸陽原，荒田萬餘頃。土厚壙亦深，埋魂在深埂。埂深安可越，魂通有時逞。今宵泉下人，化作瓶相警。感此涕汍瀾，汍瀾涕沾領。所傷覺夢間，便覺死生境。豈無同穴期，生期諒綿永。又恐前後魂，安能兩知省？尋環意無極，坐見天將昺。吟此夢井詩，春朝好光景。（《元稹詩文選》，北京：人民文學出版社，2004 年版，第 81 頁）

是深壙，弔桶不是亡妻。但這個夢是他悼念亡妻的真情結成，是這一腔感情的形象化；而所具的形象——夢中情景，體現了他對生和死的觀念，是他意識裏的生和死的境界。夢是潛意識的創造。做夢的同時，創造就已完成。小說是有意識的創造，有一段構思的過程。但虛構的小說，也同樣依據事實，同樣體現作者的真情，表達作者對人生的觀念。〔註98〕

虛構（「夢」）依據事實，而經由藝術創造抵達本質真實，此為楊絳「夢」的詩學之要義。關於「夢」的創造功能，《我們仨》中也有類似的表述：「我的阿圓，我惟一的女兒，永遠叫我牽腸掛肚，睡裏夢裏也甩不掉，所以我就創造了一個夢境，看見了阿圓。該是我做夢吧？」「我知道夢是富有想像力的。」覺夢與生死，在生命本質的徹悟中融為一體。因此，《我們仨》以「夢」開始，以「夢覺」結束：「我清醒地看到以前當作『我們家』的寓所，只是旅途上的客棧而已。家在哪裏，我不知道。我還在尋覓歸途。」〔註99〕四年後面世的《走到人生邊上——自問自答》，就是生死邊緣「尋覓歸途」的結果。

在對《堂吉訶德》的解讀中，楊絳闡發了她對不同事物之間鏡像關係的理解：「（堂吉訶德與桑丘）好比兩鏡相對，彼此交映出無限深度」，「堂吉訶德從理想方面，桑丘從現實方面，兩兩對照，他們的言行，都增添了意義，平凡的事物就此變得新穎有趣。」〔註100〕楊絳作品中的鏡像結構，即源於這種追求「無限深度」、化平凡為神奇的藝術思維。如果說《我們仨》是以「夢」與「實」構成鏡像結構，《走到人生邊上——自問自答》，則是以「本文」和「注釋」兩大部分的結構設置，構成了一個更大的鏡像結構。全書190頁，「本文」100頁，「注釋」90頁，篇幅相當。「本文」部分為對於終極價值問題的理性思索（前文已有詳論），「注釋」部分由十四篇獨立成篇的散文組成，有回憶記錄，有故事講述，有「胡思亂想」，近乎釋家的設喻證道、就近取譬。作者稱「都是注釋本文的」，「注釋不以先後排列，長短不一，每篇皆獨立完整」〔註101〕。「本文」

〔註98〕 楊絳：《事實—故事—真實》，《楊絳文集》第 4 卷（戲劇‧文論卷），北京：人民文學出版社，2004 年版，第 300～301 頁。

〔註99〕 楊絳：《我們仨》，《楊絳文集》第 3 卷（散文卷‧下），北京：人民文學出版社，2004 年版，第 152 頁，156 頁，261 頁。

〔註100〕 楊絳：《堂吉訶德‧譯者序》，《楊絳文集》第 5 卷（堂吉訶德‧上）北京：人民文學出版社，2004 年版，第 14 頁。

〔註101〕 楊絳：《走到人生邊上——自問自答》，北京：商務印書館，2007 年，第 3 頁，第 103 頁。

是理性的智慧，「注釋」是形象的隱喻，「交映出無限深度」。

　　「夢」在心理與文理中都有重要作用，中西皆然。對此，錢鍾書有精闢解釋：「《莊子・齊物論》：『昔者莊周夢爲蝴蝶，栩栩然蝴蝶也，俄然覺，則遽遽然周也』，又《大宗師》：『且女夢爲鳥而厲乎天，夢爲魚而沒於淵，不識今之言者，其覺者乎？其夢者乎？』只言夢與覺，未道神與形，而蕭琛、曹思文徑以入夢爲出神，視若當然。……西方昔畫燈柱火滅，上有蝴蝶振翅，寓靈魂擺脫軀骸之意。……海客瀛談，堪爲《南華》夢蝶之副墨矣。」〔註102〕楊絳的夢幻境界，同樣超越了夢與覺、神與形的界限，庶幾近乎「莊周夢蝶」之境。她的夢的詩學，融記憶與想像於一體，豐富了敘事散文的審美表現形式，並呈示了靈魂超越現實束縛的自由創造精神。

本章小結

　　楊絳以散文家名世，散文是她創作最豐、影響最大的體裁領域，也是近年來楊絳研究的熱點。本章首先從審美和歷史研究相結合的角度，概括楊絳散文創作的藝術特徵、美學風格和歷史意義。我認爲，在精神內涵層面，楊絳散文融個體生命經驗、集體歷史記憶與終極思考於一體，具有深厚的意義內涵與文化底蘊。從文體拓新的角度來看，楊絳在拓展當代散文的敘事功能上具有獨特貢獻，創造了一種新的敘事美學。就語言藝術成就而言，楊絳融貫古典與現代、雅言與俗語，實現了語言的歷史連續性與創新性、普遍性與個人風格的統一，代表了當代散文語言成就的一個高度。

　　「記憶」是楊絳散文創作的文化姿態，也是她80年代以來散文的核心主題。在楊絳的作品中，意識範疇的記憶佔據主導地位，與潛意識相關的記憶材料則以「夢」的形式顯現，構成了對於理性記憶的補充。記憶與夢境，在楊絳的文本中構成了鏡像關係。本章以「記憶和夢境」爲題，重在考察楊絳的記憶書寫中，歷史記憶、現實經驗和藝術想像之間的本質關聯。

　　我發現，在楊絳筆下，「記」、「紀」、「憶」具有不同的涵義，並呈現爲文體形式、文本結構以及敘述邏輯上的差異。由此，歸納總結出「記」、「紀」、「憶」這三種記憶文本的範型，分別以《幹校六記》、《丙午丁未年紀事——烏雲與金邊》、《回憶我的父親》爲研究重點，闡釋了三類記憶文本之間的異

〔註102〕錢鍾書：《管錐編》，北京：中華書局，1979年版，第1425～1426頁。

同：記，重在歷史中的個人經驗記錄；紀，重在創傷混亂記憶的賦形；憶，重在復現往事的情感體驗。

「家」是楊絳散文的核心主題。在她筆下，「家」的主題和形象，融人性內涵與社會歷史內涵於一體。傳統「家族」崩潰後，在 20 世紀的社會歷史中，現代「家庭」的合法性懸而未決；在革命政治和集體文化的背景下，「個人」與「小家」更是不斷遭受衝擊。家之完滿與殘缺，家之追尋與失家的威脅，是楊絳「家的記憶」的一體兩面。楊絳對於「家」的主題的表達，不僅揭示了家庭之於個人以及人性情感的意義，同時呈現了「家」在社會歷史之中的遭遇。從《幹校六記》到《我們仨》、《走到人生邊上——自問自答》，家、離別與死亡的主題與意象，貫穿始終。《幹校六記》呈現政治運動中家的離散、人性情感所遭受的壓抑，《我們仨》敘述一個家庭在歷史與時間中的悲歡離合。《走到人生邊上——自問自答》，則是現實的家破碎之後，面對死亡尋覓靈魂家園的終極思考。

與「現實」構成鏡像關係的「夢幻」，在楊絳作品中具有特殊意義。夢與現實，在楊絳筆下互文見義，共同構成其藝術結構的有機整體。《我們仨》是一個建立在「夢幻結構」之上的長篇敘事文本，其獨特的審美效果，正在於這種形式結構的創造性。全篇由「入夢」、「長夢」、「夢覺」三部分組成，以「夢幻」作為全篇的結構基礎和總體象徵，其中，真與幻、實與虛、經驗與夢境、回憶與想像，融為一體，構建了一個諸要素之間互相映像、互文相足的審美結構。在記憶書寫中，楊絳創造了一種獨特的「夢的詩學」。

第四章　烏雲與金邊：楊絳的風格

　　前幾章是對楊絳的戲劇、小說、散文分門別類的研究。本章試圖總論楊絳的風格。一般而言，風格是作家的創作個性更為濃縮的體現；風格學通過對作家創作的研究，呈現創作個性背後隱含的人格魅力、精神氣質和審美理想。實際上，風格與人格和修辭之間的關係十分複雜。本章論述不囿於傳統理論中的修辭學和人格學分析，而是試圖呈現風格與創作之間的動態性和多樣性的關聯。

第一節　論「風格」的概念

　　先對「風格」（英語 sdyle，德語 stil，俄語 стиль）這一概念的用法，進行簡單的梳理。蘇格拉底認為，「語文風格」如何，要看「心靈的性格」；語文之美反映了「好性情」，也就是「心靈真正的盡善盡美」。這是將「風格」與「人格」相提並論的觀念。〔註1〕在亞里士多德那裡，「風格」是一種演說的修辭學技巧，「不同的風格適合於不同的演說」，政治演說風格應該像風景畫一樣既有濃淡色調。而訴訟演說的風格應該精確。〔註2〕「風格」在西塞羅那裡，同樣屬於古典修辭學的範疇。西塞羅在《演說家》中闡釋了不同風格的特徵和效果：「平凡的風格提供證據，中庸的風格提供快感，誇張的風格用於說服。演說家的全部力量都在於這最後一種風格。」〔註3〕最著名的是法國

〔註1〕參見柏拉圖《文藝對話集》，北京：人民文學出版社，1963年版，第61頁。
〔註2〕〔古希臘〕亞里士多德：《修辭學》，見《羅念生全集》（第一卷），上海：上海人民出版社，2004年版，第356～358頁。
〔註3〕〔古羅馬〕西塞羅：《演說家》，見《文學批評理論～從柏拉圖到現在》，北京：北京大學出版社，2000年版，第348頁。

作家布封的「風格卻就是本人」〔註4〕的論斷，但黑格爾認為，布封這句話「指的是個別藝術家在表現方式和筆調曲折等方面，完全見出他的人格的一些特點。」黑格爾似乎並不認同「風格」和「人格」之間的簡單對應關係，他將「風格」、「作風」、「獨創性」三個概念放在一起討論，認為「作風」具有偶然性和隨意性，「風格」則要求符合「藝術表現的定性和規律」，至於真正的「獨創性」，則是風格和靈感的產物。〔註5〕歌德也認為，風格是高於作風的範疇，風格「是藝術所能企及的最高境界，藝術可以向人類最崇高的努力相抗衡的境界。」〔註6〕黑格爾和歌德所說的「風格」（stil），都是藝術家的天才秉性的表現。由此，風格經由「修辭學」（亞里士多德）到「人格學」（布封）再進入到「藝術哲學」（黑格爾）的範疇。

中國文論史中關於「風格」的討論有其自身的特點。據王元化先生考證，《尚書》中的「九德」說，與人的九種德行對應的九種風格（「皋陶曰：『寬而栗，柔而立，願而恭，亂而敬，擾而毅，直而溫，簡而廉，剛而塞，強而義。』」〔註7〕），就是通過行為風格來對人格進行評價，為「擇人而官」服務，可看做後來「察舉鑒人」「因言觀人」的選賢方法的濫觴。《易經‧繫辭》中的「吉人之辭寡，躁人之辭多，誣善之人其辭游，失其守者其辭屈。」〔註8〕「就是從修辭學的角度接觸到語言風格問題。」後來，經由陸機的《文賦》，再到劉勰的《文心雕龍‧體性》，才有「比較完整的風格理論。」〔註9〕就是從「藝術哲學」的角度討論風格問題。中西古典文論史中「風格」研究的演變路徑，儘管存在差別，但最終都落實到藝術哲學層面這一點卻是相同的。但是，「藝術哲學」研究的前提，還是建立在對修辭風格分析基礎上的，而修辭風格由主觀因素和客觀因素所決定。主觀因素常常是隱而不顯的，客觀因素則是藝術作品所呈現給我們的。因此「我們所探討的風格因素只能是客觀

〔註4〕〔法〕布封：《論風格～在法蘭西學士院為他舉行的入院典禮上的演說》，《譯文》1959年9期，北京：人民文學出版社，1959年版，第151頁。

〔註5〕〔德〕黑格爾：《美學》（第一卷），朱光潛譯，北京：商務印書館，1979年版，第369～373頁。

〔註6〕〔德〕歌德：《自然的單純模仿‧作風‧風格》，見《文學風格論》，王元化譯，上海譯文出版社，1982年版，第3頁。

〔註7〕《尚書‧皋陶謨》，李民：《尚書譯注》，上海古籍出版社，2004年版，第37頁。

〔註8〕〔宋〕朱熹：《周易本義‧繫辭下傳》，北京：中國書店，1994，124頁。

〔註9〕王元化：《文心雕龍創作論》，上海古籍出版社，1979，117～118頁。

因素。」〔註 10〕或者說通過對藝術作品中的客觀因素的闡釋學視野，去發現風格問題。

德國學者威廉‧威克納格（1806～1869）對「風格」的論述值得注意，他的長篇論文《詩學‧修辭學‧風格論》，對「風格」這一概念進行了全面辨析。在對「風格」與「詩學」、「修辭學」、「寫作方式」三者進行了區分之後，威克納格指出，風格學的研究對象具有客觀性，它「是語言表現的外表，不是觀念，不是材料，而只是外在形式：詞彙的選擇，句法的構造。」在討論到「風格」本身的時候，他認爲「風格並不僅僅是機械的技法，與風格藝術有關的語言形式大多必須被內容和意義所決定。風格並非安裝在思想實質上面的沒有生命的面具，它是面貌的生動表現，活的姿態的表現，它是內含著無窮意蘊的內在靈魂產生出來的。或者，換言之，它只是實體的外服，一件履體之衣；可是衣服的褶襞卻是起因於衣服所披蓋的肢體的姿態。靈魂，再說一遍，只有靈魂才賦予肢體以這樣的或那樣的動作和姿態。」〔註 11〕威克納格這篇論文可以看做是風格理論從古典向現代轉型的重要文獻。威克納格將「風格」形象地比喻爲顯露在外的衣服褶襞；有什麼樣的身體姿態，就有什麼樣的衣服褶襞；同樣，有什麼樣的精神氣質或者說什麼樣的靈魂；就有什麼樣的身體姿態。面對藝術作品呈現出來的客觀性，風格研究是一個由表及裏、由淺入深、由多而一的追溯性的闡釋過程。這是一種對文學創作個性的「發生學」的追問。正如羅蘭‧巴爾特所說，「風格其實就是一種發生學的現象。」〔註 12〕

在《寫作的零度》這篇著名的論文中，羅蘭‧巴爾特詳細討論了「風格」概念，他將「語言結構」、「風格」、「寫作」三個有著密切的內在關聯、同時又有著重大差別的概念，放在一起討論。他認爲，作家所運用的語言，是所有的人共同的遺產，「是某一個時代一切作家共同遵從的一套規定和習慣。」而「風格」則是個人化的東西，是作家的「孤獨的自我」，「是文學慣習的私人性部分，產生於作家神秘的內心深處。」「風格永遠只是隱喻，即作家的文

〔註10〕〔德〕威克納格：《詩學‧修辭學‧風格論》，見《文學風格論》，王元化譯，
　　　　上海譯文出版社，1982 年版，第 23 頁。
〔註11〕〔德〕威克納格：《詩學‧修辭學‧風格論》，見《文學風格論》，王元化譯，
　　　　上海：上海譯文出版社，1982 年版，第 15～16 頁。
〔註12〕〔法〕羅蘭‧巴爾特：《寫作的零度》，李幼蒸譯，北京：中國人民大學出版
　　　　社，2008 年版，第 9 頁。

學意向和軀體性結構之間的一種等價關係。」「支配著作家的正是風格的權威性，即語言和其軀體內對應物之間絕對自由的聯繫。」「語言結構在文學以內，而風格則幾乎在文學以外。」「風格的所指物，存在於一種生物學或一種個人經歷的水平上，而不是存在於歷史的水平上。」「語言結構的水平性與風格的垂直性，爲作家描繪出一種天性，因爲它並不偏選任何一方。語言結構起著一種『否定性』作用，即作爲可能性的最初限制，而風格則是一種『必然性』，它使作家的性情同其語言結合了起來。在語言結構中他發現了歷史的熟悉性，在風格中則發現了本人經歷的熟悉性。」羅蘭・巴爾特還認爲，「語言結構」和「個人風格」，都具有盲目性，而寫作，「則是一種歷史性的協同行爲。」〔註13〕

　　我們發現，羅蘭・巴爾特爲了討論「什麼是寫作？」這一問題，而建立了一個座標系，垂直的縱座標是跟軀體經驗相關的個人言語「風格」（y，自由度），水平的橫座標是作爲歷史遺產的「語言結構」（x，規定性）。「風格」和「語言結構」之間所構成的「函數」關係的譜系，就是歷史性協同行爲的「寫作」的圖象，它可能是直線，也可能是曲線，甚至是不規則曲線。〔註14〕由此可以推論，「風格」越是特殊，寫作圖象的軌跡就越偏向於縱軸，並離開作爲橫軸的「語言結構」，甚至可能出現各種奇異的形態。個人寫作風格的極端化，會導致不可理解和拒絕交流；「語言結構」的規定性壓倒了個人風格，會導致寫作的平庸和個性的消失。（參見示意圖1）

　　由於本章的主要任務，是討論「風格學」問題，而非「寫作學」問題。因此需要將羅蘭・巴爾特所描述的那個座標系，進行細微的改造，也就是將縱座標的因變量（y），由原來的「個人風格」，修改成現在的「個人寫作」，橫座標即因變量「語言結構」不變。於是，「個人寫作」（y）就與「語言結構」（x），構成了函數關係。「風格」，不過是這一函數關係的譜系所形成的不同

〔註13〕〔法〕羅蘭・巴爾特：《寫作的零度》，李幼蒸譯，北京：中國人民大學出版社，2008年版，第5～12頁。

〔註14〕一個量因另一個量的變化而有規律地變化之關係，稱「函數關係」。縱橫坐標的 y 與 x 的函數關係，表述爲：$y=f(x)$。函數關係可以是多種多樣的，但某一種函數關係則構成一種固定的函數模式，比如，一次函數爲「$y=kx+b$」；二次函數爲「$y=ax2+bx+c$」，等等；其中，一次函數最爲簡潔，它就是一條直線。特別是當 k 等於1，b 等於零的時候，$y=x$，直線則是兩坐標軸的中分線。這是一種最理想的狀態，它符合一多互攝律，個性與共性的合一，不偏不倚，溫柔敦厚，樂而不淫哀而不傷的美學標準，這應爲最高的風格學。

軌跡圖。（參見示意圖 2）。

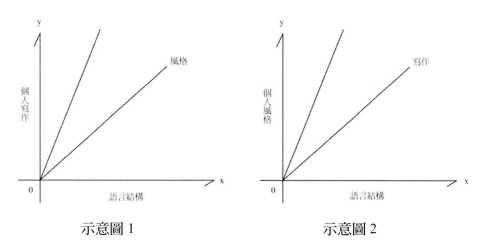

示意圖 1　　　　　　　　　　　示意圖 2

　　需要特別強調的是，本人繪製的這兩個示意圖，僅僅為理解的方便服務，其中的正比例函數關係，只是一種極端的理想狀態，更為複雜的關係，需要進一步的想像和推論。這些內容將在後面的論述中涉及。

　　一般而言，作家總希望自己的寫作越個性化越好，以便擺脫「語言結構」的羈絆而獲得更大的自由，但這種思維的危險性在於，往往導致「寫作個性」與「風格」的重疊，以至於「寫作」成了「風格」本身，這是現代許多作家的大限。在這種所謂「個人風格」中，自由以犧牲交流為代價。於是，就出現了羅蘭‧巴爾特所說的一種症候：與歷史的重大危機相伴隨，在文學中出現了「古典寫作的統一性」與「現代寫作的多樣性」的「分裂現象」。〔註15〕文學史告訴我們，越是優秀的作家、偉大的作家，越是警惕這種「分裂現象」。他們會將「風格」變成一種「個人寫作」與「語言結構」之間的協調力量，變成一種蘊含著個人的精神氣質、人格魅力和審美理想的隱秘居所。這種「風格」中蘊含著潛在的力量，因而帶有強烈趨向性，它指向最高的完美：簡潔而無所不包，寧靜而變化無窮，肅穆而生動活潑，從心所欲不逾矩。這是一種高貴的辯證法，它左右著寫作的語言選擇和敘事節奏，也左右著軀體記憶的走向。寫作過程中的詳與略、顯與隱、質與文、風與雅、情與智，都受它的支配。

────────

〔註15〕〔法〕羅蘭‧巴爾特：《寫作的零度》，北京：中國民大學出版社，2008 年版，第 13 頁。

　　回到「楊絳的風格」問題上來。《文心雕龍·體性》是專論作品風格與作家才性之關係的名篇。其中講風格分為八種類型：「一曰典雅，二曰遠奧，三曰精約，四曰顯附，五曰繁縟，六曰壯麗，七曰新奇，八曰輕靡。」，並對這八種類型進行了描述和定義。其中對「精約」這樣描述：「精約者，核字省句，剖析毫釐者也。」〔註16〕楊絳的風格大致符合劉勰所說的「精約」的風格。這種「精約」風格，具體體現在楊絳創作的「智慧風格」，「想像風格」和「情感風格」等方面。其「智慧風格」的簡潔、明晰、準確，「想像風格」的生動、活潑、傳神，「情感風格」的深沉、悲憫、感人——這些修辭性的描述，都可以用於對楊絳創作的描述。但我打算避免這種帶有「古典修辭學」色彩的描述方法，因為我不想遺漏問題的多樣性、複雜性及其背後的本質。提及「楊絳的風格」，我的腦子裏首先出現的是楊絳的形象，她面容清癯，目光澄澈，察幾知微又不動聲色，集江南靈秀和北國俠義之雙重品格於一身。此外，還有她作品中那些常見的、具有可視性的「形象」，比如：孟婆茶、古驛道、隱身衣、分身術、陸沉（隱士）、蛇阱（社會）、家庭、鳥巢、門簾、客棧、驚夢，等等。這些有密度的含蓄的「形象」，帶有強烈暗示性，是有待進一步闡釋的「隱喻」系統，是寫作的尺度和風格的源頭。

　　烏雲與金邊，當然也是一個典型的、可視性的形象。楊絳自己是這樣描述烏雲與金邊的：「按西方成語：『每一朵烏雲都有一道銀邊』。丙午丁未年同遭大劫的人，如果經過不同程度的摧殘和折磨，彼此間加深了一點瞭解，孳生了一點同情和友情，就該算是那一片烏雲的銀邊或竟是金邊吧？——因為烏雲愈是厚密，銀色會變為金色。常言『彩雲易散』，烏雲也何嘗能永遠佔領天空。烏雲蔽天的歲月是不堪回首的，可是停留在我記憶裏不易磨滅的，倒是那一道含蘊著光和熱的金邊。」〔註17〕從黑暗中看到光，由冷酷中覺到熱，因劫難反觀救贖，對墮落生出悲情。這既是「頭腦或思想之辯證法」，更是「心腸或情感之辯證法」，「情感深巨，則其消息皆合辯證之理。」〔註18〕胡河清認為，楊絳「已近『正法眼藏』的境地」。〔註19〕接下來我將通過幾組概念的

〔註16〕〔南朝·梁〕劉勰：《文心雕龍》，見范文瀾：《文心雕龍注》，北京：人民文學出版社，1978年版，第505頁。

〔註17〕楊絳：《丙午丁未紀事》，見《楊絳文集》第2卷（散文卷·上），北京：人民文學出版社，2004年版（2013年9月2次印刷），第191頁。

〔註18〕錢鍾書：《談藝錄》，北京：中華書局，1984，第621頁。

〔註19〕胡河清：《靈地的緬想》，上海：學林出版社，1994年版，第79頁。引按：丁

辨析，來進一步討論「楊絳的風格」及其本質特徵。

第二節　隱匿與分身：隱逸保眞的精神風格

　　風格，首先顯現爲某種軀體（實）或精神（虛）的存在姿態。楊絳大致會認同一種「隱士風格」，或者有現代文明色彩的「隱逸保眞精神風格」。「隱士」的字面意思，就是將自己隱藏起來的知識分子。它是古代社會的「隱士人格」，與現代社會的「自由人格」相結合的產物。作爲一種風格，「隱」有軀體（實）和精神（虛）的雙重屬性，並與「顯」和「藏」之間構成辯證關係。

　　蔣星煜指出，中國古代隱士「清高孤介，潔身自愛，知命達理，視富貴如浮雲」，這與中國文化「尚謙讓，行中庸，薄名利，鄙財富」的觀念有關。隱士精神「不同於悲天憫世和佛教的思想，因爲隱士的人生觀雖不積極，卻是樂觀的。自然更不同於歐美的功利主義，而且截然相反。中國隱士的風格和意境，決非歐美人所能瞭解的。」同時，中國古代的「隱士文化」又是「自給自足」的「農村社會」和「普天之下莫非王土」的「君主時代」之產物。因此，現代社會不可能出現「義不食周粟」、甘食薇蕨、餓斃首陽之山的叔齊伯夷。但這種思想風格「仍爲人所憧憬。」〔註 20〕《後漢書‧逸民列傳》中分析了隱士之「隱」的六種動機：「或隱居以求其志，或迴避以全其道，或靜己以鎭其躁，或去危以圖其安，或垢俗以眢其絜，或疵物以激其清。」〔註 21〕蔣星煜通過對古代各類隱士的分析，從現代社會學角度對「隱者」進行分類：從政治生活角度分爲「眞隱士」和「假隱士」；從經濟生活角度分爲「有業的隱士」和「無業的隱士」；從社會人際角度分爲「孤僻」型和「交遊」型；從精神生活角度分爲「養性」和「求知」兩類。〔註 22〕按這種分類法，楊絳就

　　福保《佛學大辭典》「正法眼藏」詞條：「正爲佛心之德名，此心徹見正法，故曰正法眼。深廣而萬德含藏，故曰藏。」（丁福保編：《佛學大辭典》（上），上海：上海書店，1991 版，第 825 頁）胡河清解釋「正法眼藏」時著重講「藏」，並將「含藏萬德」的觀世之法，解釋爲「含藏之筆」的文章學概念，進而解讀爲簡筆的「空白含藏悲涼」之意。

〔註 20〕蔣星煜：《中國隱士與中國文化》，上海：上海三聯書店，1988 年版，第 1 頁。
〔註 21〕〔南朝‧宋〕范曄：《後漢書‧逸民列傳第七十三》，北京：中華書局，1990 年版，第 2755 頁。
〔註 22〕蔣星煜：《中國隱士與中國文化》，上海：上海三聯書店，1988 年版，第 20～21 頁。

屬於：眞實的、有志業的、孤僻的、養性求知的「隱士」。

　　楊絳一生淡泊名利，潔身自尊、知命達理，並將一身隱藏在自己家庭和文學創作、翻譯研究的「小世界」之中，尤其不喜歡拋頭露面。在同時代作家眼裏，楊絳與錢鍾書「同負重名，索落自甘，如出一轍。她兼擅著譯，珠玉紛陳，而自謙爲『壇下人』，意謂她遊移於文壇之下，和《紅樓夢》中妙玉自稱『檻外人』相似」。〔註 23〕從《楊絳文集》公佈的三封私人信函看，都是在拒絕社會層面的「顯」而主張「隱」。〔註 24〕2005 年，楊絳得知正在寫關於她的博士論文的法國青年學者劉梅竹，要將她們兩人的通信公開發表時，楊絳說：「我給你的信原是私人信，不准備公開的，你既有急需，發表也無妨。只是我比你更怕拋頭露面，所以希望溫教授能爲你找個學術性高而銷路不廣的刊物，你和我都可以少招人注意。」〔註 25〕「隱」的姿態是多種多樣的。「隱於朝市」比「隱於山林」要困難得多。楊絳身處鬧市，卻偏偏選擇了「隱」。她自知「隱」之難。神仙的「隱身衣」也是一時笑談而已。但她的確有其特殊的隱身法門，那就是自甘卑微地位的「凡間的隱身衣」，讓人「視而不見，見而無睹」，連夢中開往「孟婆店」的列車上都沒有排她的座位。

　　在《將飲茶》「代後記」《隱身衣》一文中，有這樣一段顯露心跡的文字：「我愛讀東坡『萬人如海一身藏』之句，也企慕莊子所謂『陸沉』。社會可以比作『蛇阱』，但『蛇阱』之上，天空還有飛鳥：『蛇阱』之旁，池沼裏也有遊魚。古往今來，自有人避開『蛇阱』而『藏身』或『陸沉』。消失於眾人之中，如水珠包孕於海水之內，如細小的野花隱藏在草叢裏」，「一個人不想攀高就不怕下跌，也不用傾軋排擠，可以保其天眞，成其自然，潛心一志完成自己能做的事。」〔註 26〕這段文字看上去不甚起眼，實際上包含著多重玄機，下面分而論之。

〔註 23〕 柯靈：《促膝閒話鍾書君》，《滄桑憶語》，南京：江蘇文藝出版社，2005 年，第 236 頁。

〔註 24〕 她婉言謝絕進入中國現代文學館之榮譽、中國文聯頒發的榮譽證書、爲《錢鍾書傳》寫序。見《楊絳文集》（第三卷），北京：人民文學出版社，2004 年版（2013 年 9 月 2 次印刷），第 110～114 頁。此外，她謝絕故鄉無錫爲錢鍾書建故居；她將稿費捐給母校清華大學設立「好讀書」獎學金，而拒絕冠名，等等。

〔註 25〕 見《楊絳先生與劉梅竹的通信兩封》，《中國文學研究》（長沙）2006 年第 1 期，第 92 頁。

〔註 26〕 見《楊絳文集》第 2 卷（散文卷・上），北京：人民文學出版社，2004 年版，第 194～195 頁。

其一爲「身藏」。這是一種特殊的存在姿態。如水珠藏於浩瀚大海，亦如大海之包藏萬有。而個體藏身於社會人海，理與此同，這不是消極，而是順物；不是逃跑，而是定住；不是消失，而是歸一。

其二爲「陸沉」。這是「隱士」的一種特殊說法。水珠可藏於大海，人卻只能站立於陸地之上，除非有土行孫「遁地」之法門，否則，要藏而而不顯，就只能是「陸沉」了。陸沉也者，「人中隱者，譬無水而沉也」，「寂寥虛淡，譬無水而沉，謂陸沉也」。〔註27〕「陸沉」這一術語，是莊子引孔子評價楚國隱士的話，孔子回答子路說：「是聖人僕也。是自埋於民，自藏於畔。其聲銷，其志無窮，其口雖言，其心未嘗言。方且與世違而心不屑與之俱。是陸沉者也。」〔註28〕

其三爲「蛇阱」。這是對社會紅塵的比喻。楊絳寫道：「英美人把社會比作蛇阱（snake pit）。阱裏壓壓擠擠的蛇，一條條都拼命鑽出腦袋，探出身子，把別的蛇排擠開，壓下去；一個個冒出又沒入的蛇頭，一條條拱起又壓下的蛇身，扭結成團、難分難解的蛇尾，你上我下，你死我活，不斷地掙扎鬥爭。」〔註29〕將社會比喻爲「蛇阱」，就好比佛教稱社會爲「紅塵」，如果按「蛇阱」思維，「紅塵」就可直譯爲「骯髒的欲望」。其實，「紅塵」和「蛇阱」的比喻，不應該是絕對否定性，絕對否定性思維，只看到事物的一個方面。所謂「看破」，就是能窺見事物和世相的「一中之多」和「多中之一」。誠如楊絳所說，蛇阱之上的天空中還有飛鳥，蛇阱之旁的池沼裏還有游魚，造物之外還有世人的創造，「世態人情比明月清風更饒有滋味。」「人情世態，都是天眞自然的流露，往往超出情理之外，新奇得令人震驚，令人駭怪，給人以更深刻的效益，更奇妙的娛樂。唯有身處卑微的人，最有機緣看到世態人情的眞相。」〔註30〕這是從對「蛇阱」的否定抵達「否定之否定」的辯證思維，也是楊絳

〔註27〕〔清〕郭慶藩：《莊子集釋》，北京：中華書局，1961，第 895～896 頁。另見王充《論衡卷‧謝短篇》：「知古不知今，謂之陸沉。」「知今不知古，謂之盲聾」。

〔註28〕見《莊子‧則陽》。陳鼓應譯文：「孔子說：這些人是聖人的僕人。他自隱於民間，自藏於田園。他聲名沈寂，他志向無窮，他雖有所言論，而內心卻凝寂無言，和俗世相反而不屑與世俗同流。是位自隱之士。」（見陳鼓應《莊子今注今譯》，北京：中華書局，1983 年版，第 683 頁。）

〔註29〕見《楊絳文集》第 2 卷（散文卷‧上），北京：人民文學出版社，2004 年版，第 193 頁。

〔註30〕見《楊絳文集》第 2 卷（散文卷‧上），北京：人民文學出版社，2004 年版，第 195 頁。

所具有的絕對自由和超越精神的體現，更是她察幾知微的眼力和心靈，在隱與顯、藏與露，悟與觀層面上的統一。

其四為「保真」。這是對人性或者理想自我的保護性行為。保住天然真實的秉性，是相對於「蛇阱」中的傾軋、失真、虛偽而言。做一個「真人」，應該是楊絳的理想。在莊子那裡人分為七種類型：天人、神人、真人、聖人、君子、百官、民。〔註31〕其分類的標準，是人的心性與「自然」「道」「一」之關係。前面三種即天人、神人、真人，與「自然」「道」「一」不分離，但他們經常隱而不露，不容易見到，即使在你跟前站著也未必識得。中間兩種人，即聖人和君子，就是那些揚言要實行「道」，努力要接近「道」的人，他們喜歡拋頭露面，因此難免造假，假是一種惡的形式，所謂「假聖人」「偽君子」「鄉愿」者是也，《洗澡》中那些「投機鑽營」「出乖露醜」「謊話連篇」的「知識分子」也屬此列。後面兩種人，即官和民，他們忙於社會管理和日常生計，不打算瞭解「道」為何物，或許他們的存在本身，就是「道」的一種形式，也未可知。這裡的關鍵問題在於，中間層面的「聖人君子」的可疑性。因此才有莊子「聖人不死，大盜不止」「絕聖棄智，大盜乃止」〔註32〕的激烈說法。而楊絳的原則是，去中間（聖人和君子）選兩端（真人和百姓）。她一方面希望自己能成為一個「保其天真，成其自然」的「真人」；〔註33〕另一方面，她又在多個場合說自己是「芸芸眾生中的平常之人」，〔註34〕是「身處卑微的人」，〔註35〕是「無足輕重」的人。〔註36〕將這兩種說法綜合在一起，就是「隱身於芸芸眾生中的真人」。

〔註31〕《莊子‧天下篇》:「不離於宗，謂之天人。不離於精，謂之神人。不離於真，謂之至人。以天為宗，以德為本，以道為門，兆於變化，謂之聖人。以仁為恩，以義為理，以禮為行，以樂為和，薰然慈仁，謂之君子。以法為分，以名為表，以參為驗，以稽為決，其數一二三四是也，百官以此相齒。以事為常，以衣食為主，蕃息畜藏，老弱孤寡為意，皆有以養，民之理也。」參見郭慶藩：《莊子集釋》（第四冊），北京：中華書局，1961 年版，第 1066 頁。

〔註32〕見《莊子‧胠篋》。

〔註33〕所謂「真」就是「契合自然、淳粹不離、嶷然不假」的意思。見王叔岷：《莊子校詮》（下），臺北：樂學書局，1988 年版，第 1295 頁。

〔註34〕見吳學昭：《聽楊絳談往事‧序》，北京：三聯書店，2008 年版。

〔註35〕見《楊絳文集》（散文卷‧上），北京：人民文學出版社，2004 年版（2013 年9 月 2 次印刷），195 頁。

〔註36〕楊絳：《書信三封》，見《楊絳文集》第 3 卷，（散文卷‧下），北京：人民文學出版社，2004 年版（2013 年 9 月 2 次印刷），第 110 頁。

隱身，是在「蛇阱」般的人群中，為了保持「真」，而把自己隱藏起來，使自己變成「零」。吳學昭《聽楊絳談往事》，是楊絳唯一認可的傳記，其中反覆提到楊絳自認為「零」。〔註37〕直到100歲楊絳依然自認為「零」，她對記者說：「我穿了『隱身衣』，別人看不見我，我卻看得見別人，我甘心當個『零』，人家不把我當個東西，我正好可以把看不起我的人看個透。這樣，我就可以追求自由，張揚個性。所以我說，含忍和自由是辯證的統一。含忍是為了自由，要求自由得要學會含忍。」〔註38〕因此，所謂的「零」當然不是「無」；「零」之「用」可謂大矣，它是另一種「有」，一種更為真實的「有」，也就是「一」和「多」。只有返歸這個本源性的「零」或「一」，才有可能出現新的「多」。這是通往新的「自由」的道路。楊絳提到「含忍和自由是辯證的統一」，作為個體，楊絳的選擇實際上已經超越了以賽亞‧伯林所說的「積極自由」和「消極自由」〔註39〕的對立，也就是「一元論和多元論的對立。」〔註40〕隱者總有一點「消極自由」的味道，「聖人君子」總是追求「積極自由」。楊絳在追求自由的背後，強調一種含忍和節制的品格，也就是「一」與「多」的對立統一。作為「隱身術」的一種特殊方式，「分身術」正是從「一」中分出「多」來的方便法門。

楊絳的「分身術」，有三種基本形態，第一種，是靈與肉瞬間分離的「出元神」形式（民間又稱之為「分神」）。楊絳在描寫自己「文革」期間遊街的情境時說：「我卻能學孫悟空讓『元神』跳到半空中，觀看自己的那副怪模樣，背後還跟著七長八短一堆戴高帽子的『牛鬼蛇神』。」〔註41〕肉體是可見的

〔註37〕 吳學昭：《聽楊絳談往事》，北京：三聯書店，2008 年版，第 265、288、310、336 頁。

〔註38〕 見《坐在人生的邊上——楊絳先生百歲答問》，《文匯報》2011 年 7 月 8 日第四版。

〔註39〕 以賽亞‧伯林的「消極自由」概念，是指一個人能「不受別人干涉地做他有能力做的事、成為他願意成為的人」的自由（〔英〕伯林：《兩種自由概念》，見《自由論》，南京：譯文出版社，2011 年版，第 170 頁。）「積極自由」的概念，則是指「個體成為自己的主人的願望。」（同上書，第 179 頁）伯林又將前者表述為「免於……的自由」，將後者表述為「做……的自由」。他認為這兩種自由都需要限制，因為前者可能導致「經濟的放任」，後者可能導致「最大的濫用」（指專制和暴政）（同上書，第 334～336 頁）。但伯林更傾向於「多元論」和「消極自由」。

〔註40〕 〔英〕邁克爾‧H‧萊斯諾夫：《二十世紀的政治哲學家》，北京：商務印書館，2001 年版，第 276 頁。

〔註41〕 楊絳：《丙午丁未年紀事》，見《楊絳文集》第 2 卷（散文卷‧上），北京：人民文學出版社，2004 年版（2013 年 9 月 2 次印刷），第 183 頁。

「顯」，精神自然是不可見的「隱」，所以「分神」之後「別人看不見我，我卻看得見別人」，故能自由自在、神遊八方，如陶淵明不願「心為形役」；如老子所言：「吾所以有大患者，為吾有身，及吾無身，吾有何患。」〔註42〕第二種，是從社會「蛇阱」之中抽身而出的分身形式。所以，她總能夠看到「蛇阱」之上天空中的飛鳥，「蛇阱」之旁池沼裏的游魚，「造物」之外人的創造，以及各種世態、人心、俗念。因此，就有了《幹校六記》中對一隻小狗的大篇幅的描寫，有《雜憶與雜寫》中對「花花兒」的形象塑造，有《走到人生邊上～自問自答》後面的大量「注釋」和對鵲鳥一家悲歡離合的關切。這種寫作上的「分身術」和「出元神」，是藝術中的「自由精神」的體現。第三種，是家庭日常生活「小劇場」中，角色互換式的「分身術」。他們一家三口，個個都像有「七十二變」法門的孫悟空那樣，能搖身一變化身為各種角色。《我們仨》中有這樣的描述：「我們仨，卻不止三人。每個人搖身一變，可變成好幾個人。例如阿瑗小時才五六歲的時候，我三姐就說：『你們一家呀，圓圓頭最大，鍾書最小。』我的姐姐妹妹都認為三姐說得對。阿瑗長大了，會照顧我，像姐姐；會陪我，像妹妹；會管我，像媽媽。阿瑗常說：『我和爸爸最『哥們』，我們是媽媽的兩個頑童，爸爸還不配做我的哥哥，只配做弟弟。』我又變為最大的。鍾書是我們的老師。我和阿瑗都是好學生，雖然近在咫尺，我們如有問題，問一聲就能解決，可是我們決不打擾他，我們都勤查字典，到無法自己解決才發問。他可高大了。但是他穿衣吃飯，都需我們母女把他當孩子般照顧，他又很弱小。」〔註43〕可見，不僅僅是在書齋裏的創作和思考中，在日常生活的場景中，其自由精神也是一以貫之。在「家」這個自足圓滿的場所是用不著「隱」的，可以大「顯」身手。

在現實中有著如此隱身和分身法門的楊絳，有時候也會遇到難題，那就是進天堂遇見逝去親人的時候，肉身應該是什麼樣子的。如果像現在這樣老，爸爸媽媽就認不出自己，因為爸爸媽媽去世的時候，自己還是年輕的樣子。如果以年輕的樣子出現，又怕鍾書和圓圓認不出。楊絳說：好在沒有肉身的靈魂，彼此都是認識的、熟識的。〔註44〕所以，無論是隱身還是分身，在楊

〔註42〕《老子・十三章》。

〔註43〕楊絳：《我們仨》，《楊絳文集》第 3 卷（散文卷・下），北京：人民文學出版社，2004 年版，第 258～259 頁。

〔註44〕參見楊絳：《走到人生邊上──自問自答》，北京：商務印書館，2007 年版，第 155 頁。

絳的觀念之中，都有更高的問題在統攝和支配。

第三節　修身與修辭：文質合一的語體風格

上文已經提到，楊絳的「隱身」，就是要避開「蛇阱」那個充滿險惡和爭鬥的「社會」，隱入世俗生活和民間世界，或者也可以說「顯身」於民間。從楊絳那些精細準確、冷峻傳神，又不失生動活潑的筆墨之中，既能夠看到她深刻的思想、淵博的學識、精練的語體，又能看到她奇妙的想像、世俗的笑謔、民間的野趣。這種語體風格之中，無疑包含著雅與俗、文與質、史與野的衝突和融合。這樣一種看似矛盾實則有統一性的語體風格，是本節要討論的內容。

楊絳出身江南名門，父親楊蔭杭是一位學貫中西的學者兼大法官，姑姑楊蔭榆曾任北京女子師範大學校長；嫁無錫錢門，夫君為著名學者錢鍾書；她幼承家學，又受過良好的現代教育，曾就讀於東吳大學政治學系和清華大學研究院外文系，有在牛津大學和巴黎大學留學經歷；歷任清華大學教師和中國社會科學院研究員。她這樣一位精於中西文化和語言，集創作、翻譯和研究於一身的標準「精英知識分子」，卻對這個身份棄之如敝屣，而且常以「卑微者」或「芸芸眾生之一」自居。這與其說是「謙虛」，不如說是「羞與為伍」。錢鍾書這樣描摹楊絳的文體和風格：「世情搬演栩如生，空際傳神著墨輕。自笑爭名文士習，厭聞清照與明誠。」〔註45〕在楊絳眼中，學界文壇與「蛇阱」般的社會實為一體，也「是爭權奪利、爭名奪位的『名利場』」，要躲開它並非易事，因此發出「人生實苦」的感歎。〔註46〕更「苦」的是，成不了「逍遙遊」的神人，甚至連保全本真也不容易，「上天無路入地無門」，於是只能「陸沉」。「陸沉」不能簡單地理解為消極避世，它是「隱」與「顯」的方便法門，其中包含接受「修身鍛鍊」〔註47〕的勇氣和「立地成佛」的宏願。可以推論，1949年年初，錢鍾書楊絳夫婦拒絕出國之時，〔註48〕就有了此種「勇

〔註45〕 錢鍾書：《槐聚詩存》，北京：三聯書店，2002年版，第123頁。

〔註46〕 楊絳：《走到人生邊上——自問自答》，北京：商務印書館，2007年版，第81頁。

〔註47〕 楊絳：《走到人生邊上——自問自答》，北京：商務印書館，2007年版，第83頁。

〔註48〕 1949年初，聯合國教科文組織、牛津大學、臺灣大學、都向錢楊夫婦發出過邀請。參見吳學昭《聽楊絳談往事》，北京：三聯書店，2008年版，第229

氣」和「宏願」。憑錢楊的智慧，他們不會做糊塗選擇。楊絳後來解釋爲「不願去父母之邦，撇不開自家人。」〔註49〕

　　自 1949 年開始，此後 30 年的「修身鍛鍊」和「沉思默想」，可以看作是楊絳「求道」與「證果」的過程。楊絳說：「修身——鍛鍊自身，是做人的最根本要求。」修身鍛鍊的目標是「『致中和』，從和諧中求『止於至善』」。〔註50〕這種修身的成果，也可以通過言行和文字顯現出來。文學創作的過程，正是與「修身磨煉」相配套的「修辭立誠」過程。直到 1977 年，年近 70 的楊絳又重新拿起文學創作之筆，短短 10 年之中，寫出了包括《幹校六記》、《丙午丁未年紀事》、《洗澡》等一批優秀的散文和小說。假設楊絳沒有毀掉已經完成了 20 個章節的小說手稿，將《軟紅塵裏》這個長篇寫完的話〔註51〕，我們可能會看到一部濃縮她全部人生智慧和藝術才華的鴻篇巨製。儘管楊絳毀掉書稿一事是一個謎團，但已經寫成的作品中，同樣包含了她全部的人生體悟和藝術風格，特別是她的語體風格與人生風格的關聯性。

　　早在 20 世紀 40 年代中期，就有評論者討論楊絳創作語言的風格問題，他們發現楊絳的戲劇語言，與民間語言之間有著千絲萬縷的聯繫。孟度就指出：「在新文學中能於語言略有成就的寥寥可數，而向這方面致力的所屬不多。在《弄眞成假》中，如果我們能夠體味到中國氣派的機智和幽默，如果我們能夠感到中國民族靈魂的博大和幽深，那就得歸功於作者採用了大量的靈活，豐富，富於表情的中國民間語言。」〔註52〕也有當代論者稱楊絳爲「流落民間的『貴族』」，說楊絳的語言「是知識分子不媚俗的高貴氣節和質樸寬厚的平民情懷的奇妙統一。」〔註53〕這些論述都發現了楊絳語言風格的一些特徵，但還需進一步理論化。

　　俄國理論家巴赫金對語體（風格 стиль）有精闢的論述。下面將梳理他的理論表述。巴赫金認爲，「文學不簡單是對語言的運用，而是對語言的一種藝術認識，是語言的形象，是語言在藝術中的自我意識。」「作爲描寫對象的各

　　　　頁。
〔註49〕楊絳：《我們仨》，見《楊絳文集》第 3 卷（散文卷·下），北京：人民文學出版社，2004 年版（2013 年 9 月 2 次印刷），第 223 頁。
〔註50〕楊絳：《走到人生邊上——自問自答》，北京：商務印書館，2007 年版，第 82～85 頁。
〔註51〕詳見本書第二章開篇的相關論述。
〔註52〕孟度：《關於楊絳的話》，《雜誌》第 15 卷第 2 期，1945 年 5 月。
〔註53〕張立新：《流落民間的「貴族」》，見《當代作家評論》，2007 年第 6 期。

種言語語體。這不是社會言語生活的速寫，而是這種生活的典型的藝術形象。」「藝術形象具有人的特性。每一話語，每一語體（風格），每一發音背後都蘊藏著（典型的、獨特的）說話者活生生的個性。」「一部完整的新型的文學作品的語言，……不是多種『語言』（言語語體和個人風格）的總和，而是各種『語言』和風格構成的體系，是一個複雜而又統一的體系。這個統一首先是功能上的，它表現在對所有這些語言和風格的統一態度上。」「對於語言的藝術認知（而非語言學的科學認知），具有重大的實踐意義。它教導人們創造性地（而不僅僅是正確地）運用語言，克服幼稚的語言和教條的語言，克服狹隘的單語體性和盲目的多語體性，也就是無風格性。它能將語言提升到高水平，實質上是提升它到新的、高級的生活形式上。文學對全民語形成的影響即表現在此，而不在於文學提供了正確的和優秀的語言典範。」〔註54〕

　　上面的引文中，包含著高度濃縮的理論內涵，這是巴赫金的一貫作風。為了便於理解，我將對這些論述「語言」與「文學」，或者「語體風格」與「生活形象」之關係的觀點，進行二度轉述，並歸納為四層意思，同時將它用於分析楊絳的藝術特徵和語體風格。

　　第一，語言是「形象」而不是「材料」。文學是對語言的「藝術認識」而不是「科學認識」；因此要使語言呈現為「形象」而不只是「邏輯」，從而使得語言在文學中具有「自我意識」；由此，作家在語言的使用之中，也呈現出自己的「自我意識」。楊絳最擅長用形象化的語言表達她的思想，或者說讓生活態度和語言材料轉化為一種形象。比如，她將強行遺忘這一主題概括為「喝孟婆茶」，將歷史記憶表現為行走在「古驛道上」；將隱居比喻為穿上神仙給的「隱身衣」，將藏身民間稱之為穿上「卑微」這件隱身衣，將自由的渴望表述為「分身術」；將社會或人世間比喻為「蛇阱」，將小家庭比喻為「鳥巢」，等等。對生活經驗和歷史記憶的細節，不做無節制的鋪陳，而是通過「詞語煉金術」〔註55〕，將經驗的碎片濃縮在「形象」之中，或者在詞語的碎片中發現了更本質的詞語，這正是藝術和詩歌的本質特徵，也是楊絳使用詞語的特徵之一。

〔註54〕〔俄〕米哈伊爾・巴赫金：《文學作品中的語言》，《巴赫金全集》第四卷，白春仁等譯，石家莊：河北教育出版社，2009年版，第273～278頁。
〔註55〕參見：〔法〕蘭波《地獄一季》，《彩畫集》，上海：上海文化出版社，2001年版，第28頁。

　　第二，活生生的語言形象才構成「語體風格」。文學語言不是對其它語言（比如，知識分子的、民間的、好人的，壞人的，等等）的簡單模仿和記錄，而是對這些語言及其生活內涵的「藝術塑造」，由此才出現作家活生生的個性，或者文學意義上的「語體風格」。「狹隘的單語體」和「盲目的多語體」，都是「無風格性」的表現。比如，《弄真成假》中的周母的話：「我一個寡婦家，千辛萬苦養得兒子成人，不過是指望早娶兒媳婦，早抱孫子，我就算沒有白活了一輩子。我守寡到今天，沒有穿紅著綠，只等娶兒媳婦的好日子，讓我穿上紅裙子做婆婆，受他們雙雙一拜。」〔註56〕這一段話是對民間語言的模仿，它將周大璋的母親、一位舊女性、一位寡婦的多重心理和畸形性格，表現得生動逼真。又比如，楊絳是這樣寫離別的：「文學所有人通知我，下幹校的可以帶自己的床，不過得用繩子纏捆好，立即送到學部去。粗硬的繩子要纏捆得服貼，關鍵在繩子兩頭；不能打結子，得把繩頭緊緊壓在繩下。這至少得兩人一齊動手才行。我只有一天的期限，一人請假在家，把自己的小木床拆掉。左放、右放，怎麼也無法捆在一起，只好分別捆；而且我至少還欠一隻手，只好用牙齒幫忙。我用細繩縛住粗繩頭，用牙咬住，然後把一隻床分三部分捆好，各件重複寫上默存的名字。小小一隻床分拆了幾部，就好比兵荒馬亂中的一家人，只怕一出家門就彼此失散，再聚不到一處去。據默存來信，那三部分重新團聚一處，確也害他好生尋找。」〔註57〕從語言材料的角度來看，這是在寫將拆散為零件的床捆起來的動作和過程。從文學形象的角度看，這是在寫分離的焦慮、懼怕和悲傷。從語體風格的角度看，將家庭離散導致的心理情緒隱藏起來，全部轉化為拆床和捆床的動作。拆散的床相當於拆散的家。將被拆散的床再捆起來的動作，或者在寄件中尋找散落四處的零件的過程，則是渴望團聚的象徵。不著痕跡，卻感人至深。

　　第三，語體風格背後是作家對語言和生活的統一態度。文學作品的「語體風格」，是一個複雜而又統一的系統，這種統一性表現在作家對不同語言和風格的統一態度上，是作家的統一態度，而不是各類語言和風格的支離破碎的態度。楊絳的創作主要涉及三個方面的內容：一是個人經驗的回憶性描述；一是知識分子群像描寫；一是民間人物的刻畫。這些「回憶」「描寫」

〔註56〕楊絳：《弄真成假》，見《楊絳文集》第4卷（戲劇・文論卷），北京：人民文學出版社，2004年版，第173頁。

〔註57〕楊絳：《幹校六記》，見《楊絳文集》第二卷（散文卷・上），北京：人民文學出版社，2004年版（2013年9月2次印刷），第7～8頁。

和「刻畫」，意義都不是單一的，其語體風格背後有著對生活和語言的總體態度，實際上是一種更高層面上的綜合。楊絳描寫過大量的民間或者叫底層的人物，比如，方五妹、老王、林奶奶、黑皮阿二、趙佩榮、阿福、阿靈、順姐、阿菊、秀秀，等等。儘管楊絳更喜歡接觸民間，也經常使用生動活潑的民間語言，但她並不會完全贊同那種語言和生活。比如鐘點工方五妹，比如《雜憶與雜寫》中的林奶奶，特別是那位「自由戀愛」的順姐，他們的語言儘管生動，但雜亂無章。他們的生活儘管質樸，但漫無頭緒。如果不仔細傾聽，不認真琢磨，不細心觀察，民間生活和語言就只能是混沌一片。面對他們，楊絳總能夠在保持民間語言生動活潑的前提下進行藝術提煉；在尊重他們質樸而混沌生活的前提下，使他們的生活得以提升。在描寫知識分子群像的時候也一樣，當知識分子的語言虛假、枯燥、無意義的時候，民間語言總是如期而至，起到戳穿謊言、改變僵化面孔、激活生活的效果。作家的選擇和提煉背後，有著對語言和生活的「統一態度」。無論執著於「雅」的語言和生活，抑或是執著於「俗」的語言和生活，都是一種人類理解世界的片面性。為了破執，楊絳追求一種俗而不粗野、雅而不僵化、自由而有節制、生動活潑又非漫無邊際的語體風格，也就是文質和諧，雅俗共賞的語體風格。這符合一多互攝，不偏不倚，個性與共性統一的美學標準，也是最高的風格學。

　　第四，語體風格的最高要求是提升「共同語言」和「共同生活」。文學的語體風格不僅要求有自身的創造性，也要求對全民語言的提升作用，更要求它對生活形式的提升作用。這裡值得注意的是，具有創造性的文學語體風格，其意義不僅僅限於文學，還有對於公共語言和公共生活的提升意義。正是在這一點上，「修身」與「修辭」互為印證，互為表裏。楊絳認為，「修身」的目標是「自我完善」，是「致中和」，「止於至善」。與這一「修身」的目標相應的「修辭」理想，就應該是「思無邪」，「溫柔敦厚」，「樂而不淫，哀而不傷」。這不正是儒家的審美理想嗎？沒錯，楊絳就是這麼說的。越到晚年，楊絳越傾向於古典美學的標準。她說：「『孔孟之道』無論能不能實現，總歸是一個美好的理想。……理想應該是崇高的，難以實現而令人企慕的，才值得懸為理想。」〔註58〕古希臘哲人蘇格拉底說，詩如果違背真理，那麼就要將

〔註58〕楊絳：《走到人生邊上——自問自答》，北京：商務印書館，2007年版，第85頁。

那些有「感傷癖」和「哀憐癖」的詩人逐出理想國，除非她能夠證明她不但能引起快感，「而且對於國家和人生都有效用。」〔註59〕可見，無論東方還是西方，古典的美學理想都在追求「修身」與「修辭」合一的理想境界。生活或語言的目標，不僅僅在於文章寫得多麼漂亮，還在於提升自己和他人、提升「共同語言」和「共同生活」。知識分子和作家的理想人格和風格的合一，這一點特別重要，也是楊絳與許多當代作家不一樣的地方。

第四節　憂世與傷生：悲智交融的情感風格

這一節試圖用「悲智」這一概念來描述楊絳創作中「憂世與傷生」的情感風格。「悲智」是一個佛教術語，字面意思是「慈悲與智慧」。〔註60〕錢鍾書在討論王國維詩作的時候，也用了這個術語，說王靜安之七律，「比興以寄天人之玄感，申悲智之勝義。」〔註61〕在本文中，將「慈悲」改爲「悲憫」更爲貼切，表示對「人生實苦」的普遍境遇產生的悲戚和憐憫。「悲」的對象是對外對他而言，而重心卻又落在個體的心理層面；「智」的對象是對內對己而言，而重心卻又落在對心理的把握和表達上，可視之爲「悲劇意識」及其相關的思維和語言智慧。所以，可以借用這一術語來描述楊絳情感表達的風格。

楊絳與錢鍾書兩人的人格相似，但風格各異。胡河清說：「錢鍾書、楊絳伉儷，可以說是中國當代文學中的一雙名劍。錢鍾書如英氣流動之雄劍，常常出匣自鳴，語驚天下；楊絳則如青光含藏之雌劍，大智若愚，不顯鋒刃。」〔註62〕這是一種通過修辭的方式對二人總體風格的比喻性說法。從思維方式的角度看，我覺得錢鍾書更傾向於學者，楊絳更傾向於作家。就拿「憂世傷生」這一點來說。他們二人出生於民國初年，親身經歷了整個 20 世紀的家國憂患：戰爭災難、政治運動、離別、傷病、死亡。作爲有情懷且敏於世態人

〔註59〕　參見〔古希臘〕柏拉圖：《理想國・卷十・詩人的罪狀》，《文藝對話集》，北京：人民文學出版社，1963 年版，第 87～88 頁。

〔註60〕　悲智：「慈悲與智慧也。此爲佛菩薩所具一雙之德，稱曰悲智二門。智者，上求菩提，屬於自利，悲者，下化眾生，屬於利他。」見丁福保編：《佛學大辭典》（下），上海：上海書店，1991 年版，第 2143～2144 頁。

〔註61〕　錢鍾書：《談藝錄》，北京：中華書局，1984 年版，第 24 頁。

〔註62〕　胡河清：《楊絳論》，《靈地的緬想》，上海：學林出版社，1994 年版，第 72 頁。

性的知識分子，誰能不發「憂世傷生」之歎！但兩人的方式卻不一樣，楊絳
含而不露，錢鍾書直接說出來，說自己寫《圍城》的時候伴隨著「憂世傷生」
的情緒；〔註63〕說《談藝錄》是「憂患之書」，其時「如危幕之燕巢，同枯槐
之蟻聚。憂天將壓，避地無之，雖欲出門西向笑而不敢也。」〔註64〕說自己
寫《管錐編》的時候也是「多病意倦，不能急就。」〔註65〕楊絳則說《槐聚
詩存》是「憂世傷生」〔註66〕之作。

　　作為一位女性、妻子、母親，楊絳的「憂」與「傷」的深廣度，應該絲
毫也不亞於錢鍾書，或許更有甚者。我認為，《大笑話》、《洗澡》，《幹校六記》、
《將飲茶》等，都是「憂世傷生」之作；後期的《我們仨》和《走到人生邊
上——自問自答》，更是「傷生憂世」之作。在楊絳極為含蓄、節制的情感表
達法之中，含藏著大悲大智。再強調一次，「悲」是一種對人世間的情懷，是
對普遍存在的「缺憾」的憐憫；「智」是一種洞察世界的能力在文本中的顯現
方法。楊絳在表達傷生憂世情懷的時候，大約可以歸納為以下幾個主要特徵，
也可以稱之為三種表達悲憫的智慧方法。第一為「濃縮法」：用形象思維或自
由的藝術想像力說話，這是文學家的方法；第二為「節制法」：含藏不露，僅
描摹人物的動作和事物的樣貌，有如中國畫法的「計白當黑」「虛實相生」之
法。第三為「互文法」：中國古典文學中有「互文見義」之修辭法，即不同部
分彼此補充、相互闡發，不可分而論之。錢鍾書說「孔穎達得法於鄭玄」而
稱「互文相足」。〔註67〕下面分而論之。

　　濃縮法。不願意將對人世間的悲憫情感露骨地說出來，而是將它隱藏在
藝術形象的深處。散文集《將飲茶》當然是一部標準的「憂世傷生」之作。
其中有對父親、母親、姑姑的「憶」，包括對家族盛衰交替命運的描摹；有對
錢鍾書的行狀的「記」，包括對家庭生活中溫情和離別的記載；還有對個人遭
遇中一團亂麻似的往事的「紀」，包括自己面對驚恐、屈辱的特殊應對方式。
憶、記、紀，三者都包含了回憶和記載的意思，但隱含著差別。「憶」的重心
在從腦海或內心湧現，彷彿有點難以控制的意思。「記」的重心在強調對往事

〔註63〕錢鍾書《圍城・序》，北京：人民文學出版社，1980 年版。
〔註64〕錢鍾書：《談藝錄》，北京：中華書局，1984 年版，第 1 頁。
〔註65〕錢鍾書：《管錐編・序》，北京：中華書局，1979 年版。
〔註66〕楊絳：《記錢鍾書與〈圍城〉》」，《楊絳文集》第二卷（散文卷・上），北京：
　　　　人民文學出版社，2004 年版（2013 年 9 月 2 次印刷），第 158 頁。
〔註67〕錢鍾書：《管錐編》，北京：中華書局，1979 年版，第 27 頁。

呈現時的準確性，態度更爲冷靜客觀。「紀」的重心則在重新梳理，將那些「亂絲」一般的往事，再整理出一個形狀來。所以，《將飲茶》，可以看做是對《幹校六記》的一個不可缺少的補充補充。面對一個世紀的「憂」與「傷」，說什麼？怎麼說？哪些可以說？哪些不能說？哪些無須說？這些問題無疑能折射出作家的情懷和智慧。爲呈現那些沉積在內心深處的往事，楊絳的寫法一開篇就與眾不同。她不直接將「憂」和「傷」的內容說出來，而是將這些內容所產生的後果：「夢」，也就是「憂」和「傷」鐫刻在心靈上的痕跡，通過形象的情節展示給我們。夢中形象化的情節或者畫面，既是被壓抑的記憶，也是要顯現的內容。壓抑與反壓抑、強行遺忘與恢復記憶，這種抗力與反抗力，構成了弗洛伊德所說「白日夢」〔註68〕的生成機制。《孟婆茶》就是一個「白日夢」：一群人被迫上了一條自動化傳送帶（像英國作家赫胥黎《美麗新世界》中的場景）前往某個地方，途徑「孟婆店」喝「孟婆茶」（具有遺忘功能的茶），「夾帶私貨（即記憶）者不能過關」。楊絳自稱「夾帶私貨者」，也就是記憶尚存者，而且還要將這些「憶」「記」「紀」的內容呈現出來。這無疑是一個對抗遺忘的寓言，一個從壓抑的陰影中走出來的活生生的形象。可見，「夢」就是那些被主流思想觀念壓抑到心理深層的潛意識內容的圖象化或情節化的呈現。正如弗洛伊德所說的那樣，「潛意識衝動乃是夢的真正創造者。」「夢都是欲望的滿足。」「觀念也由於同樣的回歸作用，在夢裏化爲視覺的影像。」〔註69〕憂世傷生的心理情緒，就這樣被凝固在一個個形象之中。

節制法。最能代表這一風格是《幹校六記》。當然，《幹校六記》裏面也有「濃縮法」，比如將「文革」記憶濃縮到「別」「勞」「閒」「情」「幸」「妄」幾個字之中。就像《丙午丁未年紀事》中也有「節制法」一樣，但是話只能分開說，合起來理解才對。錢鍾書「小引」中說它是「文革」那個時代「大背景的小點綴，大故事的小穿插」。錢鍾書又說，也許還可以寫「屈」「憤」「愧」這些情緒，但楊絳不會直接寫出來（她不會寫所謂的「傷痕文學」），而是將這些情緒含藏在文字之中。〔註70〕《幹校六記》文字不多，容量巨大，內容

〔註68〕〔奧地利〕弗洛伊德：《作家與白日夢》，見《論文學與藝術》（精神分析經典譯叢），北京：國際文化出版公司，2001年版，第98頁。

〔註69〕〔奧地利〕弗洛伊德：《精神分析引論新編》，北京：商務印書館，1987年版，第12頁。

〔註70〕楊絳《幹校六記》，《楊絳文集》第2卷（散文卷‧上），北京：人民文學出版社，2004年版，第3～4頁。

涉及到「文革」期間的夫妻離別、親人相思、勞動改造、死亡、冒險，等等。但楊絳的文字藏而不露，虛實相生，計白當黑，使現代白話漢語產生了古代漢語的表達力，省儉的筆墨有馬遠《獨釣寒江圖》的藝術效果。有兩個比較典型的例子可以為證。第一個例證已被胡河清發現。胡河清說：「寫到愛婿王得一自殺事件，楊絳便用了兩處含藏之筆。一是她本人對這一事件的感受，實在簡而又簡。只是說：『上次送默存走，有我和阿圓還有得一。這次送我走，只剩了阿圓一人；得一已於一月前自殺了。』其中『只剩了阿圓一人』，僅寥寥七個字，卻儲藏了深不可測的感情信息。而是寫到錢默存先生對此事作何反應是，即略而不述了。這給讀者的想像留下了極大的空白。然而東方美學傳統歷來就是計白當黑的。故這空白之下正含藏著濃黑的悲涼。」〔註71〕其實，楊絳並不是處處都能做到隱忍、含藏、留白，到了傷心至深時，同樣會忍不住流淚：「阿圓送我上了火車，我也促她先歸，別等車開。她不是一個脆弱的女孩子，我該可以放心撇下她。可是我看著她踽踽獨歸的背影，心上悽楚，忙閉上眼睛；閉上了眼睛，越發能看到她在我們那破殘淩亂的家裏，獨自收拾整理，忙又睜開眼。車窗外已不見了她的背影。我又合上眼，讓眼淚流進鼻子，流入肚裏。火車慢慢開動，我離開了北京。」〔註72〕

　　第二個例證是寫她與丈夫錢鍾書的情感。《幹校六記》中多處涉及到楊絳與錢鍾書的情感生活的描寫，但寫得極為節制，卻又「淋漓盡致」。她的方法是最大限度控制「抒情」，極力採用限制敘事視角，僅描摹人物的動作和事物的樣貌。比如在「學圃記聞」一節中，楊絳說：「我以菜園為中心的日常活動，就好比蜘蛛踞坐菜園裏，圍繞著四周各點吐絲結網；網裏常會留住些瑣碎的見聞、飄忽的隨想。」其中最重要的無疑是老夫妻每天的菜園相會，楊絳說「遠勝於舊小說、戲劇裏後花園私相約會的情人。」〔註73〕「冒險記幸」中的「涉江相會」的場景描寫更為典型，只描摹動作，不輕易抒情。楊絳這樣寫道：「有一條小河由北面南，流到磚窯坡下，稍一停洄，就泛入窯西低窪的荒地裏去。坡下那片地，平時河水蜿蜒而過，雨後水漲流急，給沖成一個小

〔註71〕 胡河清：《楊絳論》，《靈地的緬想》，上海：學林出版社，1994年版，第79～80頁。

〔註72〕 楊絳《幹校六記》，《楊絳文集》第2卷（散文卷·上），北京：人民文學出版社，2004年版，第10～11頁。

〔註73〕 楊絳《幹校六記》，《楊絳文集》第2卷（散文卷·上），北京：人民文學出版社，2004年版，第21頁。

島。我沿河北去，只見河面愈來愈廣。默存的宿臺在河對岸……。我到那裡一看，河寬至少一丈。原來的一架四五尺寬的小橋，早已衝垮，歪歪斜斜浮在下游水面上。雨絲綿綿密密，把天和地都連成一片；可是面前這一道丈許的河，卻隔斷了道路。我在東岸望著西岸，默存住的房間更在這排十幾間房間的最西頭。……我把手杖繫得深深地，攀著杖跳上小島，又如法跳到對岸。一路坑坑坡坡，一腳泥、一腳水，歷盡千難萬阻，居然到了默存宿舍的門口。」〔註74〕後面再寫她深夜摸黑回到自己住地的冒險過程，全部是由動作構成，幾乎不動聲色。但這分明是一首現代版的《蒹葭》（《詩經·秦風》）。讀這一篇時，我想到的是：蒹葭蒼蒼，白露為霜，所謂伊人，在水一方，溯洄從之，道阻且長，溯游從之，宛在水中央。

互文法。前面提到，楊絳在表達「憂世傷生」情感的時候，往往採用「濃縮法」和「節制法」。這種看似冷峻的風格，有時候會給人一種錯覺，認為楊絳的風格過於冷峻乃至冷漠，導致有論者說：「使楊絳的創作多了對世情的冷察，缺少了對生活的熱情。……過於純粹的智，少了人間煙火味，少了人的真情。」〔註75〕這無疑是一種閱讀過粗引起的誤解。楊絳在表達情感的時候，不但有濃縮和節制的手法，也有濃墨重彩的地方。只不過她表達得更為真實、更不做作而已。比如在幹校生活期間，人與人之間彼此提防著，都是潛在的敵人，正常情感往往遭到壓抑。但真正的人性和情感是不會泯滅的，它會通過另一個通道出現，比如對花草的愛戀，對小動物的溫情。《幹校六記》中的「『小趨』記情」那一節，就是在濃墨重彩地寫「情」的，且寫得感人至深。寫「小趨」對錢鍾書的親昵，何嘗不是楊絳內心深處對默存的親昵？寫楊絳和阿香對「小趨」的愛，何嘗不是對其它所有人的愛？無情時代微弱之情更為珍貴，這就是「互文見義」的藝術效果。楊絳這種情感表達法始終如一。晚年的《我們仨》和《走到人生邊上——自問自答》同樣如此。比如哲思隨筆《走到人生邊上——自問自答》中，同樣有濃墨重彩的情感描寫，以「注釋」的方式放在後面，與正文之間構成「互文相足」的關係。比如《記比鄰雙鵲》那篇文章，通篇寫鵲鳥一家的故事。楊絳通過從 2003 年到 2005 年 5

〔註74〕楊絳《幹校六記》，《楊絳文集》第 2 卷（散文卷·上），北京：人民文學出版社，2004 年版，第 38 頁。

〔註75〕賀仲明：《智者的寫作——楊絳文化心態論》，《首都師範大學學報》（社會科學版），2001 年第 6 期。

月 6 日兩年多對窗外鵲巢的觀察，描摹了鵲鳥一家的悲歡離合、生離死別。文章最後寫道：「窗前的鵲巢已了無痕跡。過去的悲歡、希望、憂傷，恍如一夢，都成了過去。」〔註 76〕與其說她在寫鵲鳥，不如說她在寫自己。默存和阿圓都走了，只剩下她一個人在思念「我們仨」。你就是對人生的哲思再有智慧，也抵不過離散的悲傷和團聚的夢想。因此，「悲」需要有「智」的方法；「智」需要有「悲」的情懷。而且個人的悲傷固然值得表達，但天下的悲傷怎麼表達？這是「悲憫」對「智慧」的要求和限制，也是「智慧」對「悲憫」的詮釋。「悲智」的辯證法，正如「隱顯」、「文質」的辯證法，也是「修身」與「修辭」的辯證法。這就是「傷生憂世」的社會人生內容與「悲智交融」的藝術風格的互證。

第五節　幽默與諷刺：喜智兼備的理性風格

　　本文在第一章中曾經提到，「悲」與「喜」是一對相反相成、對立統一的概念。人的情感有悲也有喜，生活中有悲劇就有喜劇，藝術風格上有「悲智」也就有「喜智」。「喜智」是我依據「悲智」而聯想出的一個術語，字面意思是喜樂和智慧。與「悲智」概念的含義同理，「喜智」也可視爲「喜劇意識」及其相關的思維和語言智慧。

　　上文已經論述過楊絳創作中「悲智」的情感風格。其實，楊絳的精神結構中更充滿「喜智」的理智風格。楊絳早期（20 世紀三四十年代）的小說創作都帶有喜劇色彩，20 世紀 40 年代又以喜劇作家而聞名。楊絳的翻譯和研究對象，也多爲帶有「喜劇性」和「諷刺性」的作家和作品，比如《小癩子》、《吉爾·布拉斯》、《堂吉訶德》，比如菲爾丁、奧斯丁、薩克雷，等等。在論述簡·奧斯丁的性格時，楊絳說她「生性開朗，富有幽默，看到世人的愚謬、世事的參差，不是感慨悲憤而哭，而是瞭解、容忍而笑。沃爾波爾（Horace Walpole）有一句常被稱引的名言：『這個世界，憑理智來領會，是個喜劇；憑感情來領會，是個悲劇。』奧斯丁是憑理智來領會，把這個世界看做喜劇。」〔註 77〕

〔註 76〕楊絳：《走到人生邊上——自問自答》，北京：商務印書館，2007 年版，第 126 頁。

〔註 77〕楊絳：《有什麼好？——讀奧斯丁的〈傲慢與偏見〉》，《楊絳文集》第 4 卷（戲劇·文論卷），北京：人民文學出版社，2004 年版，第 336 頁。

這種將世界同時理解爲具有「悲喜」雙重性的視野，能夠避免黑格爾所批評的「精神力量的片面性」。黑格爾是在討論悲劇和喜劇的時候說這番話的。他繼續說：「這些片面的精神力量在悲劇裏以敵對的方式彼此對立，在喜劇裏則直接由它們自己相互抵消來取得解決。」〔註78〕黑格爾還把悲劇的終點（「一種達到絕對和解的爽朗心情」〔註79〕）視爲喜劇的起點，由此，主體能夠「非常愉快和自信，超然於自己的矛盾之上，不覺得其中有什麼辛辣和不幸；他自己有把握，憑他的幸福和愉快的心情，就可以使他的目的得到解決和實現。頭腦僵化的人卻做不到這一點，在他的行爲和儀表顯得最可笑的地方，他自己卻一點也笑不起來。」〔註80〕美國歷史學家海登·懷特從近代歷史所具有的「反諷性」角度討論黑格爾的歷史哲學，他認爲，「黑格爾不是將悲劇和喜劇視爲思考現實的對立方式，而是看作從情節的不同方面理解衝突情境的途徑。」〔註81〕海登·懷特還認爲，黑格爾整個歷史哲學的歸宿在於，「最後以更爲普遍的提喻方式，將該過程認定爲一部本質上具有喜劇意義的戲劇。」〔註82〕

因此，面對同一個世界，「悲智」和「喜智」兩種風格，不過是一件事情的兩面。「悲智」屬於「情感風格」，「喜智」屬於「理性風格」。對「悲智」而言，悲需要有智的方法，智需要有悲的情懷。與此同理，對於「喜智」而言，喜也需要智的方法，智也需要有喜的精神。由此，我們會將「喜智」與「喜劇」或者「笑」聯繫起來。柏格森認爲，笑產生於主體「一種不動感情的心理狀態」「滑稽訴之於純粹的智力活動」，主體只有在運用理性、從局外人和旁觀者的角度去觀照客體時，才會產生滑稽感和笑。〔註83〕

楊絳對與笑和喜劇精神相關的理論非常熟悉。她的文學論文數量不多，

〔註78〕〔德〕黑格爾：《美學》第三卷（下冊），朱光潛譯，北京：商務印書館，1981年版，第248頁。

〔註79〕〔德〕黑格爾：《美學》第三卷（下冊），朱光潛譯，北京：商務印書館，1981年版，第315頁。

〔註80〕〔德〕黑格爾：《美學》第三卷（下冊），朱光潛譯，北京：商務印書館，1981年版，第291頁。

〔註81〕〔美〕海登·懷特：《元史學：十九世紀歐洲的歷史想像》，陳新譯，南京：譯林出版社，2009年版，第111頁。

〔註82〕〔美〕海登·懷特：《元史學：十九世紀歐洲的歷史想像》，陳新譯，南京：譯林出版社，2009年版，第146頁。

〔註83〕〔法〕柏格森：《笑》，徐繼曾譯，北京：十月文藝出版社，2005年版，第3～4頁。

一共只有 14 篇。帶有序言、後記、發言性質的短文佔了 6 篇，稍長的論文 8 篇。在這 8 篇論文中，2 篇論中國文學，1 篇論翻譯理論，其餘 5 篇論外國作家作品的文章，都涉及了喜劇、滑稽、笑、幽默等問題。《菲爾丁關於小說的理論》一文，大量涉及到喜劇和笑的內容。其中提到菲爾丁將「小說」這種文體稱爲「滑稽詩史」，其取材範圍就是人性的缺點，也就是「可笑的方面」，即，因虛榮和欺詐而導致的「虛僞」。「揭破虛僞，露出眞情，使讀者失驚而失笑，這就寫出了可笑的情景。揭破欺詐的虛僞更使人驚奇，因此越發可笑。」「笑不含惡意，並不傷人。」「笑是從不相稱的對比中發生的。」至於「笑」的目的，楊絳引西塞羅的話說：「喜劇應該是人生的鏡子，風俗的榜樣，眞理的造像。」作家不會爲笑而笑，它的目的在於改善，「笑能溫和地矯正人類的病。」〔註84〕

喜劇中笑的產生，源於面對愚昧、荒謬和不自知的對象的智力優越感，也就是發現人和世界的缺陷時的智力優越感。而這種喜劇效果是通過一系列藝術手法實現的。其中，幽默或諷刺是常用的手法。這是現代文化中個體自由的一種表現形式，是對人類的缺憾的否定，同時也是對完滿和未來的確信無疑，否則就是「五十步笑百步」，那不是喜劇，而是滑稽，也就是人和世界的缺陷本身。喜劇是面對這些缺憾的審視視角與和解姿態。「喜智」的基礎是理性，就像「悲智」的基礎是情感一樣。

先論幽默。楊絳創作中的幽默手法，不僅體現在早期的喜劇之中，在小說和散文中也同樣有鮮明的體現。幽默能引起笑的效果，是喜劇性的常用手法。艾布拉姆斯認爲，幽默、譏諷和諷刺都屬於滑稽和笑的範疇。但幽默「是無害的滑稽形式」「會引起同情的笑聲」。譏諷和諷刺產生的笑，「帶有某種蔑視或惡意的成分，是對付其取笑對象的武器。」〔註85〕我們還是結合楊絳的創作來討論。

楊絳被紅衛兵剃陰陽頭之後，她這樣寫：「小時候老羨慕弟弟剃光頭，洗臉可以連帶洗頭，這回我至少也剃了半個光頭。果然，羨慕的事早晚會實現，只是變了樣。我自恃有了假髮，『陰陽頭』也無妨。可是一戴上假髮，方知天生毛髮之妙，原來一根根都是通風的。一頂假髮卻像皮帽子一樣，大

〔註84〕參見楊絳《菲爾丁關於小說的理論》，《楊絳文集》第四卷（戲劇・文論卷），北京：人民文學出版社，2004 年版（2013 年 9 月 2 次印刷），第 254～257 頁。

〔註85〕〔美〕艾布拉姆斯：《文學術語詞典》（第七版），北京：北京大學出版社，2009 年版，第 663 頁。

暑天蓋在頭上悶熱不堪，簡直難以忍耐。而且光頭戴上假髮，顯然有一道界線。」〔註86〕用帶喜劇性的形式來表現悲劇性，用佯裝無知（古希臘戲劇中的「佯謬」的愚人）產生的幽默感（無害的滑稽），來引起自己或者讀者的笑，用達觀樂天的喜劇精神來替代悲劇精神。上述例子裏面的滑稽和幽默，包含在一系列錯位之中。首先是，因人的尊嚴而不允許給人剃陰陽頭，但在現實中恰恰就被剃了陰陽頭，這是現實和正義的錯位。悲劇一般會用毀滅的形式宣告正義的必然性；喜劇則是在不認可的前提下對錯位進行錯位呈現。其次是用「弟弟的光頭」來偷換「陰陽頭」，強迫的結果變成了一種期待已久的結果，由此產生佯裝小兒狀的幽默和笑的效果。第三是用假髮來否定「陰陽頭」，但以無效和尷尬而告終。這種「佯謬」導致的三重錯位令人忍俊不禁。

楊絳寫到她們在「五七」幹校自建廁所，廁所門簾被農民盜走的時候，也寫得很幽默。「廁所就完工了。可是還欠個門簾。阿香和我商量，要編個乾乾淨淨的簾子。我們把黍稷剝去殼兒，剝出光溜溜的芯子，用麻繩細細緻緻編成一個很漂亮的門簾；我們非常得意，掛在廁所門口，覺得這廁所也不同尋常。誰料第二天清早跑到菜地一看，門簾不知去向，積的糞肥也給過路人打掃一空。從此，我和阿香只好互充門簾。」〔註87〕先細細描述建廁所的過程，再描述用黍稷和麻繩編廁所門的細節，然後突然寫門簾被盜，兩人都變成了一扇門。事後的講述，只有幽默和笑，沒有任何批評和憤懣。她們倆彷彿變成了一個在曠野上搖搖擺擺的廁所門簾。變成門簾的時刻也就是「自嘲」與「和解」的時刻。從精神分析的角度來看，「幽默不是屈從的，它是反叛的。它不僅表示了自我的勝利，而且表示了快樂原則的勝利，快樂原則在這裡能夠表明自己反對現實環境的嚴酷性……幽默是通過超我的力量對喜劇作出的貢獻……超我借幽默之助，努力對自我進行安慰，保護自我不受痛苦。」〔註88〕在書寫「文革」記憶和創傷經驗的《幹校六記》、《丙午丁未年紀事》中，貫穿著詼諧和幽默，既是「超我對自我的保護機制」，還體現

〔註86〕楊絳：《丙午丁未年紀事》，《楊絳文集》第二卷（散文卷·上），北京：人民文學出版社，2004年版（2013年9月2次印刷），第169頁。

〔註87〕楊絳：《幹校六記》，《楊絳文集》第二卷（散文卷·上），北京：人民文學出版社，2004年版（2013年9月2次印刷），第19頁。

〔註88〕〔奧〕弗洛伊德：《論幽默》，《弗洛伊德論美文選》，張喚民等譯，上海：知識出版社，1987年，第143頁，146頁，147頁。

了幽默精神對於現實邏輯的「反叛」。

再談諷刺。藝術的諷刺和一般的諷刺區別很大。一般的諷刺，往往是直接以價值判斷或者概念來貶低對象。藝術諷刺則是以形象說話，最基本的手法就是進行「滑稽模仿」，將人性的缺陷或醜的一面呈現出來。

楊絳這樣描述余楠的情人胡小姐：「她已到了『小姐』之稱聽來不是滋味的年齡。她做夫人，是要以夫人的身份，享有她靠自己的本領和資格所得不到的種種。她的條件並不苛刻，只是很微妙。比如說，她要丈夫對她一片忠誠，依頭順腦，一切聽她駕馭。他卻不能是草包飯桶，至少，在臺面上要擺得出，夠得上資格。他又不能是招人欽慕的才子，也不能太年輕，太漂亮，最好是一般女人看不上的。他又得像精明主婦雇傭的老媽子，最好身無背累，心無掛牽。胡小姐覺得余楠具備她的各種條件。」〔註89〕這裡採用了矛盾修辭法：既要……，又要……；既不是……，也不是……；不能……，又不能……。在一種可能性極小的虛假想像中，排除人的缺點，本身就是一種貪婪而滑稽的形象。

楊絳這樣描述施妮娜的形象：「她彈去香煙頭上的灰，吸了一口，用感歎調說：『一技之長嘛，都可以為人民服務。可是，目的是為人民服務呀，不是為了發揮一技之長啊！比如有人的計劃是研究馬拉梅的什麼《惡之花兒》。當然，馬拉梅是有國際影響的大作家。可是《惡之花兒》嘛，這種小說不免是腐朽的吧？怎麼為人民服務呢！』……朱千里的計劃是研究馬拉梅的象徵派詩和波德萊爾的《惡之花》。他捏著煙斗，鼻子裏出冷氣，嘟嘟嚷嚷說：『馬拉梅兒！《惡之花兒》!小説兒！小説兒！』」〔註90〕楊絳在這裡採用的是諷刺性的「滑稽模仿」的手法，將一個典型的不學無術、喜趕潮流、丟醜賣乖出風頭的偽知識分子形象，刻畫得淋漓盡致。我們所見所聞的，僅僅是施妮娜自己的嘴臉和她自己的聲音，敘事者本人卻藏而不露。

還有一種諷刺效果，是通過「誇大狂」的形式表現出來的，就像馬戲團或者狂歡節上的小丑一樣。它是通過自身誇張的「扭曲變形」，來呈現對手或者生存情境的扭曲變形。朱千里在批鬥會上的表現，楊絳說他是「每一個細節都不免誇張一番，連自己的醜惡也要誇大其詞。」朱千里以為這樣就能夠

〔註89〕 楊絳：《洗澡》，《楊絳文集》第一卷（小說卷），北京：人民文學出版社，2004年版（2013年9月2次印刷），第213～214頁。

〔註90〕 楊絳：《洗澡》，《楊絳文集》第一卷（小說卷），北京：人民文學出版社，2004年版（2013年9月2次印刷），第285～286頁。

過關，結果被革命群眾趕下了臺。朱千里的佯裝滑稽是這樣的：

先感謝革命群眾不唾棄他，給他啓發，給他幫助，讓他能看到自己的眞相，感到震驚，感到厭惡，從此下決心痛改前非。於是他把桌子一拍說：

「你們看著我像個人樣兒吧？我這個喪失民族氣節的『準漢奸』實在是頭上生角，腳上生蹄子，身上拖尾巴的醜惡的妖魔！」

他看到許多人臉上的驚詫，覺得效果不錯。緊接著就一口氣背了一連串的罪狀，夾七夾八，凡是罪名，他不加選擇地全用上，背完再回過頭，一項項細說。

「我自命爲風流才子！我調戲過的女人有一百零一個，我爲她們寫的情詩有一千零一篇。」

有人當場打斷了他，問爲什麼要「零一」？

「實報實銷，不虛報謊報啊！一人是一人，一篇是一篇，我的法國女人是第一百名，現任的老伴兒是一百零一，她不讓我再有『零二』──哎，這就說明她爲什麼老摳著我的工資。」

有人說：「朱先生，你的統計正確吧？」

朱先生說：「依著我的老伴兒，我還很不老實，我報的數字還是很不夠的。」

有人笑出聲來，但笑聲立即被責問的吼聲壓設。

…………

憤怒的群眾說：「朱千里！你回去好好想想！

朱千里像雷驚的孩子，雨淋的蛤蟆，呆呆怔怔，家都不敢回。

〔註91〕

這最後一個例子，我們很難說它究竟是幽默、滑稽還是諷刺，或許兼而有之吧。它與其說是一個喜劇，不如說是一個悲劇。事實上也是這樣，幽默和諷刺之間的確很難找到一個分界線，只不過程度不同而已。其實最後一個例子的效果，是一種結構性的效果，所以可視爲「反諷」。反諷與直接的諷刺

〔註91〕楊絳：《洗澡》，《楊絳文集》第 1 卷（小說卷），北京：人民文學出版社，2004 年版（2013 年 9 月 2 次印刷），第 399～400 頁。

不同，反諷是一種用來表達與字面（肯定或否定）的意思相反的內在含義的語言表達方式。反諷有一個前提，它假定讀者對所描述事物的荒謬性有確定判斷能力，並且對社會歷史背景的總體語境有所瞭解（結構反諷），或者對上下文具有總體的把握（局部反諷）。「反諷」不像「諷刺」那樣通過嘲笑和批判的方式直接貶低主體，比如在語言層面，是通過語氣和語態表現出來，而小說敘事則是通過人物的言行直接呈現可笑形象。在「反諷」中，作者的態度是隱而不顯的，需要讀者根據整體語境和上下文來判斷。

第六節　圓神與方智：一多互證的結構風格

　　最後一節，我試圖通過楊絳作品的整體性布局結構，來討論楊絳作品的「結構風格」。因爲不同的結構風格，含藏著作者對文本世界和外部世界（人生與歷史，局部與整體）的不同態度。張檸在研究張愛玲的結構風格時，提出了「傳奇時間詩學」的概念，他認爲，張愛玲的小說有一種「傳奇時間結構」（比如燃香時間，說書人時間等）。這種「時間結構」，是對現代時間結構破碎性的一種補償或者救贖。現代生活「自然時間」的消失，被新奇的現代時間取代：啓蒙時間（覺醒—懵懂—覺醒），革命時間（死亡—復活—死亡），商業時間（獲得—喪失—獲得）。剩下的日常生活時間（「欲望—宣泄—欲望」，「性—生育—性」，「補給—消耗補給」），成了日常惡俗細節展開的載體，它不具備救贖意義。〔註 92〕這種在文本之中發現總體結構與作家的總體觀念之關係的研究，有助於我們從整體上把握作家的風格。張愛玲小說「時間結構」的完整性是對現代破碎時間的一種抵抗。但這種完整性並不是抽象的觀念，而是呈現爲一個「藝術形象」：線香的煙霧、說書人的行爲、戲劇鑼鼓的開場與結束，這就是她「悲涼」的風格學的根源。

　　楊絳的創作中也有非常自覺的結構意識。這種結構意識不僅體現在她的戲劇和小說創作中，也體現在散文創作和文章結集的整體安排上。我將她的結構風格歸納爲三點：1、鏡像結構；2、夢幻結構；3、全息結構。下面分而論之。

　　鏡像結構。「鏡像結構」實際上就是「互文見義」的修辭手法在作品整體

〔註92〕參見張檸：《張愛玲和現代中國的隱秘心思》，《陝西師範大學學報》（哲學社會科學版），2012 年第 5 期。

上的體現。錢鍾書云：「釋典中言道場中陳設，有『八圓鏡各安其方』，又『取八鏡，覆懸虛空，與壇場所安之鏡，方面相對，使其形影，重重相涉』（《楞嚴經》卷七）……喻示法界事理相融，懸二乃至十鏡，交光互影，彼此攝入。」〔註93〕所謂事理相融、互影互攝，即鏡像結構的要義。作品中的鏡像，是通過「藝術之鏡」（有時如平靜如水的真實之鏡，有時如扭曲變形之哈哈鏡，有時如「風月寶鑒」），照見了人與事的另一種樣子；但這另一種樣子，又根源於人與事的原初形態。比如，《幹校六記》和《丙午丁末年紀事》中，往往是通過花草之美或動物之情的描寫這一「鏡像」，顯現鏡子的另一面：現實之冷酷，以及人性不會泯滅。比如，通過「動作」（涉江相會）描寫這一「鏡像」，顯現出情感的難以言傳性。不過，從藝術結構整體性的角度來看，最有代表性的當然是《走到人生邊上——自問自答》。這部哲思隨筆全書190頁，由「正文」和「注釋」兩部分組成，正文100頁，注釋90頁，很像一篇學術論文的編排方式。兩個部分的篇幅大致相當，構成了「互文相足」的完整「鏡像結構」，悲智合一、理智與情感的合一，不可分而論之。其中的「正文」部分屬於理性思維或邏輯推論，她自己回答自己的提問，包括鬼神問題、靈肉問題、天命問題、身心修煉問題、人生價值，等等。這都是一些重大的必須面對和回答的問題，但同時又是無法準確回答的問題。所以才有了後面的「注釋」。注釋部分屬於形象思維、藝術創造，將自己的情感、記憶、困惑，通過形象的文字呈現出來，作為正文的「互文」。（《我們仨》一書編排上的總體結構也是如此，下文還要詳論）我們也可以用中國術語來描述：理性思維「其德為方」，形象思維「其德為圓」，合在一起構成「圓神方智」的東方智慧。〔註94〕

夢幻結構。夢，頻繁出現在楊絳的創作之中，從一般意義上的夢境描寫（比如《孟婆茶》中的夢，這一點在第四節中已經分析過），到「夢」成為全篇乃至全書的結構。後面這一點是本節著重要分析的。最有代表性的是《我們仨》的總體結構。《我們仨》帶有一定的自傳色彩，但它既不是小說，也不是一般意義上的散文，它就是一個建立在「夢幻結構」上的長篇敘事文本，其中虛與實、夢與真、覺夢與生死，交融一體，難以分辨。全書在編排上由

〔註93〕錢鍾書：《管錐編》，北京：人民文學出版社，1979年，第115頁。
〔註94〕〔清〕章學誠：《文史通義·書教下》，章學誠引《易經·繫辭》中「蓍之德圓而神，卦之德方以智」的說法，來解釋史料和著作的關係。參見《文史通義校注》，北京：中華書局，1985年版，第49～53頁。蓍草，占卜工具，因其未知性而神、而圓；卦象，占卜結果，因其已顯形而智、而方。

兩塊構成，前面一塊的三個部分是正文。後面一塊是「附錄」，由「我們仨」留下的手跡、圖畫的影印件構成。或許正是因「附錄」部分的圖象（當然還包括楊絳本人回憶之中的畫面和圖象，還有書中間所附的家庭生活照片插頁）的刺激，才產生了正文部分的「夢幻」。所以，正文和附錄兩者之間構成了「鏡像結構」，這裡不再展開討論。

　　現在要討論的是《我們仨》正文三個部分的「夢幻結構」。這種結構安排無疑不是楊絳一時的心血來潮，而是她對生活和藝術，眞實和虛幻關係長期思考的結果。寫於 1980 年的論文《事實—故事—眞實》中，就涉及到夢與眞、覺夢與生死、夢與文學創作的關係，並以元稹的詩歌爲例進行了分析（本文的第三章有詳細分析）。《我們仨》不僅在追求「事實」，也在追求「眞實」。三個人的小家，如今只剩一個人在思念「我們仨」，因此是一部「回憶之書」，也是一部「悼亡之書」，更是一部藝術作品。它與元稹的詩《夢井》〔註95〕異曲而同工。《我們仨》的正文部分就是一個「夢幻結構」，由「入夢」、「夢」、「夢覺」三個部分構成。第一部《我們倆老了》是「入夢」，篇幅很短，在清醒的狀態下告訴讀者，她做了一個夢。第二部《我們仨失散了》是「夢」的主體部分，楊絳稱之爲「萬里長夢」，篇幅不到正文的四分之一，是現實經驗和歷史記憶的壓縮。其中的核心主題是，在古驛道上的客棧裏，一家三口相聚的歡欣和離散的巨大悲痛，古驛道上的客棧，就是家的破碎的象徵；河流和小船意象，是對漂泊不定的生活的「移置」表現。這些都吻合了弗洛伊德所說的「夢的工作」原理。〔註96〕第三部《我一個人思念我們仨》則是夢覺之後的回憶，佔據了正文的四分之三篇幅，也是所謂「寫實」部分，實際上所有的這些現實經驗和回憶，都成了那個「萬里長夢」的詮釋部分。這樣一部化實爲虛、虛實合一的「夢幻結構」，就不僅僅是楊絳對自己的家庭生活和親人的回憶，而是在生死與醒覺之中，濃縮了更多的人生感悟，體現了一位作家對待生死的觀念和境界。所以，好的文本對現實經驗的超越，並不影響它最初的動機和效果，比如回憶「離散」的親人時的至悲至痛，還指向更高的藝術追求。

〔註95〕 參見：〔唐〕元稹《夢井》，《元稹詩文選》，北京：人民文學出版社，2004
　　　　 年版，第 81 頁。
〔註96〕 參見弗洛伊德：《釋夢》第六章《夢的工作》，孫名之譯，北京：商務印書館，
　　　　 1996 年版。

全息結構。作爲藝術家的楊絳，其實有著更爲宏大的「野心」。這種藝術野心在因自己毀稿而未竟的長篇小說《軟紅塵裏》的「楔子」中可以窺見一二。女媧和太白星君面對滾滾紅塵有一番對話。太白星君說，你對人世間要求太高，女媧說要求不高：「只願他們一代代求得的智慧，能累積下來，至少一脈流傳，別淤塞，別枯竭。只求他們彼此之間，能沉瀣一氣，和協一致，大家同心同德，把這個世界收拾得完整些、美好些。可是當今的一代鄙棄過去的一代，億萬人又有億萬個心。説起來倒是目標相同，都爲了救濟世界，造福人類。可是道不同不相爲謀。那夥自封的英雄豪傑，一個個頂天立地，有我就沒有你。請瞧吧，古往今來，只見你擠我我害你。個人之間，是人與人的互相傾軋；集體與集體之間，是結了幫、合了夥的互相傾軋。大家永遠停留在彼此排擠、互相傷害的階段上，能有什麼成就可説呢？他們活一輩子，只在愚暗中掙扎，我又何苦爲他們操心呢？」太白星君說，你不要操之過急，不要撒手不管。人世間還有聲聞九天的壯士。女媧說，只怕是他們「寡不敵眾，正不壓邪；是非善惡，紅塵世界裏不那麼容易分辨。」用「即小見大，由一知十」的觀察方法就可以得知。太白星君說，希望就在前頭。女媧說，在前頭還是在後頭？太白星君說：「瞻之在前，忽焉在後」。「太白星君凝神觀望的一刹那，人間已經歷許多歲月。過去的事，像海市蜃樓般都結在雲霧間，還未消散。現在的事，並不停留，銜接著過去，也在冉冉上騰。他所見種種，寫下來可成一本書。」〔註97〕

兩位神仙般的東方智者觀世的方法，或許就是楊絳要追求的藝術方法。她要即小見大，由一知十，要察幾知微，一多互攝，要用「簡易」的語言符號，去表達「變易」的世態人心和歷史運程，還有「不易」的永恒之道。〔註98〕胡河清稱這種藝術追求爲有別於西方傳統「現實主義」的東方「全息現實主義」，並認爲，這種「全息現實主義」的哲學基礎，就是《周易》所體現出來的「圓神」（神秘主義）和「方智」（理性主義）。「蓍之德圓而神」，即肉體經驗和想像參與其中的對事物的感知是帶有神秘色彩的，這樣它才能夠不偏離「不易之道」。「卦之德方以智」，即形式化了的卦象結構是抽象而理性的。這兩者合而

〔註97〕楊絳：《雜憶與雜寫》，參見《楊絳文集》第2卷（散文卷・上），北京：人民文學出版社，2004年版（2013年9月2次印刷），第331～333頁。

〔註98〕參見錢鍾書：《論易之三名》，「易一名而含三義：易簡一也，變易二也，不易三也。」《管錐編》第一冊，北京：中華書局，1979年版，第1頁。

爲一就是可能的「全息現實主義」結構。〔註99〕楊絳《軟紅塵裏》的總體構思，有指向「全息現實主義」的趨向。這一未竟之理想，是她留下的一個遺憾。如果我們不談「全息現實主義」，而是談「全息結構」的話，那麼在楊絳的整個創作之中都有體現。

本章小結

　　通過對「風格」這一範疇的歷史梳理，我發現歷史中「風格」研究的一條演變線索，就是從「人格學」到「古典修辭學」再到「近代藝術哲學」的過程。20 世紀以來的研究則與之不同，而是走向了語言或符號分析的層面。所以法國理論家羅蘭・巴爾特認爲，「風格是一種發生學現象。」意思是說，在語言規範和作家個性的雙重規約下，「風格」就成了「文學」的發生學。爲此我專門繪製了兩個座標來進行示範。以往，無論哪一種風格研究，最終都歸結到一種修辭學意義上的「人格」或「風格」的形容詞化描述上。本章所說的「風格」，不是狹義的「美學風格」，而是一種兼具「人格修養」和「審美風格」雙重特徵的概念。本章通過對「修身」與「修辭」的辯證關係的分析發現，「修身」對「修辭」具有制約作用；而「修辭」所產生的文學樣貌和語言特性，有可能對作者和讀者產生糾正作用。所以，文學寫作不是一種「修辭的遊戲」，而是一種建立在「修身」（身心的鍛鍊）和「修辭」（詞語煉金術）基礎上的美學和倫理示範的行爲，這與中國古典美學所推崇的美學規範（中和至善、思無邪、樂而不淫哀而不傷）相符。從這一角度看，它與楊絳的風格與人格相吻合。

　　本章從「隱匿與分身」「修身與修辭」「憂世與傷生」「幽默與諷刺」「圓神與方智」五個角度，分析了楊絳的風格與人格的幾個層面，我將它們命名爲隱逸保眞的「精神風格」，文質合一的「語體風格」，悲智交融的「情感風格」，喜智兼備的「理性風格」，一多互證的「結構風格」。這些成雙成對的概念之間，具有辯證關係，既符合中國修辭學中的「互文見義」法，也符合中國哲學中的「中庸之道」。這並不是說楊絳的藝術風格就等於古典美學風格。因爲風格不等於藝術創作，而是藝術創作的發生學。

〔註99〕胡河清：《中國全息現實主義的誕生》，《靈地的緬想》，上海：學林出版社，1994 年版，第 202 頁。

　　第一，隱逸保眞的精神風格。它是古代社會的「隱士人格」，與現代社會的「自由人格」相結合的產物。楊絳是一位「隱身於芸芸眾生中的眞人」。她說自己是一個「零」。只有返歸這個本源性的「零」或「一」，才有可能出現新的「多」。這是通往新的「自由」的道路。楊絳提到「含忍和自由是辯證的統一」，楊絳的選擇超越了以賽亞‧伯林所說的「積極自由」和「消極自由」的對立，也就是「一元論」和「多元論」的對立。」楊絳在追求自由的背後，強調一種含忍和節制的品格，也就是「一」與「多」的對立統一。

　　第二，文質和諧的語體風格。從楊絳精細準確、冷峻傳神，又不失生動活潑的筆墨之中，既能夠看到她深刻的思想、淵博的學識、精練的語體，又能看到她奇妙的想像、世俗的笑謔、民間的野趣。這種語體風格之中，包含著雅與俗、文與質、史與野的衝突和融合。楊絳的語體風格具體表現在四個方面。第一是「形象化」，對生活經驗和歷史記憶的細節，不做無節制的鋪陳，而是通過「詞語煉金術」，將經驗的碎片濃縮在「形象」之中，或者在詞語的碎片中發現了更本質的詞語。第二是「生動性」。文學語言不是對其它語言的簡單模仿和記錄，而是對這些語言及其生活內涵的「藝術塑造」，由此才出現作家活生生的個性，或者文學意義上的「語體風格」。「狹隘的單語體」和「盲目的多語體」，都是「無風格性」的表現。第三是「統一性」。語體風格背後是作家對語言和生活的統一態度。楊絳是在追求一種俗而不粗野、雅而不僵化、自由而有節制、生動活潑又非漫無邊際的語體風格，也就是文質和諧，雅俗共賞的語體風格。這符合一多互攝，不偏不倚，個性與共性的統一的美學標準。第四是「公共性」。語體風格的最高要求是提升「共同語言」和「共同生活」。文學的語體風格不僅要求有自身的創造性，也要求它對全民語言的提升作用，更要求它對生活形式的提升作用。具有創造性的文學語體風格的目的不在自身，而在公共語言和公共生活的提升。正是在這一點上，使得「修身」與「修辭」互爲印證、互爲表裏。楊絳認爲，「修身」的目標是「自我完善「。與這一「修身」的目標相應的「修辭」理想，應該是「致中和」，「止於至善」。

　　第三，悲智交融的情感風格。用「悲智」來描述楊絳「憂世與傷生」的情感風格。「悲智」本義是「慈悲與智慧」。將「慈悲」改爲「悲憫」更貼切，表示對「人生實苦」的普遍境遇產生的悲戚和憐憫，也就是「悲劇意識」及其相關的思維和語言智慧。楊絳的文學作品多爲「憂世傷生」之作，《幹校六

記》、《將飲茶》如此，《我們仨》和《走到人生邊上——自問自答》更是如此。
在楊絳極為含蓄、節制的情感表達法之中，含藏著大悲大智。「悲」是對人世
間的情懷，對命運和人生普遍存在的「缺憾」的憐憫；「智」是一種洞察世界
的能力在文本中的顯現方法。楊絳在表達「憂世傷生」情懷的時候，大約可
以歸納為以下幾個主要特徵，也可以稱之為三種表達悲憫的智慧方法。第一
為「濃縮法」，用形象思維或自由的藝術想像力說話；第二為「節制法」，含
藏不露，僅描摹人物的動作和事物的樣貌，如中國畫法的「計白當黑」「虛實
相生」之法，這是一種文學創作中的「隱身法」。第三為「互文法」，猶如中
國古典文學中的「互文見義」的修辭手法，錢鍾書稱之為「互文相足」。即不
同部分彼此補充、相互闡發，不可分而論之。這是對「節制法」的一種藝術
化的補充。

　　第四，喜智兼備的理性風格。人的情感有悲有喜，生活中有悲劇有喜劇，
藝術風格上有「悲智」也有「喜智」。「喜智」依據「悲智」而聯想出的一個
術語，字面意思是「喜樂和智慧」。與「悲智」概念的含義同理，「喜智」也
可視為「喜劇意識」及其相關的思維和語言智慧。將世界同時理解為具有「悲
喜」雙重性的視野，能夠避免黑格爾所批評的「精神力量的片面性」。「悲智」
和「喜智」兩種風格是一件事情的兩面。「悲智」屬於「情感風格」，「喜智」
屬於「理性風格」。對「悲智」而言，悲需要有智的方法，智需要有悲的情懷。
對於「喜智」而言，喜也需要智的方法，智也需要有喜的精神。喜劇中笑的
產生，源於面對愚昧、荒謬和不自知的對象的智力優越感，也就是發現人和
世界的缺陷時的智力優越感。而這種喜劇效果是通過一系列藝術手法實現
的。其中，幽默或諷刺是常用的手法。這是現代文化中個體自由的一種表現
形式，是對人類的缺憾的否定，同時也是對完滿和未來的確信無疑，否則就
是「五十步笑百步」，那不是喜劇，而是滑稽，也就是人和世界的缺陷本身。
喜劇是面對這些缺憾的審視視角與和解姿態。這正是楊絳創作中的幽默和諷
刺手法的基本前提。

　　第五，一多互證的結構風格。通過分析楊絳作品的整體結構，來討論她
的「結構風格」。不同的結構風格，包含作者對文本世界和外部世界（人生與
歷史，局部與整體）的不同態度。楊絳有非常自覺的結構意識。這種結構意
識不僅體現在她的戲劇和小說創作中，也體現在散文創作和文章結集的整體
安排上。我將她的結構風格歸納為三點：1、鏡像結構。實際上就是「互文見

義」的修辭法在作品整體結構上的體現。通過「藝術之鏡」（或「眞實之鏡」，或「哈哈鏡」，或「風月寶鑒」），照見了人與事的另外一種樣子，但這「另外一種樣子」，又根源於人與事的原初形態。2、夢幻結構。「夢」頻繁出現在楊絳創作中，從一般意義上的夢境描寫（《孟婆茶》），到「夢」成爲全篇乃至全書的結構。最有代表性的是《我們仨》的總體結構。《我們仨》不是小說，不是一般意義上的散文，也不能說它是「自傳」，它是一個建立在「夢幻結構」基礎上的長篇敘事文本，其中的虛與實、夢與眞、覺夢與生死，交融一體，難以分辨。《我們仨》的正文就是一個「萬里長夢」，它由「入夢」、「夢」、「夢覺」三個部分構成。第一部分《我們倆老了》是「入夢」，篇幅很短。第二部分《我們仨失散了》是「夢」的主體部分，篇幅爲全書的四分之一，是現實經驗和歷史記憶的壓縮。第三部《我一個人思念我們仨》則是夢覺之後的回憶，約占全書篇幅的四分之三，即所謂「寫實」部分，實際上所有的這些現實經驗和回憶，都成了那個「萬里長夢」的詮釋部分。這樣一部化實爲虛、虛實合一、一多互攝的「夢幻結構」，就不僅僅是楊絳對自己的家庭生活和親人的回憶，而是在生死與醒覺之中，濃縮了更多的人生感悟，體現了一位作家對待生死的觀念和境界。3、全息結構。楊絳主張文學創作要即小見大，由一知十，要察幾知微，一多互攝，也就是用「簡易」的語言符號去表達「變易」的世態人心和歷史運程，還有「不易」的永恒之道。這是一種有別於西方傳統「現實主義」的東方「全息現實主義」，其哲學基礎就是《周易》所體現的「圓神」（神秘主義）和「方智」（理性主義）的調和。這或許就是被楊絳毀掉的未竟長篇《軟紅塵裏》所追求的藝術境界。

結語：楊絳的意義

　　在這篇約 18 萬字的論文中，我對楊絳畢生的創作進行了梳理和解讀，試圖闡明楊絳文學創作的藝術特徵、美學風格、文化內涵和精神意蘊。儘管我的觀點已經出現在不同的章節之中，且每一章都有「小結」，但我還是想利用最後的篇幅，進一步歸納總結楊絳的意義。沿著正文的思路，我希望進一步思考和回答的是：如何理解楊絳在中國現當代文學中的地位與意義？我想從楊絳的文學史意義、楊絳的語言藝術成就、楊絳文學創作的文化內涵、楊絳創作與知識分子人格精神四個角度進行歸納和總結。

　　楊絳的文學史意義。作爲跨越「現代」和「當代」兩個文學時期的作家，楊絳以其形態多樣而又具有精神統一性的創作，取得了多方面的成就，在 20 世紀中國文學中留下了獨特的印記。在戲劇、小說、散文領域，楊絳都有獨樹一幟的成就和貢獻。作爲「1940 年代」具有代表性的戲劇作家，她以其喜劇創作成就進入現代文學史。她的戲劇作品，已被視爲中國現代喜劇的珍品、世態喜劇成熟的標誌，尤其是她的戲劇創作中對現代中國經驗的表達，以及對中國民間語言的生動運用，爲現代話劇的民族化做出了獨特貢獻。楊絳的小說創作，秉承現實主義文學傳統表達「人的眞實」的現代文學精神，又接續了中國古典文學的優秀傳統。在以簡雋詼諧之筆刻畫世態人心方面，她是中國作家中少有的「簡・奧斯丁型」的寫作者。其爲數不多的短篇精品和長篇小說《洗澡》，既是洞察人與現實世界局限性的諷刺作品，又以「莊重之輕」的藝術風格，體現了文學的審美超越精神。在當代文學中，楊絳尤以散文家身份名世。作爲文章家和文體家，她在散文領域的成就和貢獻是多方面的。在「新時期」以來的寫作中，她將知識分子的歷史責任感與作家的藝術思維

有機地結合，以獨具一格的文學形式書寫歷史記憶，爲歷史提供了「詩的見證」，又爲文學注入了歷史情懷。她的散文融個體生命歷程、集體歷史記憶與終極思考於一體，拓展了散文文體的表達範圍，並創造了一種新的散文美學，成爲當代散文中藝術性與思想性高度統一的典範。楊絳文學創作在現當代文學中的獨特貢獻在於，打通了現代生活和中國意境，將現代生活、民間立場與中國語言鎔鑄爲一個有機整體，而這正是「五四」以來的中國新文學在發展成熟的路途上無法迴避的一大難題。楊絳散文的審美價值與歷史意義，決定了她在中國現代散文史中的經典作家地位。即便以「中國文章」的長時段眼光來看，她的一些珠玉篇章，也足以藏之名山，傳諸後世。在現當代文學中，楊絳文學創作的獨特價值在於，她打通了「現代生活經驗」與「中國審美意境」之間的隔閡，實現了現代生活、民間立場與中國語言的有機結合。

楊絳的語言藝術成就。與那些多產型的作家相比，楊絳是一位惜墨如金的作家，或者說是一位注重「詞語煉金術」的「濃縮型作家」。她的創作數量並不算多，但作品中濃縮的美學價值卻不可低估。之所以如此，主要原因在於她對語言藝術的精益求精的追求。她的語言藝術成就，在現代白話漢語文學的語言演變史中，構成了一個不可忽視的文學現象。作爲與古典文言文學傳統「斷裂」的產物，現代白話文語言一直處於發展階段和未成熟狀態，可資佐證的是，關於現代文學作品語言問題的反思，從五四時期一直延續至今。這是語言文字與其自身歷史的「斷裂」所帶來的後果。「斷裂」的文學觀與語言觀，雖然造就了新的文學和新的語言，其代價卻是，使得漢語語言文字喪失了自身的歷史連續性。帶有政治色彩的「一體化文學」時代，其工具論的語言觀和暴力話語模式，又進一步削弱了語言文字的審美屬性。在這樣的歷史語境之中，楊絳的文學語言，以溝通文學語言之「源」（民間生活）與「流」（文學語言自身歷史）的高度自覺的語言意識，以融通古典語言與現代語言的寫作實踐，創造了一種精純而富有表現力的文學語言，從表現力和審美性的角度，體現了現代白話漢語的潛能，從而彌補了現代白話文學語言「斷裂」所帶來的不足。她立足於對現代中國生活語言的藝術提煉，同時從語言的歷史傳統和民間傳統中汲取養分，以其獨特的詞語煉金術，鍛造出一種融貫古典與現代、雅言與俗語的新型語體，達到文質和諧、雅俗共賞的審美境界，實現了語言的歷史連續性與創新性的統一。在此意義上，她的語言藝術成就，及其所體現的高度自覺的語言審美意識，在當代文學的語言實踐中具有啓示意義。

　　楊絳文學創作的文化內涵。楊絳美學風格的獨特性，源於其深湛的人文修養和廣博的文化視野。作為一位具有中西文化素養的作家和知識分子，楊絳將融貫中西、會通傳統與現代的文化意識，鎔鑄於其文學實踐之中，在汲取不同文化傳統精華的基礎上，形成其獨特的精神個性與審美思維。一個世紀以來，在傳統和現代、東方和西方衝突交融的歷史進程中，中國知識分子的文化選擇，顯得尤為重要。陳寅恪所謂「其真能於思想上自成系統、有所創獲者，必須一方面吸收輸入外來之學說，一方面不忘本來民族之地位」〔註1〕；錢鍾書所謂「東海西海，心理攸同；南學北學，道術未裂」〔註2〕，兩位 20 世紀中國具有代表性的學者，都主張一種溝通中西古今，進而創闢新境的文化精神。楊絳則將這種現代知識分子的文化理想，作為其文學創作的審美理想，貫穿在其文學實踐之中。因此，她的文學作品，既接續了中國文學文化的深遠文脈，又創造出具有現代自由精神的新的審美境界。這也正是楊絳文學創作的文化意義之所在。

　　楊絳創作與知識分子人格精神。在跨越「現代」與「當代」兩個文學階段的 20 世紀中國作家中，前後階段的創作出現反差乃至「斷裂」（另一種是選擇就此擱筆），幾乎成為一種普遍現象。在這一作家群體中，楊絳的獨特性在於，她選擇了「半隱身」（轉入文學翻譯和研究）和「再復出」的姿態。其前後期創作沒有出現精神上的「斷裂」，而是保持了審美風格的連續性和統一性。這種一以貫之的風格，是以歷史智慧和獨立人格精神作為支撐的。不為時勢所改變的風格的統一性與獨立性，源於人格的統一性和獨立性。其人格精神的特徵是，將傳統知識分子的人格理想，與現代知識分子的價值理性和獨立精神相結合，並且通過文學創作，將審美理想與人格理想合一。其以《幹校六記》和《洗澡》為代表的作品，體現了文學捍衛真實的良知與責任。在對待語言表達的態度上，她秉承「修辭立其誠」的中國文字傳統，將「修身」與「修辭」合二為一，並通過她的文學實踐，將作家和知識分子的理想人格與美學風格合而為一。因此，楊絳的人格中所體現的價值選擇，其意義不僅局限於文學創作，還為當代文學提供了一種精神層面的啟示。

　　如果說楊絳的文學創作還留下什麼遺憾的話，那就是她中途擱筆所導致的無法挽回的損失。她在生命與創作的黃金時期，置身險惡的環境，不得不

〔註1〕陳寅恪：《金明館叢稿二編》，上海古籍出版社，1980 年，第 252 頁。
〔註2〕錢鍾書：《談藝錄》序，《談藝錄》，北京：中華書局，1984 年，第 1 頁。

中斷創作三十年之久，直到古稀之年重新恢復創作。雖然她晚年力作不斷，「暮年詩賦動江關」，創造了 20 世紀中國文學史中一個獨特的寫作現象，但她已「走到人生邊上」了。她的創作生涯中所留下的最大遺憾，是在她情有獨鍾的小說領域，未能留下更多作品，可謂未盡其志。八十高齡時銷毀長篇小說《軟紅塵裏》的前 20 章手稿，當與「人生邊上」的徹悟有關，但於世而言，終是多了一重遺憾。而在社會歷史所造成的普遍缺憾中，未盡其才的中國作家，豈獨楊絳一人？

面對一位內涵深厚的作家的畢生創作和作品，我在本文寫作中雖盡力追求研究的系統性和整體性，但由於時間和篇幅所限，仍遺留下一些未盡問題。首先是在語體研究上，尚未充分展開。在當代漢語寫作中，楊絳的語體和文體具有鮮明的個人風格。她對白話漢語的運用之簡約、精練、生動、明白，甚至可與古代漢語的文字表達水平相媲美。值得進一步深入探析的方面包括：楊絳的語體中，白話漢語與傳統語言的關係，語言使用中的節制與中和、修辭與修身的語言倫理問題，還有對民間語言的化用而產生的自由活潑的風格，等等。因此，從語言學和修辭學的角度，對楊絳的「詞法」和「句法」進行細讀，對包含古今雅俗的不同語言成分進行深入分析，是一項頗具意義的研究工作。本文在各個章節的論述之中，雖然不同程度地涉及到這一問題，但未集中章節進行專論。由於論文寫作的空間和時間所限，本文原計劃要以專門章節進行討論的這一領域，只能暫時擱置，留待以後補充。另一個未盡問題，是楊絳的文學翻譯與創作之間的關係。作為翻譯家，楊絳翻譯了諸多西方文學經典作品，反映出她的文化視野、文學觀念和審美趣味。其翻譯實踐與創作實踐之間存在的關聯，西方文學對其創作的影響，以及在創作中的具體表現形式，需要以比較文學研究的視角，進行更為深入細緻的研究。這也是楊絳研究中的一個難點。本文雖然從不同角度觸及過這些問題，但沒有進行專門的研究。好在對楊絳這位我所珍愛的作家的閱讀和研究，將會伴隨著我的學術生涯，未盡問題留待來日彌補。

主要參考文獻

（一）理論著作

1. 〔魏〕王弼注，〔唐〕孔穎達疏，周易正義，北京大學出版社，2000。
2. 〔漢〕許慎撰，〔清〕段玉裁注，說文解字注，上海古籍出版社，1981。
3. 〔南朝·梁〕劉勰著，范文瀾注，文心雕龍注，北京：人民文學出版社，1978。
4. 〔南朝·宋〕范曄，後漢書，北京：中華書局，1990。
5. 〔唐〕韓愈，韓昌黎文集校注，上海古籍出版社，1986。
6. 〔宋〕朱熹，周易本義，北京：中國書店，1994。
7. 〔明〕袁宏道，袁宏道集箋校，上海古籍出版社，1981。
8. 〔清〕郭慶藩撰，莊子集釋，北京：中華書局，1961。
9. 〔清〕章學誠，文史通義校注，北京：中華書局，1985。
10. 李民，王健撰，尚書譯注，上海古籍出版社，2004。
11. 王叔岷，莊子校詮，臺北：樂學書局，1988。
12. 陳鼓應注譯，莊子今注今譯，北京：中華書局，1983。
13. 魯迅，中國小說史略，北京：人民文學出版社，1973。
14. 周作人，中國新文學的源流，石家莊：河北教育出版社，2002。
15. 周作人，澤瀉集，石家莊：河北教育出版社，2002。
16. 周作人，永日集，石家莊：河北教育出版社，2002。
17. 朱光潛，西方美學史，北京：人民文學出版社，1979。
18. 錢鍾書，管錐編，北京：中華書局，1979。
19. 錢鍾書，談藝錄，北京：中華書局，1984。

20. 錢鍾書，七綴集，上海古籍出版社，1985。

21. 熊十力，佛家名相通釋，北京：中國大百科全書出版社，1985。

22. 馮友蘭，新事論，上海書店出版社，1996。

23. 馮友蘭，貞元六書，上海：華東師範大學出版社，1996。

24. 陳寅恪，金明館叢稿二編，上海古籍出版社，1980。

25. 鄭振鐸，中國文學研究，石家莊：花山文藝出版社，1998。

26. 郭紹虞，中國文學批評史，上海古籍出版社，1979。

27. 施昌東，先秦諸子美學思想述評，北京：中華書局，1979。

28. 施蟄存，文藝百話，上海：華東師範大學出版社，1994。

29. 蔣星煜，中國隱士與中國文化，上海三聯書店，1988。

30. 羅根澤，中國文學批評史，上海書店出版社，2003。

31. 王元化，文心雕龍創作論，上海古籍出版社，1979。

32. 柯靈，柯靈文集，上海：文匯出版社，2001。

33. 王力主編，王力古漢語詞典，北京：中華書局，2000。

34. 丁福保編，佛學大辭典，上海：上海書店，1991。

35. 唐弢主編，中國現代文學史簡編，北京：人民文學出版社，1984。

36. 張少康：中國文學理論批評發展史，北京大學出版社，1995。

37. 文振庭編，文藝大眾化問題討論資料，上海教育出版社，1987。

38. 洪子誠，中國當代文學史，北京大學出版社，1999。

39. 洪子誠，中國當代文學概說，北京大學出版社，2010。

40. 錢理群等，中國現代文學三十年（修訂本），北京大學出版社，1998。

41. 陳平原，中國散文小說史，北京大學出版社，2010。

42. 李歐梵，中國現代文學與現代性十講，上海：復旦大學出版社，2008。

43. 金觀濤，劉青峰，興盛與危機——論中國社會超穩定結構，香港中文大學出版社，1992。

44. 田蕙蘭等編，錢鍾書　楊絳研究資料，北京：知識產權出版社，2010。

45. 胡河清，靈地的緬想，上海：學林出版社，1994。

46. 胡河清，真精神與舊途徑——錢鍾書的人文思想，石家莊：河北教育出版社，1994。

47. 張健，喜劇的守望，濟南：山東文藝出版社，2006。

48. 張健，三十年代民國喜劇論稿，臺北：花木蘭文化出版社，2013。

49. 胡德才，中國現代喜劇文學史，武漢出版社，2000。

50. 陳曉明，中國當代文學主潮，北京大學出版社，1998。

51. 丁帆，許志英，中國新時期小說主潮，北京：人民文學出版社，2002。

52. 中國社會科學院文學研究所當代室編著，六十年與六十部——共和國文學檔案，北京：三聯書店，2009。

53. 張清華，中國當代先鋒文學思潮論，南京：江蘇文藝出版社，1997。

54. 張檸，感傷時代的文學，北京：新星出版社，2013。

55. 〔德〕馬克思，《黑格爾法哲學批判》導言//馬克思，恩格斯，馬克思恩格斯選集（第1卷），北京：人民出版社，1972。

56. 〔古希臘〕柏拉圖，朱光潛譯，文藝對話集，北京：人民文學出版社，1963。

57. 〔古希臘〕佚名，喜劇論綱//羅念生全集（第一卷），上海人民出版社，2004。

58. 〔古希臘〕亞里士多德，詩學//羅念生全集（第一卷），上海人民出版社，2004。

59. 〔古希臘〕亞里士多德，修辭學//羅念生全集（第一卷），上海人民出版社，2004。

60. 〔古羅馬〕西塞羅，演說家//〔英〕拉曼·塞爾登編，劉象愚等譯，文學批評理論——從柏拉圖到現在，北京大學出版社，2000。

61. 〔英〕霍布斯，黎思復、黎廷弼譯，利維坦，北京：商務印書館，1985。

62. 〔法〕布封，論風格——在法蘭西學士院爲他舉行的入院典禮上的演說//譯文，北京：人民文學出版社，1959。

63. 〔德〕黑格爾，朱光潛譯，美學第一卷，北京：商務印書館，1979。

64. 〔德〕黑格爾，朱光潛譯，美學第三卷（下），南京：江蘇人民出版社，2011。

65. 〔德〕歌德，王元化譯，自然的單純模仿·作風·風格//文學風格論，上海譯文出版社，1982。

66. 〔德〕威克納格，王元化譯，詩學·修辭學·風格論//文學風格論，上海譯文出版社，1982。

67. 〔德〕里普斯，劉半九譯，喜劇性與幽默//古典文藝理論譯叢（第七輯），北京：人民文學出版社，1964。

68. 〔德〕尼采，周紅譯，論道德的譜系，北京：三聯書店，1992。

69. 〔法〕柏格森，徐繼曾譯，笑，北京十月文藝出版社，2005。

70. 〔法〕柏格森，蕭聿譯，材料與記憶，譯林出版社，2011。

71. 〔法〕柏格森，吳士棟譯，時間與自由意志，北京：商務印書館，1989。

72. 〔奧〕弗洛伊德，孫名之譯，釋夢，北京：商務印書館，1996。

73. 〔奧〕弗洛伊德，高覺敷譯，精神分析引論新編，北京：商務印書館，1987。

74. 〔奧〕弗洛伊德，常宏等譯，論文學與藝術，北京：國際文化出版公司，2001。

75. 〔奧〕弗洛伊德，林塵等譯，弗洛伊德後期著作選，上海譯文出版社，1986。

76. 〔奧〕弗洛伊德，張喚民等譯，弗洛伊德論美文選，上海：知識出版社，1987。

77. 〔奧〕弗洛伊德，常宏等譯，詼諧及其與無意識的關係，北京：國際文化出版公司，2001。

78. 〔俄〕什克洛夫斯基等，蔡鴻濱譯，俄蘇形式主義文論選，北京：中國社會科學出版社，1989。

79. 〔英〕瑞恰慈，楊自伍譯，文學批評原理，南昌：百花洲文藝出版社，1992。

80. 〔美〕韋勒克・沃倫，劉象愚等譯，文學理論（修訂版），南京：江蘇教育出版社，2005。

81. 〔美〕伊恩・P・瓦特，高原、董紅鈞譯，小說的興起，北京：三聯書店，1992。

82. 〔英〕邁克爾・H・萊斯諾夫，二十世紀的政治哲學家，北京：商務印書館，2001。

83. 〔俄〕米哈伊爾・巴赫金，白春仁等譯，小說理論，石家莊：河北教育出版社，1998。

84. 〔俄〕米哈伊爾・巴赫金，白春仁等譯，巴赫金全集（第四卷），石家莊：河北教育出版社，2009。

85. 〔匈〕盧卡奇，張亮、吳勇立譯，盧卡奇早期文選，南京大學出版社，2004。

86. 〔奧〕維特根斯坦，賀紹甲譯，邏輯哲學論，北京：商務印書館，2009。

87. 〔德〕本雅明，張旭東、魏文生譯，發達資本主義時代的抒情詩人，北京：三聯書店，1989。

88. 〔法〕羅蘭・巴爾特，李幼蒸譯，寫作的零度，北京：中國人民大學出版社，2008。

89. 〔法〕羅蘭・巴爾特，李幼蒸譯，符號學原理，北京：中國人民大學出版社，2008。

90. 〔法〕米歇爾・福柯，莫偉民譯，詞與物，上海：三聯書店，2001。

91. 〔法〕米歇爾・福柯，謝強等譯，知識考古學，北京：三聯書店，1998。

92. 〔法〕加斯東・巴什拉，劉自強譯，夢想的詩學，北京：三聯書店，1996。

93. 〔加〕諾思羅普・弗萊，陳慧等譯，批評的解剖，天津：百花文藝出版社，2006。

94. 〔美〕艾布拉姆斯：文學術語詞典（第七版），北京大學出版社，2009。

95. 〔英〕伯林，自由論，南京：譯林出版社，2011。

96. 〔美〕海登・懷特，陳新譯，元史學：十九世紀歐洲的歷史想像，南京：譯林出版社，2009。

97. 〔捷克〕亞羅斯拉夫・普實克，李歐梵編，郭建玲譯，抒情與史詩：現代中國文學論集，上海：三聯書店，2010。

98. 〔美〕斯蒂芬・歐文，鄭學勤譯，追憶——中國古典文學中的往事再現，上海古籍出版社，1990。

99. 〔法〕蘭波，彩畫集，上海文化出版社，2001。

100. 〔美〕海明威，海明威全集 午後之死，鄭州：河南文藝出版社，2012。

101. 〔意〕卡爾維諾：美國講稿，呂同六等譯，卡爾維諾文集，南京：譯林出版社，2001。

（二）期刊文章

1. 瞿秋白（署名史鐵兒），普洛大眾文藝的現實問題，文學，1932.1（1）。

2. 麥耶，十月影劇綜評，雜誌，1943.12（2）。

3. 麥耶，七夕談劇，雜誌，1944.13（6）。

4. 孟度，關於楊絳的話，雜誌，1945.15（2）。

5. 李健吾，寫在《編餘》裏，文藝復興，1946，卷1（3）。

6. 朱虹，讀《春泥集》有感，讀書，1980（3）。

7. 敏澤，《幹校六記》讀後，讀書，1981（9）。

8. 于晴，讀楊絳《幹校六記》，文藝報，1982（3）。

9. 鄭朝宗，畫龍點睛 恰到好處——讀《記錢鍾書與〈圍城〉》，文藝報，1986.8.23。

10. 莊浩然，論楊絳喜劇的外來影響和民族風格，福建師範大學學報（哲學社會科學版），1986（1）。

11. 張靜河，並峙於黑暗王國中的喜劇雙峰——論抗戰時期李健吾、楊絳的喜劇創作，戲劇，1988（3）。

12. 金克木，百無一用是書生——《洗澡》書後，讀書，1989（5）。

13. 盛英，知識分子的眾生相——楊絳《洗澡》讀後，文藝報，1989.4.15。

14. 曾鎮南，世態和人情就是這樣——讀《洗澡》，文論報，1989.5.15。

15. 田蕙蘭，舊中國都市一角的素描，華中師範大學學報，1989（4）。

16. 陳學勇，楊絳的第三部喜劇與麥耶的評論，博覽群書，1997（7）。

17. 張健，論楊絳的喜劇——兼談中國現代幽默喜劇的世態化，華中師範大學學報（人文社會科學版），1999（3）。

18. 余傑，知、行、遊的智性顯示——重讀楊絳，當代文壇，1995（2）。

19. 林筱芳，人在邊緣——楊絳創作論，文學評論，1995（5）。

20. 賀仲明，智者的寫作——楊絳文化心態論，首都師範大學學報（社會科學版），2001（6）。

21. 劉梅竹，楊絳先生與劉梅竹的通信兩封，中國文學研究，2006（1）。

22. 張立新，流落民間的「貴族」，當代作家評論，2007（6）

23. 周國平，人生邊上的智慧——讀楊絳《走到人生邊上——自問自答》，讀書，2007（11）。

24. 周毅，坐在人生的邊上——楊絳先生百歲答問，文匯報，2011 年 7 月 8 日。

25. 董衡巽，記楊絳先生，隨筆，1992（3）。

（三）學位論文

1. 〔法〕劉梅竹（Liu Meizhu），La Figure de l'intellectuel chez Yang Jiang（The Intellectual in the Work of Yang Jiang）（Paris：Inalco， 2005）信息來源：China Perspectives, NO.65, http：//chinaperspectives.revues.org/document636.html.

2. 于慈江，小說楊絳——從小說寫譯的理念與理論到小說寫譯（D），北京師範大學博士學位論文，2012。

（四）作品

1. 楊絳，楊絳作品集，北京：中國社會科學出版社，1993。

2. 楊絳，楊絳文集（第 1 卷　小說卷），北京：人民文學出版社，2004 年 1 版（2013 年 2 次印刷）。

3. 楊絳，楊絳文集（第 1 卷　小說卷），北京：人民文學出版社，2004 年 1 版。

4. 楊絳，楊絳文集（第 2 卷　散文卷·上），北京：人民文學出版社，2004 年 1 版。

5. 楊絳，楊絳文集（第 3 卷　散文卷·下），北京：人民文學出版社，2004 年 1 版。

6. 楊絳，楊絳文集（第 4 卷　戲劇·文論卷），北京：人民文學出版社，2004 年 1 版。

7. 楊絳，楊絳文集（第 5 卷　堂吉訶德·上），北京：人民文學出版社，2004 年 1 版。

8. 楊絳，楊絳文集（第 6 卷　堂吉訶德·下），北京：人民文學出版社，2004 年 1 版。

9. 楊絳，楊絳文集（第 7 卷　吉爾・布拉斯），北京：人民文學出版社，2004 年 1 版。

10. 楊絳，楊絳文集（第 8 卷　吉爾・布拉斯　小癩子　斐多），北京：人民文學出版社，2004 年 1 版。

11. 楊絳（署名楊季康），收腳印，大公報・文藝副刊，第 29 期，1933.12.30。

12. 楊絳，稱心如意，上海：世界書局，1944。

13. 楊絳，弄眞成假，上海：世界書局，1945。

14. 楊絳，風絮，上海出版公司，1947。

15. 楊絳，春泥集，上海文藝出版社，1979。

16. 楊絳，喜劇二種，福州：福建人民出版社，1982。

17. 楊絳，幹校六記，北京：人民文學出版社，1981。

18. 楊絳，倒影集，北京：人民文學出版社，1982。

19. 楊絳，關於小說，北京：三聯書店，1986。

20. 楊絳，將飲茶，北京：三聯書店，1987。

21. 楊絳，洗澡，北京：三聯書店，1988。

22. 楊絳，雜憶與雜寫，廣州：花城出版社，1992。

23. 楊絳，從「丙午」到「流亡」，北京：中國青年出版社，2000。

24. 楊絳，我們仨，北京：三聯書店，2003。

25. 楊絳，走到人生邊上——自問自答，北京：商務印書館，2007。

26. 楊絳，憶孩時（五則），上海：文匯報，2013.10.15。

27. 吳學昭，聽楊絳談往事，北京：三聯書店，2008。

28. 孔慶茂，楊絳評傳，北京：華夏出版社，1998。

29. 錢鍾書，圍城，北京：人民文學出版社，1980

30. 錢鍾書，槐聚詩存，北京：三聯書店，2002。

31. 錢鍾書，寫在人生邊上　人生邊上的邊上　石語，北京：三聯書店，2002。

32. 程俊英、蔣見元，詩經注析，北京：中華書局，1991。

33. 〔唐〕杜甫，杜甫選集，上海古籍出版社，2012。

34. 〔唐〕元稹，元稹詩文選，北京：人民文學出版社，2004。

35. 〔明〕張岱，陶庵夢憶　西湖夢尋，上海古籍出版社，2001。

36. 〔清〕曹雪芹，紅樓夢，北京：人民文學出版社，1982。

37. 〔清〕吳敬梓，儒林外史，北京：人民文學出版社，1958。

38. 〔清〕沈復，浮生六記，北京：故宮出版社，2013。

39. 王國維，王國維詩詞箋注，上海古籍出版社，2011。

40. 魯迅，彷徨，北京：人民文學出版社，1973。

41. 魯迅，且介亭雜文二集，北京：人民文學出版社，1973。

42. 魯迅，南腔北調集，北京：人民文學出版社，1973。

43. 魯迅，朝花夕拾，北京：人民文學出版社，1973。

44. 魯迅，墳，北京：人民文學出版社，1973。

45. 巴金，家，北京：人民文學出版社，2013。

46. 冰心，超人，北京：中國文聯出版公司，2001。

47. 茅盾，子夜，北京：人民文學出版社，1978。

48. 葉聖陶，倪煥之，北京：人民文學出版社，1953。

49. 袁昌英，孔雀東南飛及其它獨幕劇，北京：商務印書館，1929。

50. 凌叔華，繡枕，南京：江蘇文藝出版社，2009。

51. 蘇雪林，綠天·棘心　南京：江蘇文藝出版社，2010。

52. 李健吾，以身作則，上海：文化生活出版社，1936。

53. 徐訏，孤島的狂笑，上海：夜窗書屋，1941。

54. 張愛玲，流言，北京十月文藝出版社，2009。

55 張愛玲，小團圓，北京十月文藝出版社，2009。

後　記

優秀的文學作品是精神創造之謎。作品的創造者，同樣是一個值得探究的謎。在我看來，這就是文學和語言的最大魅力，也是文學研究的動力之所在。「我們能夠猜出的謎，我們很快就瞧不起」（狄金森），我們無法猜出的謎最迷人。作爲精神探索的一種方式，學術研究也不乏猜謎的樂趣。博士論文的寫作，雖然是一場嚴肅而艱辛的勞作，但對我來說，也像一次充滿樂趣的「猜謎」歷程。

學術研究雖以客觀性和科學性爲理想，但又不可避免地受到個人性情的驅動與影響，並以最終達致的心靈情感之滿足程度，作爲自我檢驗的隱秘標準。清人章學誠的「學術性情」說，道出了學術研究中個人天性與情感的作用。所謂「學有至情」，治學的樂趣，不正是志在問道，而通於性情？對於我來說，研究楊絳這樣一位具有獨特詩意與文心的女性作家，是發乎性情的選擇。楊絳其文其思其人，深厚蘊藉而氣韻生動，是一個我希望潛心探究的語言之謎、精神之謎和文化之謎。

在喧囂的當代文壇，楊絳披上「隱身衣」，將自己隱藏在語言文字背後。在文學史上，這一類的作家作品，雖可超越時代而流佈久遠，卻難以成爲一時之熱點，競逐之顯學。在我看來，探究這樣一位作家的畢生創作，讀解其中隱藏的精神信息，就像試圖揭開她所珍視的隱身衣，窺見其眞身與靈魂，並探查其精神文化淵源。解謎的過程，就是從各種可能的角度，與研究對象展開深入持久的對話。論文的寫作，即對話的結果。言有盡時，詩無達詁，而眞正的對話不會終結。

與自己內心的持久對話，導致了我的人生道路的轉向。正如但丁《神曲》

開篇所云：「當人生的中途，我迷失在一個黑暗的森林之中」，在體驗閱歷社會多年之後，在人生的中途，我越來越感到尋覓歸途的迫切性。我決定重新選擇，告別新聞工作，踏上自己夢想已久，卻一直若即若離的學術之路。所謂「以學術爲志業」，不過是「保其天眞，成其自然，潛心一志完成自己能做的事」（楊絳《隱身衣》），是返璞歸眞以求自我完成。選擇從社會重返書桌，進入一個與現實世界互補的精神世界，對我來說，是返璞歸眞途中的一次新生。文學是新生的力量來源之一。文學本來就是人生的精神伴侶，儘管二者時常發生爭執。我所理解的文學精神，是一種超越現實局限的精神自由與語言創造，它不是消極的空想，而應該是一種充實生命的積極實踐。感謝文學賦予我的精神力量。

衷心感謝我的導師張健先生，在我的學術道路與人生道路上，他給予我的溫暖關懷、切實幫助和悉心指導，使我受益終生。特別是在我人生的轉折點上，導師給了我至關重要的幫助，並引領我踏上學術之路。如果沒有導師的信任、支持和寬容，難以想像，我會如此順利地完成生命中途的這次轉型與新生。就學術傳承而言，除了在文學史研究的總體思路方法上受到導師的影響，我的論文以楊絳在民國時期的戲劇創作爲發端，也是直接受益於導師在中國現代戲劇研究方面的獨特造詣和學術思維。

在論文寫作過程中，得到了北京師範大學文學院諸多老師的指導匡助，獲益匪淺。在博士論文答辯時，答辯委員會主席陳曉明教授，以及孫郁教授、蔣原倫教授、張清華教授、李怡教授，以他們的學術智慧，提出了十分寶貴的意見，給予我莫大的鼓勵和啓發，不僅有助於我進一步完善論文，而且激勵著我在未來的學術道路上走得更遠。謹誌忻謝。

爲了支持我的學業和事業，家人付出甚多。在人生的關鍵時刻，我的父母永遠理解和支持我的選擇，他們只希望我實現自己的夢想。感謝父母從未停息的愛和支持。

無論是在人生道路還是學術道路上，張檸都是我的精神伴侶。他以批評家的敏銳和學者的學識，激發著我的學術思維，給我帶來了許多思想靈感。我們之間的精神交流，以及遇到難題時的討論切磋，都在我的寫作中留下了痕跡。

本書是我 2014 年完成的博士論文，原題爲《楊絳論》。此次付梓，除重擬書名外，內容上基本保留了原貌，僅在個別字句上略有修改。定稿之際，

正值北京嚴冬，霧霾之患日益深重，所謂悲涼之霧遍被華林，呼吸領會，身心沉重，難以超逸塵外。身處「軟紅塵裏」，時有憂世傷生之思。此時更能體會，面對現實世界與人生的不完美，面對天人之際永恒的衝突與和解，「喜智」與「悲智」，恰如彩鳳雙翼，缺一不可。以此爲書名，也許可以寄託我對某種存在境界的「企慕」情思。

2014 年 5 月完稿於北京師範大學

2015 年 12 月修訂